捧读

触及身心的阅读

神探王妃 ④

浅樽酌海

QianZunZhuoHai

著

天津出版传媒集团
百花文艺出版社

图书在版编目（CIP）数据

神探王妃 . 4 / 浅樽酌海著 . -- 天津 : 百花文艺出版社 , 2022.4
ISBN 978-7-5306-8241-8

Ⅰ . ①神… Ⅱ . ①浅… Ⅲ . ①长篇小说 - 中国 - 当代
Ⅳ . ① I247.5

中国版本图书馆 CIP 数据核字 (2022) 第 003510 号

神探王妃 4

SHENTANWANGFEI 4

浅樽酌海 著

出 版 人： 薛印胜
选题策划： 唐冠群　胡晓童　　**责任编辑：** 安子宁
封面设计： lemon
出版发行： 百花文艺出版社
地址： 天津市和平区西康路 35 号　**邮编：** 300051
电话传真： +86-22-23332651（发行部）
+86-22-23332656（总编室）
+86-22-23332478（邮购部）
网址： http://www.baihuawenyi.com
印刷： 天津创先河普业印刷有限公司
开本： 880×1230 毫米 1/32
字数： 240 千字
印张： 9
版次： 2022 年 4 月第 1 版
印次： 2022 年 4 月第 1 次印刷
定价： 39.80 元

如有印装质量问题，请与天津创先河普业印刷有限公司 联系调换
地址：天津宝坻经济开发区宝中道北侧 5 号 5 号厂房
电话：（022）22458683
邮编：301800

《望雪》——唐·李世民

冻云宵遍岭，素雪晓凝华。
入牖千重碎，迎风一半斜。
不妆空散粉，无树独飘花。
萦空惭夕照，破彩谢晨霞。

目录

CONTENTS

第一章 『竹』间有疑

1

在孔十三口吐“啊”字的当口，元寿安再次捉住他的舌头，扯得他生疼。

“不要耍滑！”翟铖把刀往前送了一点，“那部分才是大头。”

孔十三面部肌肉被吓得七扭八曲，连连摇手。

元寿安示意翟铖松一松刀，又告诫孔十三：“你可以把真正的债主写出来。若写不出，或查无此人，舌头不保。”

于是，孔十三由他牵着舌头，惊恐万分地弯腰写了一小段“狗爬字”。大意是：“大债主不轻易露面，与他联络由贱内牵线搭桥，我也不识。详情唯贱内知晓，贱内到外地探亲去了，尚未回家。”

翟、元二人觉得他在搪塞，翟铖笑道：“你与那人合伙经营，却不认识？”话音刚落，翟铖把脸一沉，举刀置于孔十三舌尖，对元寿安说：“寿安兄，是押他去衙司，还是他割舌头？”

孔十三哀求地看着他俩，无计可施，又歪歪扭扭地写下五个字：“我惧内，饶命。”这引得翟铖发出了揶揄的哑笑。

元寿安教了孔十三几句话，松开了他的舌头。

孔十三捏了捏脖子上松垮的肉皮，扬声命令室外侍立的伙计：“我和两位郎君投缘，要多聊一阵。你别杵在这里，去店门口守着，把备好的钱折成金铤[1]，先交给翟郎的两位家奴运走。”

伙计答应着去了。

翟铖随后出门，嘱咐了一番留下来的两个家奴，复又折返后面那间屋子，刚刚进屋，只听店堂中的伙计朗声通传：“阿郎，巴娘子到！”

戴帷帽、罩幂篱的巴娘子制止道：“何必高声语！”

孔家婢女引她及侍婢入内，行至孔十三及杨、安两人所在的那间房前，但见门扉紧闭，巴娘子问：“你家娘子不在？”

孔家婢女答道：“探亲去了。”

孔十三颤抖着说：“巴娘子，我这就开门。”

“哎，不用了。你家阿石不在，不方便。”巴娘子停下脚步，“昨日那批货，那家卖得怎样？”

“他家今日没人来。”孔十三说。

巴娘子问：“那家几时再来？”

“这几日都不会来了。我明日遣人进城问他，你下次来，由阿石告诉你。”

“近日我都不方便来你们这里。今日也是因出城礼佛，返程顺道来的……”巴娘子沉吟道，“算了。改日，我抽空自己去。”

她往店堂行了几步，复又回头留了一句话给门内的孔十三：“呵呵，那个鲜卑奴耍小聪明。你们同他做买卖，警醒些的好。详情，待我告知阿石。”

她走后，元寿安问孔十三：“巴娘子究竟是何人？就是你所说的大债主？”

1　金铤：金锭，熔铸成条块等固定形状的黄金，其重数两、数十两不等。

孔十三否认道：“不是。她是我家远亲，战国女富商巴寡妇清的娘家后人。”

“鲜卑奴呢？”

“也是我家一门远亲。不知巴娘子跟他有什么过节，连‘奴’字都骂出口了。”

元寿安趁孔十三答话时张开嘴的间隙，一把握住他脸，狠塞一团麻布入口。翟铖取出绳索，把孔十三捆在柱上，掩好门。二人从容离开，穿过店堂而出。

伙计们说着“恭送郎君”的客套话，元寿安和翟铖一概答“好”，然后快步上马，率领二名家奴纵马绝尘而去。

伙计久不见孔十三出来，心生疑惑，入室察看，方才解救了他。

待孔十三领着伙计、奴婢气喘如牛地打马冲出咸阳渡，哪里还有翟、杨二人的踪影？

想象着妻子石氏知情后将如何暴怒，孔十三不免暗暗叫苦。

随从相顾吐舌，交头接耳，“在娘子回家之前，预备下金创药油和裹伤细布……”“嗯，娘子要罚郎君跪瓦渣子的……”

孔十三心头火起，啐了一口，骂道：“你们这群打脊奴，背地里编排主人主母，当我耳背哪！还不快随我去群贤坊，打探翟铖的行踪！”

一行人赶路进城，途中一波三折，孔十三心慌意乱，摔了两跤，弄得灰头土脸，皮肉披红挂青。到了群贤坊翟宅，那阍者将讶异的目光停在他们脸上逡巡不前。

问明来意，阍者伸手一指：“喏，那不是我家郎君！”

孔十三急不可耐地回头张望，的确有一位少年骑马悠然行来，但根本不是今天去质库的那个翟铖！

阍者喜气洋洋地炫耀：“我家郎君不去卢龙县了，改入右骁卫任职，今后要搬进这宅子长住。小娘子已出嫁，住在京城，兄妹俩正好互相依傍呢。”

孔十三头晕目眩，自去搭讪行路的街坊，询问翟家的情况。

一位庶族小户的老媪热情地唠唠叨叨：“翟铖啊？见过！就一次！今年，翟小娘子嫁人，做兄长的翟铖送亲。坊里的小孩子们给他家下障车，闹得欢！老身在街边凑趣，看见翟铖骑在马上。他的模样？老身眼花，观礼的人又多，看不真。哎哟，老身跟你讲，那亲家好阔气！是凉州的，凉国公的儿子，姓安，叫元寿……”

安元寿——元寿安。

孔十三恍然大悟，肺将近气炸，只是这一大口恶气也不过徒然化作朝天喝出的一声怒骂罢了。而他所不知晓的是，假“翟铖”真名为“杨台”，和“安元寿”同为秦王库直。

安、杨二人返弘义宫复命。瑾琋将他们从孔十三处索回的钱财转给了高惠通，叮嘱道：“这些金铤原是奸商在令弟身上压榨的不法利钱，但不可交由令弟处置。由你与令兄裁夺，给你母家添置产业。若有人问，你一概推说是秦王的赏赐即可。”

李世民却对另一件事萌生兴趣：“巴寡妇清实为战国巴郡人，故称‘巴清’，并非姓氏为‘巴’。或许后人以郡为姓？孔十三的远亲巴娘子，果真是巴寡妇清的后人？”

瑾琋一本正经地回答：“想必属实。历来只有人攀附世家大族，不曾听说有人攀附商人门第的。”

实则她已有推测：巴娘子近日不方便出城，因为柴绍近日在京；巴娘子在城内商家寄售货品，而孔十三也熟悉这户商家，那是因为柴绍的媵妾重葩托开化坊冯家杂货肆寄售过粮米，冯家次男冯同光与孔十三相熟；巴娘子同孔十三之妻石氏关系热络，所以重葩是石氏好友。

重葩经商营利，别说结识“鲜卑奴”，即便结识波斯人、天竺人、安息人，也不奇怪。

后天，柴绍将与李世民等人同赴禁苑骑射角胜。假如瑾琋推测无误，巴娘子即为重葩，那重葩定会抓住这个机会去那户商家询问货物销售情况。

只是不知她如今合伙的商家是否仍为冯家。

“我也顺路，何妨一试？”瑾琋把一缕鬓发拨到耳后，露出不易察觉的微笑。

到了那日，冯家照常经营杂货肆。本坊高门宋国府萧家的新妇——襄城县主千光照派遣乳母卞氏去冯家购物。

卞氏带着两位年轻女子来光顾，问店主冯万才：“冯郎，你家前几日进的栗子粉、糟白鱼和糟瓜还有吗？”

“卞娘子啊！不巧得很，糟白鱼昨日售罄，剩点栗子粉，刚才游家的侍娘来买走了。现今只剩两罐糟瓜。”冯万才答道，又瞥了一眼那两名陌生女子，戴帷帽、笼幂离，穿戴比卞氏更为耀目。

卞氏介绍道：“这二位是弘义宫的女官。今日，秦王妃光临宋国府，探望县主，两位女官随行。”

她们其实是瑾琋和高婷。瑾琋对宋国夫人独孤氏及千光照声称想见识一下里坊风情，遂摘除一些首饰，以女官身份跟着卞氏出来。

高婷笑说：“怎么卖得这般快？宋国夫人管待我们用饭，提及本坊冯家杂货肆有那三种美食出售，县主和秦王妃都想尝个新鲜，如今只好买一罐糟瓜回府香香嘴罢了。”

一旁的冯同光觉得其中一位不言不语的女官身形依稀见过，想来自己这商贾子弟，四海八荒的人都有照面，时不时地碰到似曾相识的人也不足为奇。故捧出一只密封好的小陶罐给卞氏验看，告诉她：“这三项货品原是土贡，我家本是里坊小肆不容易拿货。糟白鱼和栗子粉为南货，数量尤其少，是别人寄售的，否则我家也不能有。倘或下回再有，我到府上阍室禀报一声，若用得着，就给府上预留一些。”

冯万才在旁与高嫮结算，一面问："县主还稀罕这些吗？"

"她的陪奁再多，却不会装些糟瓜、糟白鱼、栗子粉嫁过来啊！"高嫮欲说还休，微撇一下嘴角，笑道，"总不能回娘家去要。"

冯万才听懂了，原是宋国府萧家竟短缺这些土贡，却也不好戳穿。

卞氏心直口快，又好气又好笑地说："宋公最不耐烦这些'俗务'，你要跟他说柴米油盐、锅碗瓢盆的事，他嫌你俗气。武德初年，朝廷把他原在隋的田宅仍给他，他好好的产业不要，仅留一座宗庙祭祀祖先，余者分给众宗亲。萧大郎与县主完婚，宋国府大办了一场喜事，弄得现今家中积蓄、存粮也无多。宋国夫人又是绵软的慢性子，拿宋公也没奈何。"

冯万才一面笑，一面吩咐同光："替三位娘子捧着陶罐回去。"

高嫮和卞氏异口同声说不用，这点小东西，抱着徒步返程也稀松，既来了，就挑点其他货品，也不急于返程。

身后有两匹马的蹄音由远及近，瑾琋回首张望，另有两名女子拨马从街角转出来，径至冯家杂货肆门口。

这两位女子的装束为一主一奴，女主人也戴着帷帽和幂离，坐骑的脖子上搭着一条细布，充当绳索，两端各吊着一个食盒。

瑾琋急忙把头扭开，背对她主仆二人，侧耳细听对话。

冯同光不等来人说话，趋前笑迎："巴娘子万福安和。都收拾好了，全看您几时方便来取。"

"呵呵，货量不大，也不是寻常物事，在里坊小肆出售最为相宜。"巴娘子倒想为自己的生意眼光喝彩。

瑾琋的嘴角弯了弯。

巴娘子的嗓音是重葩的。她更改化名的原因，想必是由于"康娘子"的面具被瑾琋揭穿，只得另戴一个新面具，避人耳目。

冯同光只要有利可图，管她姓康还是姓巴，就算因为收了重葩的钱，散布陆钲遇刺案中刺客的身份险些殒命，也都一笔勾销不提。

就不知关于“康娘子”改姓一事，他和重葩究竟是如何哄骗冯万才的。

重葩感到口渴难当，侍婢更是把持不住，伸出咸得发干的舌头舔嘴唇。

“冯二郎，我须讨点温热的水喝。”重葩张口求助，示意侍婢把皮囊递给冯同光，“这皮囊里的水，被这婢子喝了大半。”

她自命为士族高门女子，性喜洁净，不肯随便使用里坊小民家的器皿进食饮水，每次来开化坊冯家，都命侍婢随身携带皮囊。

侍婢委屈地回应，“从那里出来，奴婢也口渴。若不喝水，就没力气服侍娘子。”

“您外道了。”冯同光笑答，亲手拿着皮囊下厨房，灌了满满一囊水。

重葩直接用皮囊饮水，侍婢从食盒里取出自备的木杯，倒水饮用。

主仆俩饮足了水，结算完毕，把钱袋装进食盒，拨马准备动身，忽一眼瞥见杂货肆斜对面立着两位男子，重葩的身体顿时变得僵硬，也不上马了，转身对冯氏父子抛下只有彼此能听见的一句话：“就说我是你家亲戚。”

她语速快得活像不小心撕破了口袋，粟米转瞬就滴溜溜儿地撒了一地，接着一跟头撞进了冯家的小宅门。

她的侍婢也跟着跑进去，追切得仿佛要阻挡追到门外的鬼怪似的，“砰砰”地闭门落闩。

瑾琋斜眼偷看那两名男子，亦为主仆二人。男主人三十多岁年纪，气宇不凡，只见他兀自盯着冯宅院门，恼羞之情隐隐地簇在眉间。

居然是柴绍！

瑾琋连忙背身垂首，躲避他的视线。她原想问问重葩，可知孔十三所说的“大债主”是何许人，看来问不成了。

冯万才拿眼丈量着坊街那可怜的宽度，觉得巴娘子也是窘极失措，这么近的距离，那两人肯定认准她了。那两名男子显然与她熟识且相互间存在纠葛，她一味逃避反而显得理亏心虚。

冯万才嘀嘀咕咕地问儿子："他就是巴娘子新认的巴姓义父吗？"

这句话，柴绍听不到，瑾琋却影影绰绰听到了，勾得她在心中狂笑："哈哈哈！重葩竟如此哄骗冯家店主！"

柴绍的家奴年过四旬，看着装是个有体面、资历深的管事家奴，他向柴绍请缨："阿郎，您不宜出面，奴婢去好言请她出来。"

柴绍略微踟蹰地看着眼前这位家奴，脸上有些难为情。在家奴诚恳的注视下，他终于点头："德旺，有劳你。"

家奴德旺转身向冯氏父子道："那位娘子是我们家的人，有点小误会，请允许我敲门唤她。"也不在乎他父子是否乐意，一个箭步跨到院门前。

冯同光追上去高声拦阻："你认错人了，那位是我家亲戚！"

德旺顾自拍门呼唤："阿郎在此，店主父子岂能瞒过他？你也不能在人家宅中躲藏一世。奴婢是德旺，你应该认得。我必居中劝解，不使你作难。请快出来，凡事好说。"

重葩心有所动，但仍躲在门后不出声。

冯家女眷在屋内好奇观望，想探知故事内情。只有两个孩童没心没肺地玩耍。

德旺继续耐心劝说："倘若阿郎拉你出来，你也抵不住。那样阿郎可就大怒了。"

等了一会儿，冯宅院门"哐啷"开了一道缝，重葩和侍婢低垂着头挤出来，幂篱都刮着地面了。

冯同光、瑾琋等人在旁边看着，真担心她俩的帷帽坠地。

柴绍只觉丢脸，一瞬也不想看重葩，背过身低语："你且随我回去，老实招供。"言罢，拂袖而去。

重葩主仆牵着各自的坐骑，也不敢骑乘，灰溜溜地尾随他步行。

瑾琋凝望他们的背影，重葩垂首行路的身姿在瞳孔里浓缩成岁月腌渍过的两个酸辛绵弱的小点，坊街似乎也陷入一种令人悸栗的静穆。

高嫣悄声提醒：“咱们该走了，莫误了宋国夫人管待的午膳。”

“嗯。”瑾琋无奈地随高嫣、卞氏返回宋国府。

她信守承诺，为重葩保密。但秘密终究被柴绍获悉。

“这或许是重葩的宿命？假如她见好就收，三姐夫未必发现。可惜她欲罢不能，尽管被我识破‘康娘子’的面目，也依然故我，落得今日的下场，财路是真要断送了。”瑾琋咀嚼着知足常乐、安危相易之类的典故，发生于开化坊的种种，在脑海中渐渐模糊。

然而，一种莫名的失落感却无休无止地缠绕在她左右。

◑ 2 ◐

那边柴绍将重葩带回府邸，关进书房，对她摊牌道：“你应当明白我今日为何寻到你。自公主逝世，两位公子也不须你教养，我只令你料理家庭庶务。近来，德旺偶然查对府中资财、账簿，察觉有异，联想你的行踪，感到有些蹊跷，就禀报了我。我今日佯装赴禁苑骑射游戏，密遣家奴代为告假，秘密跟踪你，终于在开化坊将你当场擒拿。你若再抵赖，二十年的情分，就一丝也没有了。”

重葩止不住地搓手，犹豫片刻，终于招供：“公主登仙，阿郎常年领兵戍边，妾的日子一天比一天枯燥乏味，不得不考虑自己的未来。妾未能生育，长久却怎生了局？思来想去，营利以自保才是正道，不为消磨目下单调寂寞的日子，将来老了、衰了，万一，阿郎又……先妾而去，那时妾纵然被小郎君撵出去，也不致受穷挨苦。府中财富丰饶，家账由妾掌管，阿郎又不理家务，妾就挪出府中的钱来，与他人合伙做买卖。但是，妾支出的各项本金均按时归还了府中。德旺发现异常，是因为……”

言谈间，她的脸颊越来越红，话音越来越低，话说至此，剩余的言语竟梗在了喉头，手捂胸口倒出一口柔弱无力的气，俄而，脸上的红晕骤然褪尽，面色瞬间变得雪白，又急促地喘息起来：“啊，啊！”

柴绍感觉重葩绝非演戏，伸手搀扶她，扬声呼唤守在门外的侍婢阿茇：“重葩娘子突发急病，速速请医！”

“是。”阿茇应诺，疾步奔出，遣人去请翰林医官，回来时遇见德旺风风火火也赶往书房，蒙他告知一件急事，益发地足底生风。二人前后脚奔至书房，德旺禀道：“阿郎，奴婢奉命审讯重葩娘子的侍婢玉兰，她推说自己唯上命是从，适才，她竟也发起病来！奴婢担心，她主仆二人该不会是染了瘟疫？阿郎不宜与重葩娘子独处，暂且回避为好。”

“阿郎……”重葩原本就白皙的脸庞越发显得如雪似玉，仿佛戴着一副白玉雕琢的面具，手指抽搐，不由自主地揪紧了衣襟，吃力地挤出破碎的话语，“同……为……”

“重葩，你说什么？”柴绍握住她的手，如同触到一条冰棱，指尖寒凉沁骨，全然没有温度。

她无力地垂下眼睑，惨白的双唇闭拢，尚未说完的话封冻在了喉头。

翰林医官赶来诊治，可重葩也再未能吐出一个字。她的侍婢玉兰自发病伊始，就只是呻吟了几声。

宵禁开始之前，凶信传入弘义宫：重葩、玉兰因患无名急症，救治无果，暴亡。

瑾琋惊闻噩耗，震骇之余，每每回忆起重葩离开开化坊的一幕，那种悸栗的静穆，如今想来，原是不祥之兆。那个垂头丧气的背影，竟是重葩短促一生中最后的片段。

“无名急症”一词还令瑾琋忆及罹患毒血症而死的澹台徽、叔孙贵人等人。那场夺去数条生命的疫病倒是“有名”，但一直是瑾琋心底的一个结，疑问迄今未解。

现在，重葩和玉兰也忽染急症而亡。

瑾琋仿佛看到一只隐形的乌贼开始喷吐浓墨，俄顷，宛若置身云窗雾阁，四周的人与事物尽皆沉隐，唯余雾锁烟迷。

“堂堂翰林医官，诊断不出是何病症，笼统称为‘无名急症’。这般情形甚少听闻。若说是瘟疫，又只有她主仆二人患病，有司未曾接获各地疫情呈报，岂不怪哉？”李世民的话音暂时吹散了迷雾。他并不关心重葩主仆，只为她俩的死因而惑。

“二郎，我明日带吴景贤去平阳昭公主府吊唁，由他诊断死因。”瑾琋提出解惑的办法，“我不忍坐视重葩、玉兰不明不白地死去。”

“重葩仅是媵妾，你不必亲往。”李世民反对，“派遣女官或者承衣、刀人之流代为致意，也就罢了。”

瑾琋解释：“普通的国公媵，我自然不必去。可重葩是三姐家的人，三姐不在了，重葩又猝逝，三姐夫必然遭受打击，哲威、令武，这两个年幼的外甥也难免受到惊吓。我应当去安慰他们。”

“呵呵。观音婢，无论如何，总有你的道理。”李世民笑道，“如此说来，我也应与你同行才是。”

天明，两人携承乾、青雀二子同赴平阳昭公主府，让两个儿子陪柴哲威、柴令武玩耍，大人们在正堂叙话。

重葩之死，不但使柴绍失去了相伴二十年的旧妾，还唤起了他对于平阳昭公主悲剧的沉痛记忆，新愁旧绪，填满胸臆，泪水也溢出了眼角。他对李世民讲述了事情经过，悲叹道：“令姐惨死，我已负有重责。今重葩主仆突染怪病，猝然谢世，难道是我命犯灾星，连累妻妾侍婢，致使她们三人无一幸免？重葩抱罪怀瑕，但也并非重戾大错，我原意将重葩责骂一通，她经商获利，我也不追，只把府中账册、财帛移交给公主府家令和德旺夫妇共同经管，不许她倚恃平阳昭公主府之名在外营利，也就既往不咎。岂料，她话未讲完，就病发身故！”

李世民少不得劝慰他一番。

待柴绍情绪平稳，瑾琋问道：“她们的病似是急性疫症，总归是在什么地方染上的。三姐夫可知，她生前去过何处？”

“她和玉兰先去了酒肆‘四海春’，我和德旺不便入内，暗中候在酒肆外。约半个时辰之后，她俩出来，转赴开化坊一家杂货肆。”柴绍答道，“她们在‘四海春’进了饮食，在开化坊那家也有饮水，只不过是在其中一家染的病。我已遣人去那两家询问，说明情由，倘若是疫病，那两家的人也好及时诊治。”

瑾琋心说：“嗯，重葩主仆在开化坊冯家讨水喝，我也知晓。彼时，玉兰曾说，从那里出来之后，她也口渴，不得不喝水。‘那里’看来便是指‘四海春’。”

谈了约一个时辰，吴景贤步入正堂，面色如同乌贼在他脸上喷了墨，心神不宁地复命：“启禀大王、王妃、霍公，依下官愚见，重葩娘子及侍婢玉兰的死状不是疫病，而是中毒！此毒名为‘颜如玉’，人畜服下，半个时辰发作，药石无医！”

瑾琋顿时心惊肉跳。

“颜如玉”，那是陆钲遇刺案中，前左武候卫左翊中郎将桓瑜指使微巡骑卒施齐对冯同光投的毒。那时，瑾琋阻止了冯同光摄入毒药，救了他一命，但却无人能拯救重葩和玉兰。

虽然先前那位出诊的翰林医官因见识所限，误判死因，不过，听吴景贤之意，即便他出马，也救不回来。

“颜如玉？怪道她主仆二人临终皆肤白如玉，体寒如雪，药效果真如其名！”柴绍惊怒不已，自语道，“是谁害她？为何要取她性命？”

李世民拍案而起：“服毒之后，半个时辰左右发作，据此往前追溯即可！”

“那是自然。”柴绍举目越过庭院，眺望远方，追及某时某地，“毒发前约半个时辰，她饮了开化坊那家的水……”

盛水的皮囊由玉兰携带在侧，置于她所居的下房中。德旺原在此审问玉兰，因她和重葩病势陡急，遽然离世，虽已搬走遗体和藏有钱袋的食盒，暂且无暇照管其他物品。

柴绍吩咐德旺引路，领着李世民、瑾琋、吴景贤进入那间下房。

玉兰独居，因此下房颇为纤巧。柴绍进门就看见皮囊置于坐榻前的矮几上，耷拉着“小脑袋”，宛若玉兰生前受审的颓唐模样，和她那只靠墙放置的寒酸木杯隔着一段距离，仿佛两个同染晦气的可怜虫彼此忌讳嫌弃。

柴绍拿起皮囊，摇了一摇，微有水声。吴景贤接过去，打开盖子窥察，确有一些剩水。他又用银针试验一回，果不其然。

案情报至万年县县衙，仵作复验皮囊残水，确证有毒，胥吏拘捕了冯同光及烧水的仆妇苗氏，下狱审问。

柴绍与李世民论议：“重葩昏迷前夕，努力想要对我说什么，是‘同……为……’二字。莫非是指‘同光所为’？然则，冯同光与她能结下何等怨仇？”

“他们合伙经商，商人重利，也许因财货之事伤了和气。”李世民推测道，内心却不希望冯同光是凶手。因为这位里坊杂货肆的儿子虽只是一介庶民，却在陆钲遇刺时勇敢地伸出援手，今朝沦为杀人凶嫌，着实令人痛心。

瑾琋想到了另一件事。重葩化名“巴娘子”，造访咸阳渡孔家质库，对孔十三说：“呵呵，那个鲜卑奴耍小聪明。你们同他做买卖，警醒些的好。详情，待我告知阿石。”

这是安、杨二人亲耳所闻。只是他俩并不知道巴娘子实为柴绍的媵妾重葩。

显然，孔十三尽其所能地以谎言敷衍安、杨二人。而所谓“鲜卑奴”与重葩之间矛盾不小，是个必须访查的人物。

孔家质库的事涉及高惠通，不宜向柴绍明言。瑾琋派人去雍州署，暗地里请舅舅高俭帮忙，派胥吏密讯孔十三，打听“鲜卑奴”其人。

然而，高俭的回复，却让她的期待如火上弄冰一般化为逝水：“观音婢，你是否察知什么内情？为何偏于此时询问孔方——孔十三？你可知，孔方夫妻业已暴死，时辰正是重葩亡故当夜？长安县衙在探查此案……”

孔方之妻石氏原是去了咸阳县乡下，探望孔方的长兄一家，商量把长兄的小儿子过继给孔方，预计住上七日。昨夜，却突然毫无预兆地杀回了家。

她命一名贴身侍婢把守卧室门，喝令其余奴婢各自回下房，掩门睡觉，不许听墙根，随后兀自冷面霜眉地冲进卧室，往铺地草席上一趴，从南到北地膝行，边爬边找什么东西，几乎要把席子拆解为一根根小草才罢休。

末了，石氏立起身拍拍手掌，嗤笑道：“哼哼！孔十三，我这几日不在，你可曾做什么混账事？”

孔方因晚饭小酌了两杯，酒壮英雄胆，一反常态的硬气，瞪着两只铜铃眼，瓮声瓮气地顶嘴：“怎么？回来就疑神疑鬼，遍地寻女人踪迹，结果蛛丝马迹也没摸到半根，又来诈我？”

“哟！士别三日，刮目相看，敢冲我吹胡子瞪眼了！”石氏沉了脸，非要加倍讨还不可，将上襦的窄袖一卷，右手食指、中指并拢，伸到孔方鼻尖，骂道，“孔十三，你少簸土扬沙，死撑场面！给我好生答话！”

孔方的眼白暴跳出一丝一丝的血线，头发丝、胡须仿佛全部朝天直立起来，气喘如牛，嚷道：“我昨日被两个小贼骗掉二百八十缗钱！怎么啦？你说，那两个小贼是不是你指使的？”

石氏听闻他被人骗了二百八十缗钱，立时怒气冲天，又因从未见过他这般狂怒的模样，也略微惊诧，高声呼喝：“孔十三，你魔怔了！竟然折损这么一大注钱财，还诬赖我！你，滚到院子里去，跪瓦碴子清醒清醒！”

孔方喷出两口燥热的气，放声大笑，“哈哈哈！你这个家贼、淫妇，勾搭小白脸，联手诈骗我孔家的钱财！哈哈哈！”

他的笑声如同野兽的嚎叫，石氏有点胆怯，慌忙吩咐室外的侍婢：“阿郎莫不是醉了？你进来，搀扶他躺下，熬一铫解酒汤。”

侍婢也深感讶异，一面应答：“奴婢听他们说，阿郎今晚如常喝了两小杯，酒劲早散尽了。怎么忽然发起酒疯？”一面开门入内。

“疯？”孔方满面泛起兴奋的潮红，一线亮晶晶的口涎从唇角垂到胸前，黏腻腻的好不恶心，“我不疯！我是魔王，阿石，你是小鬼！”

侍婢上前搀扶，他居然一跃抽出挂在壁上的防身障刀，旋身一劈，可怜的侍婢面门中刀，哀号着倒地。

孔方目中闪着如血的赤光，第二刀刺中了逃跑呼救的石氏，石氏面朝下栽倒，俯卧在门槛上呻吟。

孔方竟跳上妻子的后腰，蹦来踩去，叫骂道：“阿石，你这个小鬼，总算懂得魔王的厉害了。魔王叫你三更死，你须活不到五更！我叫你不生养，不许我纳妾，还在家充霸王，里里外外都不给我面子！你不得好死，不得好死，不得好死……”

奴婢们只当他们闹大了，硬着头皮赶去解劝。

孔方看见有人来，“嘎嘎”地怪笑：“魔王要飞升成仙啦！”竟手起刀扬，抹了脖子，抛舍万贯家财，驾鹤西去。

俄顷，石氏也伤重而亡。

只有那个贴身侍婢保住了性命，事后向长安县衙陈述了案发经过。

胥吏问她：“你家娘子为什么提早回家，挑起事端？”

侍婢称，案发当日早晨，孔方的长兄预备出门，捡到一封不知是谁从门缝里投进来的信，信封上写明是寄给石氏的。

石氏阅毕，愤愤地把信投入火炉，招呼贴身侍婢收拾行李、喂马，随她返程。

长嫂挽留她道：“阿石，住够日子再走。那时，园子里的果子也熟了，你摘一篮果子带回去。”

石氏坚决告辞：“大嫂，我先回咸阳渡，问着您那个不成器的小郎，再回来摘果子不迟。若不然，呵呵，恐怕他要在野女人的肚子里种下果子了！”

长嫂不识字，人却聪明，问道：“那封书信是揭发十三郎与人通奸的告密信？别是哪个促狭汉捉弄你们。依我说，你不要理睬为好。”

石氏向来认为，这种事情，宁可信其有，不可信其无。因此她准备停当，启程回家，还特意选在入夜后闯入家门，突击搜查卧室。

石氏的贴身侍婢原想守在门外，热热闹闹地听一场活色生香的“参军戏”，不曾想，“男主角”孔方——孔十三疯了，杀了“女主角”，复又自杀。侍婢这个“跑龙套”的，脸蛋也落下一条刀伤，毁了容貌。

长安县衙追查孔方发疯的原因，用银针勘验了孔家晚饭吃剩的酒食，并未验出任何毒素，又捉了只老鼠来试吃。

众胥吏盯着老鼠笼，观察了两个时辰。那老鼠饿了吃，吃了睡，舒服得吱呀欢叫，安然无恙。

其中，孔方喝的那罐酒，奴婢们指称不是家中的存酒，而是案发前一天，孔方由长安城带回家的，一度引起县衙的特别关注。

孔方每月总有两三天进城会友，有时石氏陪同，有时独来独往，经常顺手买点零碎东西回咸阳渡，譬如案发前喝的那罐酒就是如此。那是一种在长安城任何一间普通酒肆、货肆都能买到的绿蚁酒，盛在小陶罐里，最常见不过。孔方和石氏生前从不透露进城去了什么地方、见了谁，伙计和奴婢们也习以为常，不闻不问。只是根据他每次都携财进城、回家则人归财不归这一特点，人们猜测他是给生意伙伴送货款或红利去的。故而无从查访那罐酒的来源。何况酒本身没有问题，孔家奴婢证实，孔方带回这罐酒的当晚也喝了几杯，只是醉醺醺地说大话，众人小心伺候着，他也不曾发怒，睡到天明就醒了。

鉴于此，长安县衙以孔方罹患癫狂笃疾结案。孔方夫妻无子女，县衙只好召集了孔方的同胞兄弟，处置善后及遗产分配事宜。一家人毫厘必争，在公堂上吵得乌烟瘴气，只有孔方的长兄、长嫂在尽心料理丧事。

旁人对于孔方及石氏之死，态度则是两极。吃过孔家质库高利贷苦头的人拍手称快，连声叫好：“报应、报应！活该断子绝孙！”

生意伙伴怀念孔方诚信仗义，为他和石氏的悲惨命运而痛惜。

事情至此也就尘埃落定。高俭原本没有在意这宗案件，瑾琋却坐不住了，贴身戴好护身符“玉龙子”，换穿男装，驰赴雍州署，当面向高俭请求：“请舅舅即刻以雍州治中的名义传令长安县，对外佯装依原议结案，县衙内部秘密封存孔方吃过的酒食，继续喂养那只老鼠，不得任意处置。”

高俭明白她必有所推断，也不多问，先依她的主意行事。

瑾琋道了谢，转身就走，高俭叫住她，教训道：“观音婢，自从武德七年你接二连三出事，二郎对你微服出行多有限制，也是为你着想。你今日趁他上朝，又女扮男装，只携四名随从溜进城中。待在我这里尚可，可这又是要去何处？你的随从，扣除女扮男装的留荑、繁缕，实则只有校尉、卫士各一人，设若遇险，你身边仅有这两人堪用。”

“请舅舅恕外甥女失礼。”瑾琋顽皮地笑，边小跑边答，“我乔装到署，若带多了随从，恐怕过于醒目。我离宫之前，已遣给使秦五谷去太极宫玄武门外等候二郎，待他下朝出宫，五谷就会密禀此事……”

瑾琋冒充吊丧的外客，转赴平阳昭公主府。

公主府正在操办重葩的丧仪。重葩拥有敕封从七品国公媵的头衔，生前位列外命妇，身后所获礼遇也优于普通小妾。几个素服妇人跪伏于灵堂前，都哭得涕泗横流：“就这么匆匆忙忙地走了！”公主府的侍婢阿茇在旁搀扶劝解。

瑾琋朝她们的方向看了看，绕道进入正堂，向柴绍行礼、递眼色，被柴绍延入书房叙谈。

慰问的言辞早已说过，瑾琋开门见山，表明来意——她要借重葩中毒当日从外面带回府邸的物品验看。

这些物品原已锁入一口小箧，预备随葬。瑾琋首先打开钱袋，把铜钱悉数倒出，带领留荑、繁缕逐一查验。还有一个三层的大食盒，装了三大一小共四袋钱，总计近两千枚“开元通宝”。

她记下这个数字，将铜钱原样装回钱袋，叮嘱两位侍婢：“哪一袋出，仍从哪一袋进，不可混淆。”

“遵命。”繁缕捧起一堆铜钱，留荑也捧了一堆，两双手相撞，繁缕手中有三枚铜钱“滴溜溜”滚落地面。

“你们继续做事，我来捡。”瑾琋弯下腰，一枚一枚地拾起来。

俄顷，三枚铜钱尽入瑾琋掌中。她手心的汗粘黏在铜钱上，好似触摸到人类幽凉的肌肤。假如瑾琋的手是一杆秤，秤砣就在这一刻沉甸甸地下坠，将她的心也拖了下去。

◑ 3 ◐

瑾琋重新查验那三枚“开元通宝”，忽觉眼前云开雾散。她按一按深藏在男装之下的玉龙子，对着铜钱念道：“重葩、重葩，是你还是玉龙子在为我指路？我由孔方夫妇与你同日亡故，推测他俩的死同你有关。而你们三位经商营利，最可能因什么缘故同时招致杀身之祸呢？只能是财货纠纷。所以你临终未能讲完的话，‘同……为……’并不是‘冯同光所为’，而是你猜测自己‘因铜钱之故，为人所害’。故此，我来翻检你的遗物，有了进一步的推测。但是，倘若没有这三枚铜钱落地，我也只能停留于此。重葩，你稍等。”

她刻意低声哑气，如同与重葩窃窃私语。留荑、繁缕都听不分明。

辞别公主府，瑾琋拜托柴绍：“三姐夫，若二郎寻来，请告诉他我去了酒肆‘四海春’。”

柴绍心知她是为了重葩的命案，不肯袖手旁观。柴绍是丧主，不能分身外出，于是唤家奴德旺入内命他随行，又对瑾琋说：“德旺是我的家生，自幼侍奉柴家，堪称忠贯日月，也得我家真传，习得些许武艺，又兼体壮如牛，足以应付一般的打斗。让他临时护卫你左右，给校尉、卫士打打下手，却是相宜。”

瑾琋问道：“德旺可曾进过‘四海春’？”

“不曾。奴婢素来没工夫逛那等所在。”德旺答。

“那么，还按原计划行事。”瑾琋接受了柴绍的好意，转眼瞥见繁缕那张犹如新晕了胭脂的脸庞和那双偷偷向柴绍流波的明眸，心底的镜子擦得透亮，因对柴绍说：“三姐夫，府上正当忙碌时节，我带走了你的德旺，府上必短缺人手，且暂留繁缕在此，任你使唤。事毕，我来接她。”

她也不容繁缕、柴绍表达意见，迈出书房，率领其余四名随从，途经女客燕息的内堂，离开公主府，奔赴“四海春”。

正值午餐时分，这座京城一流的酒肆座无虚席，众跑堂忙得抬不起头，饶是如此，待瑾琋一行人迈入正堂，一个刚送走客人的小伙计用面巾抹了抹脸，依旧做出热忱的笑容，问候道：“诸位郎君万福安和。大堂暂无空座，敢问郎君，是稍候一刻，还是去楼上雅间？”

按瑾琋的部署，随行校尉询问：“可有只容安置一张桌子的雅间？”

其实，瑾琋事先命他了解此地的格局，这一番不过存心装作初次光临而已。

“本店应有尽有。”小伙计入职时间不长，一面依照前辈的教导应对，一面忍不住多看了面前这群客人一眼。

“那种雅间仅能容两个客人就餐吗？若坐进三四人，是否逼仄拘束？”校尉追问。

小伙计的笑脸更加灿烂：“那倒不至于，坐六个人也能容下。只是两个客人共用一间的时候略多。”

校尉指指瑾琋：“正好。我家郎君喜欢清静。可不知你家有几个那样的小雅间？够用吗？”

“有五间。现有一间空闲。”小伙计陪着小心，“略大些的雅间都有客人。少不得请郎君容谅。”

瑾琋皱皱眉，故意稍作迟疑。

校尉叹道：“嘻！如何是好？若不在饭点上，就该冷清了吧？郎君，要不，晚些再来？”

小伙计自豪地说：“鄙店不在饭点也不冷清，不过是客人少些，不这么拥挤罢了。”

校尉佯装不信，揶揄道：“那时来的客人做什么？原来‘四海春’不光用饭，还是供人闲坐、小睡的所在。”

“郎君说准了。”小伙计答，“伏案睡觉也好，闲坐养神也好，叫一壶饮品解渴也罢，都随客人的心意。反正，一概照价付款就行。”

瑾琋摸摸肚子，咳了一嗓子，微微颔首，表示腹中饥饿，勉强认可在此用餐。

小伙计引他们入室，五个人围着一张长方形的低足桌，在小坐榻上盘腿坐下。

瑾琋接过菜谱浏览一遍，的确有小伙计所说的那些酒菜之外的项目，价格不菲，能享受的只怕无一不是有财力又有闲暇的人物，例如重葩。

瑾琋每用食指点一样菜，校尉就向小伙计报一道菜名。

待酒菜上齐，校尉又问：“我家郎君进餐，最厌烦不相干的人打扰，你们不会一趟接一趟地进来吧？”

传最后一道菜的伙计惯见各色客人的嘴脸，什么稀奇古怪的人都应付过，对这种合理的要求报以衷心的微笑：“自然不会。除非郎君您呼唤。”

“旁人呢？”校尉不放心。

伙计答：“您也看见，这五间门楣上都悬有牌匾，五个大字清清楚楚。鄙店设想周全，每个雅间的门板上另挂有一块木牌，正面空白，背面写着‘客满’二字，郎君可翻转木牌，把这两个字露出来，外人见了，绝不会误入。”

瑾琋点头，挥手示意他退下。

截至目前，“四海春”的状况和她的推测及先前打探的情形一致。

酒肆在这层楼的楼梯口驻有一至两名跑堂候命，人数视忙闲程度而定。“松”“竹”“梅”“兰”“菊”五个最小的雅间分布于楼梯口左侧较短的一截回廊上。瑾琋一行人落座的“菊”间位于这段回廊的最深处，再往里，是一堵嵌有镂空窗口的墙，不能通行。

进房门之前，瑾琋留心从楼梯口至“菊”间的动静，没有见到一条人影。她想象着案发那天，重葩携侍婢玉兰，也如自己这般，不为人所注意，安静地步入“松”“竹”“梅”“兰”“菊”中的某一间。

瑾琋掐算重葩抵达开化坊冯家杂货肆的时刻，推算她逗留于“四海春”时应当不在饭点。那时酒肆中客人较少，重葩不会正经点菜，大约是要了一壶饮品、一盘水果或坚果，高挂“客满”木牌，关严房门，默默地燕坐消遣。无人知晓她在屋里做了什么。

“娘子，怎么办？”留荑悄问。

瑾琋举起木箸，默示：“当然是，吃！”

吃了一半，瑾琋停箸，轻声招呼四位随从：“暂停进食。”

校尉会意，起身执行下一步计划——他对楼梯口的伙计抱怨，郎君吃了菜，胃部似有不适，教伙计请店主到“菊”间，郎君有要事相问。

那店主年近半百，开小酒肆起家，对无赖泼皮的套路了如指掌。他估计怕是撞上了几个衣冠楚楚的混子，做好兵来将挡、水来土掩的准备，不慌不忙，亲来应对，连唇边的笑意也不散分毫：“敢问郎君觉得鄙店哪道菜不合您的肠胃？”

瑾琋漠然地拿木箸敲了一下什锦坚果盘，校尉翻译道：“实不相瞒，我家小娘子——便是郎君的姐姐，于某日午前巳时，率侍婢一名，在‘菊’间吃了不少坚果，回家后主仆俩上吐下泻。郎君今来验证，略用了些个，胃肠果真隐隐作痛呢！”

“某日”即为重葩、玉兰中毒身亡的日子，时辰是瑾琋推算的。德旺明白了她的意图，且屏息敛气，旁观她如何设法。

“呵呵，郎君莫急。单身携侍婢出入酒肆的贵家娘子不多，翻一翻账册便知。若祸端确在鄙店，依律处分就是了。”店主貌似稳操胜券，声若洪钟地吩咐伙计取账册来。

他翻到某日，与伙计交头接耳几句，抱歉道：“不好意思得紧，当日，漫说巳时，‘菊’间整日也没有来过两位女客。”

校尉改口：“我说错了。‘松’间！”

“嗯，也没有……”

“我又口误。是‘梅’间。”

店主淡淡地笑，心说：“算你猜中了。”将那一页账册出示给他们查看，口称：“两位娘子只点了一壶莲房饮、一盘什锦水果——是水果，不是坚果。咳咳，郎君想必又是口误？”

瑾琋缓缓摇头，嘴角微向下撇，以示不屑。

校尉嘴硬：“我家郎君之意，恐怕你遮遮掩掩、断章取义，要亲手翻一翻再说。”

“那却不必，何须劳动郎君大驾呢！”店主把账册递到瑾琋眼皮底下，只翻某日“松”“竹”“梅”“兰”“菊”五间的账册页面，供她查验。

瑾琋犹如推敲诗文一般，句比字栉地细看了一遍，心房咧开一张嘴，“嘿嘿”笑了两声，手指一道菜名，用指尖轻敲。

“阿月浑子、海松子拼盘。这不是坚果？”校尉盘问店主，“账册仅记载时辰、菜单和价钱，并未记录客人的情况，恐怕贵店在偷梁换柱、张冠李戴，推卸责任啊。”

“区区两日之隔，鄙店伙计旁的不记得，也不至于雌雄莫辨、单双不分。”店主的笑容、语调一成不变，仿佛泰山崩于前也能面不改色，“凑巧，‘竹’间点坚果的这位贵客也算熟客。待他再度光临，我将向他禀明今日之事。郎君也是贵家公子，可否赐下尊姓大名？说不准，您也认识那位客人呢！改日约来鄙店，郎君当面向那位客人求证，可好？”

校尉问：“那位客人姓甚名谁？说来听听，就知我家郎君是否认识。”

店主老奸巨猾，哪里肯说？笑答：“嗯，英雄莫问出处。无事，鄙店不敢贸然询问客人的姓名，所以暂且不知。”

“那我们也……”校尉没好气地回了一语。

“告诉那位贵客，鄙姓巴，霍国公媵、巴氏娘子之弟。”瑾琋随机应变，压低嗓音，怪腔怪调地插话，随后手一指德旺，“霍公家生，德旺，带我来的。”

坐榻上好像忽然长出仙人球，扎进德旺的臀。他耗尽四十年人生阅历所积累的定力，方才稳住面部肌肉，没有发生明显的扭曲。店主未必有意隐瞒，料想那“贵客”也不会将真名实姓透露给店主。所以，莫非秦王妃准备与那“贵客”正面接触、直捣黄龙？那又为什么要抛出德旺，是要拿他做饵料吗？

得知眼前这位是天子东床娇婿霍国公柴绍的亲戚，店主的嘴角仿佛被一双小手往两边斜上方拉扯，牵出更加豁朗的笑：“啊啊！哈哈！我的眼光果然不错，郎君清隽雅致，仪表不凡，原是霍公贵戚。”

瑾琋饮一口热饮，抚一抚胃部。校尉趁势逼问：“那我家郎君胃肠不适，怎生是好？”

店主的每一条笑纹里都氤氲着温暖的烟火气，但绝不松口：“今日先赠送郎君两盏热牛乳，敬请笑纳。改日若查对出来，确为鄙店的过失，自当赔付。”

瑾琋手扶膝盖，佯作低眉沉思状，装了一会儿，勉为其难地竖起四根手指。

店主爽快应承：“那就四盏。”

校尉强调：“话，请店主务必带到。我家郎君必得亲自向那位贵客求证，不然，是不依的。”

店主连声称“诺”，一面往楼下走，一面对伙计说悄悄话：“媵妾的娘家人，就是这般小气。若是国公夫人的弟弟，岂能如此……”

瑾琋把四盏牛乳统统给了随从，一行人吃了个杯盘狼藉，快心遂意地返回平阳昭公主府。

柴绍恰好送李世民出书房，尚未跨出门槛，瑾琋就来到眼前，于是两人一同退回室内交谈。

瑾琋讲述了在“四海春”的见闻。李世民问她：“你怀疑当日在‘竹’间用餐的客人与重葩之死有关？”

“是。”瑾琋果断应答，“我在‘四海春’的账册里，看到重葩中毒那天巳时，‘竹’间有客人就餐。三姐夫可根据在开化坊冯家杂货肆抓到重葩的时刻倒推，她和玉兰身处‘四海春’的时辰，也当为巳时。试想，按她主仆俩的身份和出行的意图，最有可能落座于何处？就是‘松’‘竹’‘梅’‘兰’‘菊’五个小雅间之一。店主的回答验证了我的推测，她俩确实进入‘梅’间落座，毗邻‘竹’间。校尉故意质疑‘竹’间的客人为两名女子，店主自然予以否认，并用了‘不至于雌雄莫辨、单双不分’之语。可见，彼时‘竹’间的客人是一名单身男子，观其所点菜品大半也可证实这一点。为何只说‘大半’？因为，他点的粥品和坚果很奇怪，点了一铫醍醐粥、一份阿月浑子和一个海松子拼盘，然而并未要酒。先说坚果，男子若不为下酒，很少有在进餐时吃坚果的吧？女子则多数喜食坚果，无关乎饮酒。醍醐粥和下饭菜的分量也不甚匹配。因此，我怀疑重葩去‘四海春’是为与那位男子会面。她先于梅间的门上挂好‘客满’牌，防备无关之人闯入，趁无人注意，潜入‘竹’间。而那名男子为招待重葩主仆，已点好饭菜，特意预备了醍醐粥和坚果。”

柴绍的脸色渐渐泛青。醍醐，一种发酵乳脂，是重葩极为喜爱的食材。如果瑾琋的推测无误，那名男子显然对重葩十分了解，着意讨她欢心。

李世民联想自家媵妾刘燕婉红杏出墙的耻辱往事，担心柴绍雪上加霜，正色打断瑾琋的叙述：“不能臆测。彼时并非饭点，重葩吃不下那些食物。”

“嗯……”瑾琋轻咬下唇，稍缓片刻，依旧固执己见，“多数女子的胃肠较之男子更具韧性，倘若遇有爱吃的饮食，就无所谓饭点与否。”

李世民暗自嗟叹：“非得让我这位倒霉的三姐夫雪上加霜吗？”

瑾琋却又道：“据我推断，重葩会见那人，是有正事商谈，绝无其他嫌疑。”

柴绍的面色略略平缓，问道：“依王妃之意，重葩赴‘四海春’，那般行事，到底所为何事？另据吴景贤及万年县仵作勘验的结果，重葩主仆是在开化坊冯家中毒的，与‘四海春’有何干系？倘若她是在‘四海春’中毒，抵达开化坊之前就该发作才是。”

“尚无定论。目前，我只是怀疑‘竹’间那位客人与重葩之死有关，毒未必是他亲手投的，或许，他是冯同光的幕后主谋。待我明日好生思量，若推测不变，后日，我想去长乐坊看看。届时，请三姐夫仍派德旺随我同行，做个见证。”瑾琋徐徐回答，“希望在重葩主仆入土为安之前，破解谜题。”

李世民问：“去长乐坊做什么？”

瑾琋深邃地笑着说：“天机不可泄露。泄露，就不灵了。”

第二天，她终日陪伴承乾、青雀、阿鹞、攸乐和安贞这五个孩子读书玩耍，没有任何苦心孤诣研究案情的迹象。

晚间，瑾琋与李世民商议次日去长乐坊的事。谈笑一阵，瑾琋就撵他回偏殿去睡了。

因操劳千光照的婚礼，加之天气炎热，瑾琋的身体一度又有轻微不适。吴景贤建议她避免在夏季怀孕。虽然目前症状已除，她和李世民仍是分居状态。

李世民推三宕四地不走，瑾琋心猿意马，轻笑着拍拍他的肩膀，没有多言，重复深思重葩之死的前因后果。

“孙思邈的女弟子唐久客，最近总也寻不见她。”李世民不知她的心思，转而痴缠瑾琋的玉臂，如同握着香嫩腻滑的莲藕，爱不释手，“不然，倒要问问她，可有什么避孕的妙计？放着娘子在此，教我寤寐求之，却不得亲近，忍得好苦！”

“又胡说。人家唐久客是未婚在室女，治得气疾，未必懂得避孕的奥秘。”瑾琋用手指梳理他的乱发，忍俊不禁，“呵呵，所谓病急乱投医，说的就是你……”

◑ 4 ◐

次日，她仍着男装，依约去平阳昭公主府接了德旺。随后，一行人经由靖善坊，转入长乐坊，东南西北兜了个遍。

瑾琋的脸色原是一朵含苞吐萼、将开未开的花，在结束长乐坊之行的那一刻豁然绽放，目中闪耀着欣悦，显然成竹在胸。

德旺叫着她的化名问：“太叔郎，找到答案了？”

她微笑颔首：“嗯。回府上，面告你家阿郎。”

“究竟怎么回事呢？”德旺困惑地抬手抓了抓后脑。

折回靖善坊，一枚鸡蛋自斜上方砸来，瑾琋的坐骑兜头挨了一击，“呜呜”地怒吼。黏稠清白的液体和着碎壳糊满了它的耳朵。

肇事者骑在一户人家墙边高大的古树杈上，嘻嘻哈哈地笑，右手按着一个竹篮，左手捞起篮中的鸡蛋，砸向行人，不论远近，每砸必中。如果在平时，近距离砸一砸鸡蛋，无非是恶作剧，但这样从一定的高度上用力砸下，无疑增大了危害性。顷刻间，受害者的呼叫、牲口怨怒的嘶鸣此起彼伏。

坊街正值一天中人流量最大的时分，人们很难快速地闪避，一时怨声载道。有个手拄竹杖、外貌短黑的男子抱怨着吐了口唾沫，徒手把溅到竹杖上的鸡蛋清抹掉，埋头缓缓行进，仿佛如此可防止再度遇袭。

肇事者是一名十五六岁的少年。此前，瑾琋等人去长乐坊，第一次穿过靖善坊的时候就遇见了他。这孩子身手灵敏，活泼好动，目光神情却是憨痴呆傻，攀上爬下，时而向行人投以至真至纯的笑容，拱手道声：“万福安和。”原是个先天痴傻儿。不过，他是贵家公子，打扮得干净体面，行动憨态可掬，言辞讨喜又听话，街坊邻居和常来常往的路人大多喜欢他，给他吃的玩的。家人对他也不多加拘束。

瑾琋不知自己走的什么运，撞上这孩子发疯。想必他也不觉得这是在袭扰他人，只当向行人示好呢！

她单手护着头，仰面劝说：“孩子，别砸了，鸡蛋坏了多可惜，拿回去教庖厨做给你吃。”又呼唤那家奴婢，“这家的家奴何在？请速速劝止你家小郎君，勿伤无辜……”

话音未落，那家年迈的阍者率先奔出来道歉：“对不住，对不住！老朽一眨眼功夫没看见，小郎君就溜去鸡舍拎了一篮鸡蛋上了树。几个年轻的家奴已经在爬树了，要拉他下来。”

“嗷！”没想到痴傻少年竟被这段问答激怒，吼叫的刹那，眼睛变得混浊，在竹篮底部掏出一件四四方方的物品，看起来分量颇为坠手，竟是一块青砖！

德旺疾呼：“快夺下砖头！”

那少年如夜枭般“吼吼”怪笑，劈头向他砸下青砖。前后左右都有旁人，德旺也无法纵马逃避。德旺情急大骂：“怎么？该死！”他也急中生智，俯首躲到坐骑的颈下。

众人拥上去搭救。离德旺最近的一位弘义宫卫士用刀柄弹了青砖一下，把它推离了原本的飞行轨道，可这位卫士的虎口也被震裂。这块砖度借着高度、距离、速度以及痴傻少年的力量，拥有了强大的杀伤力。

几个家奴爬上了树，全速接近小主人。

那痴傻少年蒙在鼓里，神色呆板如僵尸，趁着众人注意力集中于德旺的片刻工夫，又掏出一块青砖，用加倍的力气，砸向另一个人。

这第二块青砖破风飞来，须臾便填满了瑾瑞的视野。她意识到，这一砖是冲着自己来的，但她的身体却不具备德旺那般在眨眼间做出灵活反应的机能。

“啊！”她本能地被激出一声低沉的呼喊，旋即看见一只穿着乌皮六合靴的脚横踹过来，在几乎蹬着瑾瑞额角的距离上踢飞了青砖。靴子的主人旋身降落，也骑上她的坐骑，并挡在她身前，做了一张肉盾，好不瓷实。

瑾瑞闻到了熟悉的气息，笑问：“李兄为何亲自前来？”

“公事已结，我特来看看，你究竟要做什么。”李世民沉声答道，“李兄、李兄，你叫顺口了？看来，此风断不可长！”

他派遣安元寿、杨台等随从乔装为平民混在人群中，与他及瑾瑞一行都保持着便于保护、又不致引人注目的距离。这些随从有的是瑾瑞眼熟的，也有不认识的，因此她也分不清谁是弘义宫的人，谁是普通的行人。瑾瑞暗暗高兴，这是最好的“潜伏”，会聚了李世民选拔调教的各路人才。亲自见证这个事实，比破案本身更加令她欣慰。

不过，事情的实际发展和她的预测有些偏差。真凶尚未出现，痴傻少年却发狂惊动了李世民，这样一闹，真凶还会暴露行迹吗？

“或者，原本我就推断错了，真凶与长乐坊无关。”瑾瑞思量道，“我也不是神算术士。”

然而，下一个瞬间，她的背心感到一股尖锐的压力，不断迫近，虽然在夏日，也让她如冰寒入骨。

“太叔郎当心！”安元寿抽出佩刀，一个纵跳，砍向那支飞往瑾瑞后背的短箭。

李世民久经战阵，脑后有眼，几乎与瑾琋同时察觉异常，转瞬佩刀已出鞘，左手将她一拽，使她贴紧自己的脊背，右手挥刀，向瑾琋背后舞去。

安元寿的动作也很迅捷，但在距离上还是李世民占优势。“叮”的一声脆响，青黑色的短箭与李世民银白色的佩刀狭路相逢，箭头被阻挡住，掉头栽到了地上。

“啊呀！”众人惊惧，蒙头乱跑。那痴傻少年癫狂地笑，随即被几个家奴制服，拖回地面。

瑾琋转身张望，忽然指着一个方向，叫道：“抓捕那个手拄竹杖、外貌短黑的男子！活捉！活捉！”

果然，那人听闻瑾琋的叫声，开始在人丛里东冲西突。弘义宫埋伏于坊街的人手群起追击，俄顷，就将他围堵在一截夯土墙下。

那人发出奇怪的呐喊，说着所有人都听不懂的言语，把竹杖提离地面，用手一旋，原先着地的一段竹节脱落，赫然露出铁制的矛头。他舞动这柄长矛负隅顽抗。他的招式没有章法可言，但招招狠辣，俨然是天生的杀戮者。只是弘义宫的人也都是豺狼一样的勇士，獠牙森森，迅即把他生擒活拿。

痴傻少年见状，忽而对那刺客憨笑问好：“万福安和！”忽而向左右家奴抓狂呼喝。他家的阍者慌忙靠近小主人，摩着脸哄他，却嗅到一丝酒味，骂道：“哪个缺德汉给我家小郎君吃了酒？我说呢，郎君从不伤人，今日他父母、兄嫂恰巧都不在家，他偏偏在这一日伤起人来，以后这个家谁敢出门？吓死老奴了！”

钳制着痴傻少年的几个家奴也说，捉住小主人的时候，他们闻到了酒味。

瑾琋观察了那痴傻少年一会儿，又捡起刺客用过的短箭和竹杖细看，问道：“你给那孩子吃了什么？谁指使你行刺？只要你实话实说，我保证饶你不死。对了，你的故乡在蜀地嘉州郊野的水泽丘陵之中，栖居洞穴，死后竖棺而埋。你的外形、语言、武器和格斗术告诉了我，你是獠人，是獠人中的生獠，被汉人掳获，训练为杀手。你一旦着急起来，就自然地丢弃了汉话，用母语叫嚷。你们没有名字，无分氏族，以铜鼓为贵，具有某些特殊技能，可潜入水底持刀刺鱼，精通铸造和纺织，擅用盾矛，不懂弓箭。因此，这支‘短箭’实则不是‘箭’，而是一个微缩的矛头。呵呵！你没什么能瞒得了我！倘若凡事由我说出来，而不是由你自己坦白，那就没有从轻发落的理由了。你且仔细斟酌。”

她握住竹杖顶端的一段竹节，轻轻旋转，也脱落了。她把里面的机关指给李世民看，笑道：“李兄，这个刺客悄然取下这一节，对着我的后背拨动机关，‘短箭’就射了出来。这种武器的射程很短，但在适才他和我各自所处的位置上，足以置我于死地。他射出一‘箭’，复又盖好竹节，恢复为一根竹杖。可是，他无暇顾及上下脉络纹路的连接，竹杖的某些细节较先前有所变化，被我留意到，才引起我的怀疑。”

“疑得好！好！”李世民赞叹道。其实，他不仅是称颂瑾琋，也因这獠人刺客的武器赋予他新的灵感，可用于改良之前受郴州木獭机关术启发而制造的一种兵器。此事宜早不宜迟，或许不日就能派上用场。

那痴傻少年家的阍者至此对瑾琋深信不疑，焦急地问：“太叔郎可知那獠人给我家小郎君吃了什么毒酒？怎样解毒？我家主母说话就回来了，老奴也得给她一个交代。”有两个年轻家奴不等阍者吩咐，已经飞跑出去，分头请闾阎医工、翰林医官来救治。

瑾琋解释道：“不是毒酒，是一种特殊的药酒。这孩子爱吃、爱玩，行人常给他食物，大家习惯了，统不留心。不过，假如当街给他皮囊、执壶、陶罐之类的盛酒器皿，还是比较扎眼。能骗过众目的，应该是这孩子经常食用的小零食，事先用那药酒浸泡过，或者，如同肉馅一样，把酒包藏在零食内部……你们控制好这孩子，掰开他的嘴，剔取牙缝、舌苔上的食物残渣，以备衙司勘验。此后，再多喂些清水给他喝，睡一大觉，药性明日自解。”

阍者一拍大腿：“对啊！我家小郎君爱吃毕罗。什么蟹黄毕罗、樱桃毕罗、天花毕罗……没有不爱吃的。那毕罗就是包着各式馅儿的小面点！”

痴傻少年听到“毕罗”一词，果然发出兴奋的号叫。

他的家奴们依瑾琋的主意行事，“物证”随獠人刺客一并解送万年县衙。

瑾琋与李世民骑在同一匹马上窃窃私语，商议如何处置。旁人听不清他们的对话，只见李世民侧转头，微俯下身，迁就相对较为矮小的瑾琋，而瑾琋也尽量坐直身子，抬起头，缩短彼此的距离。部署妥当后，李世民换乘另一匹坐骑，携瑾琋策马而去。

痴傻少年家的老阍者拈须一笑，对街坊悄悄说：“太叔郎和李郎，八成有断袖之癖……”

秦王夫妇另派人知会柴绍和雍州署高俭，把相关的人都请去了万年县。夫妇二人进入县衙，与柴绍、高俭见面，一同坐在屏风后听审。

安元寿将秦王夫妻的意思转达万年县的官吏，县令依计而行，对那獠人刺客不打不骂，捧出冰饮甜瓜、冷淘胡饼，如待客一般，且循循善诱，劝他将功赎罪。

獠人原已有些动摇，进县衙受了优待，很快缴械投降，供出买凶主谋，那是一个名叫“镇保”的男子。獠人收钱办事，对这个“镇保”所知甚少，只能描绘他的外貌、口音和着装。县令犯了难，长安城一百二十坊，如何查访？

瑾琋命安元寿传话：“请县衙向长乐坊的居民打听这般年貌、口音的人试试，重点打探贵家富户的家奴。‘镇保’极可能是化名，倘若这人跑了，就请他的主人来谈谈。”

李世民问：“你昨日只让我布置人手，在靖善坊至平阳昭公主府的沿途警戒策应，却不说明为何认准了长乐坊。事到如今，还不肯告诉我吗？”

“等抓住那个‘镇保’我再说。”瑾琋抿嘴笑笑。

万年县尉率领胥吏跑去长乐坊访查，竟真问出一个人来——“镇保”酷似本坊贺兰家的家奴，阿笃。

街坊邻居称，昨天还见阿笃骑马出门。因他家主人贺兰茂腹泻了两日，尚未痊愈，阿笃去西市胡商开的大药肆抓药。

贺兰家的人对搜查也没有抵触，管事家奴暂且搁置了修葺正堂的工程不管，带着县尉及众胥吏在宅子里搜了几遍，发现阿笃已不告而别。

于是，阿笃的主人太仓令贺兰茂接到了雍州治中高俭的邀请。

一个时辰之内，杀害前司农寺丞辛处俭、前礼部员外郎韩弗祢的真凶贺兰茂，绕了近半年的弯路，又回到了瑾琋面前。

不过，贺兰茂看起来十分坦荡，自责道：“下官对奴婢疏于管教，家奴阿笃不知何故，勾结獠人，行刺大王及王妃。下官竟全然不察。请大王降罪。”

李世民对他报以温雅的笑意：“你即便有罪，也自有法司定罪议罚，岂有请我降罪之理？我今日携王妃微服出游，在靖善坊频频遇险，也不知是何缘故。查了半日，怎么同你牵扯不清起来，也是古怪。因此王妃有话想问你。假如你蒙受不白之冤，也好帮你澄清不是？”

贺兰茂娴熟地“顺竿爬”，拱手笑答：“下官拜谢大王、王妃！”

瑾琋看了看柴绍，他眉头微蹙，眼神中依然写着对于案情的迷惑不解。

第二章 对簿公堂

1

“三姐夫，事关重葩，假如贺兰茂最终说出超乎你意料之外的情由，希望你平心静气地应对。”瑾瑞轻咬银牙，把视线转向屏风外，对贺兰茂说：“太仓令可知，霍公的媵妾重葩娘子生前曾经商营利？与她有往来者，包括咸阳渡孔家质库，开化坊冯家杂货肆，以及一位鲜卑贵家的后裔。这位鲜卑男子定期派遣心腹家奴在长安城中密会孔方，领取分红，有时也帮忙代领重葩的那一份。但他使诈，指使家奴把部分属于重葩的‘开元通宝’替换为伪造的铜钱，用鱼目混珠的手段侵占重葩的钱财。几次三番下来，竟被重葩发觉。可想而知，重葩大为恼怒，唾骂鲜卑男子为‘鲜卑奴’，逼他赔偿，否则，就要将他持有、使用伪钱的罪行公之于众，报请法司追查他所持伪钱的来源。鲜卑男子惊慌恐惧，痛责自己失策，内心动了杀机，表面上却诚恳地向重葩道歉——嗯，诚恳，想必与眼下太仓令的神情相若——他约重葩在酒肆‘四海春’的‘竹’间密会，当面用真通宝换回了伪钱，还点了重葩喜爱的醍醐粥和坚果拼盘。重葩心情转好，接受了鲜卑男子的招待。殊不知，鲜卑男子在醍醐粥中做了手脚！”

柴绍沉住气，问道：“依王妃之意，真凶是在‘四海春’的醍醐粥里下毒，而不是后来在开化坊冯家的热水里？但如我先前的疑问，‘颜如玉’之毒通常在服下之后半个时辰左右发作，重葩主仆若在‘四海春’中毒，怎能拖延至返回公主府后才毒发？委实难解。”

“答案在醍醐粥中。”瑾琋说，“太仓令听见了吧？霍公在此。案情，还需由我讲述吗？”

贺兰茂困惑地问：“下官愚钝，未知王妃何意？”

“啊？”瑾琋略作停顿，轻声冷笑道，“呵呵！那就由我说完。请问在座的各位，吃粥时会仔细咀嚼吗？”

李世民抢先回答：“不会。与其说是吃粥，不如说是喝粥更为确切。”

“‘四海春’的醍醐粥掺有一些糯米、胶牙饧做的小点心，比米粒大不了多少，口感软糯黏牙，人们也不会细嚼慢咽。而那位鲜卑男子，预先准备了这种小点心，内藏‘颜如玉’毒药为馅，装在盛有牛乳的皮囊中，带进‘四海春’的‘竹’间。他先叫来醍醐粥，把自备的牛乳和有毒的小点心倒进粥里，搅拌均匀。待重葩主仆从‘梅’间潜入‘竹’间，鲜卑男子如数赔偿铜钱，低头认错，双方的怨气涣然冰释。三人分享了那铫醍醐粥。人消化糯米、胶牙饧此类食物，通常需两个时辰，在喝下醍醐粥之初，由于包裹毒药的糯米、胶牙饧尚未消解，人体不会受到毒害，因此，鲜卑男子也喝了醍醐粥，以此迷惑重葩，混淆视听。并且他还知道，如果多饮水可加快消化速度，而进食坚果，则会使人口渴，从而增加饮水量。所以，他同时叫了一份阿月浑子、海松子拼盘，诱使重葩主仆多食坚果。重葩和玉兰中计，餐后喝了许多水，一个皮囊都不够喝，转赴开化坊冯家取货款时问冯同光讨热水喝。终于，鲜卑男子的目的在她俩返回平阳昭公主府后不久达到了。重葩、玉兰摄入体内的‘颜如玉’毒随着糯米、胶牙饧的消化而发作，害死了她主仆二人。重葩临终，醒悟鲜卑男子有疑点，想告诉霍公，那个人给她的铜钱是伪钱，可能是因劣迹败露杀她灭口，但她的神志、体力均不支，只留下‘铜……伪……’的遗言，听来像是‘同……为……’，被误解成‘冯同光所为’。此外，不知是重葩疏忽遗漏，还是有意留把柄在手，她中毒当日携带的钱袋中遗有一枚伪造的铜钱。”

贺兰茂频频点头，赞道：“王妃高论、高论！只是下官有一事不明，那铜钱何以见得来自鲜卑男子？适才衙司宣读案由，曾言亡者毒发前曾赴开化坊冯家取货款，那铜钱难道没有出自冯家的可能？”

瑾瑞莞尔一笑：“太仓令既然声称与本案无关，为何如此热心有关物证？也罢，我就说了吧。重葩当日带回府邸四个钱袋，三大一小。小钱袋内装有三百余钱，根据万年县衙封存的冯家账册所载，这笔钱与重葩寄售于冯家的货物价款相当。再者，她与冯家结算货款时，宋国府新妇，即我家长女襄城县主的乳母卞氏也在场，指认冯家次男冯同光交给重葩侍婢玉兰的钱袋颜色、大小与死者遗物中的那个小钱袋相同。大钱袋则未曾见于冯家。伪钱也不是出自小钱袋，而是大钱袋，可见伪钱并非来自冯家。”

她坐看贺兰茂如何应对，心说：“我当时也在场，只不能广而告之。莫非你贺兰茂还敢怀疑伪钱出自平阳昭公主府不成？”

“下官对法司办案素来好奇，故而贸然发问，语多荒唐，请大王、王妃恕罪。”贺兰茂泰然回答，向上施了一礼。

“我就说我和苗婶冤枉啊！”冯同光方被押入公堂，闻言大哭，“我真不知‘巴娘子’是霍公家的媵妾娘子，她是我的财神，我敬她、感激她还嫌不足呢，怎能害她！”

仆妇苗氏在旁怨泣：“冯二郎，我教你躲着孔十三，你不听，经由他认识巴娘子，惹下这场大祸。我清清白白一辈子，快五十的人了，居然进了牢房！死了也没脸见祖宗！”

李世民忍着笑安慰：“二位少安毋躁。且听王妃分解此案。”

瑾琋继续说道：“鲜卑男子在重葩主仆离开‘竹’间之后立即服下备好的泻药。他吃下去的食物尚未消化，毒药尚未发挥效力就全部排泄掉，自然不会中毒。不过，他深恐毒药没有排尽，连续用猛药以促进排泄，泻得狠了些。经用药调治，今日腹泻才止住吧，太仓令？你前脚动身来万年县衙，雍州署的官吏后脚就在太仓署询问，得知你前两日腹泻挺厉害呢！”

贺兰茂有些错愕：“谢王妃垂问，下官近两日身体不适，有腹泻症状。想来普天之下，患有相同病症的人不知凡几。下官偶染微恙，不敢有劳王妃挂怀。”

李世民觉得他言谈中有对瑾琋不敬之意，“不敢有劳王妃挂怀”这一句简直轻佻！不由得心头火起，剑眉一拧，斥道：“放肆！王妃是说你就是那个鲜卑男子！贺兰氏是鲜卑姓，你装什么糊涂？”

气氛闹得有点僵，贺兰茂也没有回应。俄顷，万年县仵作入内，禀报勘验结果：痴傻少年食用的毕罗确实含有酒的成分，但没有验出毒素。

瑾琋用和婉的目光瞅着李世民，无声地疏导着他的怒气，稍后才接着讲述：“在谈论今日之事以前，须得先说明另一件怪事，即孔家质库主人孔方夫妻命案。重葩是否已将伪钱的秘密告知孔方夫妻？太仓令您恐怕对此没有把握。因此，你在杀害重葩之前，命家奴阿笃利用与孔方例行会面的机会加以试探。何种情形下如何处置，你也提前向阿笃做好了交代。经过叙谈，阿笃获悉重葩没有把详情告知孔方，但已在孔方面前骂过‘鲜卑奴’，想必孔方还问过阿笃重葩与贺兰郎有什么误会？自己可帮忙调解。试想，这样的孔方，一旦得知重葩中毒而死，面对衙司的追查、盘问，有无可能透露死者与贺兰郎的纠葛呢？

至少贺兰郎本人，即太仓令你，是不敢赌的。所以，这样的孔方，就不能见容于太仓令了。阿笃遵照太仓令的部署，把一罐酒送给孔方……”

“十三郎，我买了两陶罐绿蚁酒，味道醇正。这一罐咱俩午饭喝，另一罐给你。”阿笃诡秘地笑着，“这可不是一般的酒啊！你喝几杯，管保不怕你家那个石国夜叉，教她俯首帖耳……”

孔方又羞愧又恼恨，抱怨道：“唉！家门不幸。我背着惧内的名声，早没脸啦！”

阿笃打开那罐普通的绿蚁酒，给两只瓷盏满上酒：“来，喝！”

孔方借着酒劲，痛数妻子石氏不妇不德，出了好一通恶气。饭后，带着另一罐酒回家，最终被这罐酒索了命，石氏也一道上路。

“然则，孔十三得了那罐酒，当晚就喝了些，并未出事啊！”冯同光听得入神，忘记自己的处境，提出疑问来。

万年县令训斥他：“你尚为嫌犯身份，案情由不得你随意置喙！”

苗氏心中含怨，在旁嘀嘀咕咕：“可不吗？断头刀还架在自己脖子上，倒为别的案子瞎操心。”

“冯郎问到要害了。”瑾琋笑道，“那种酒，甚至超出了名医吴景贤的见闻。我因偶然读了点外邦杂书，方才识破……”

李世民等不及，催问道：“究竟是什么酒？”

瑾琋收敛了笑容，穆然答道：“那种酒叫作‘酥摩酒’，是古天竺的卜者用以通灵的所谓‘神酒’。人饮下酥摩酒，会产生幻觉，神智错乱，言行失常。倘若外界因素介入，刺激、诱导饮酒者，则犹如火上浇油，饮酒者将变得残暴不仁，将刺激他的人视为魔鬼，残暴地取人性命，或者对诱导者盲目地言听计从。有的酥摩酒药性烈，饮酒者终将怀着对天界的憧憬之情，欢喜自尽，以求得道成仙。不过，若饮酒后未受特别的刺激，酒力隔一夜也就散了，如同孔方第一次饮用此酒的情状。

然而，太仓令的酒，又岂是白送给孔方的？阿笃潜往咸阳县乡下，趁夜把一纸告密信投入孔方长兄的院门。石氏不幸中计，心急火燎地奔回咸阳渡，捉奸无果，爆发口角，孔方被激怒，晚间饮下的酥摩酒药性大发，拔刀伤婢、杀妻，最后自杀。我先前请舅舅提醒长安县衙，再用老鼠试一试孔方留下的那罐酒，不知结果如何？”

长安县尉奉雍州署之命前来，坐在公堂上旁听，起立禀报：“本县按照高治中的提点，将粟米用孔方的酒浸泡过，给那老鼠吃了。复将猫儿置于鼠笼外，威吓那老鼠。老鼠的反应甚是奇怪，并非畏惧，而是发怒！不停嘶叫，如同骂不绝口，又啃噬鼠笼。胥吏放它出去，它竟袭击猫儿，下场自然是被猫儿咬死了。下官方才恭聆王妃高论，联想孔方及那只老鼠的死状，深感王妃有烛见之明，令下官茅塞顿开。”

李世民仿佛自己受到肯定，瞥了眼瑾琋，得意地一笑：“诚所谓开卷有益。读书，总归是多多益善，不知何时便用上了。”

万年县令暗笑，心说：“您夸的不是自己吧？谁不知道秦王好武事胜于读书？”嘴上却附和道：“大王崇论闳议，下官心悦诚服。”

“那酒还有剩余吗？”李世民问长安县尉，“我怕有人不服。呵呵！”

“还剩约二盏之量。”县尉回禀。

瑾琋懂得李世民的意图，掩口偷笑，任凭他施展。

果然，李世民对贺兰茂笑道：“太仓令，以猫鼠试验是否不足以取信于人？既是你的家奴买的酒，你就饮两盏试试，可好？”

“啊！下官委实痛心疾首！”贺兰茂毫不犹豫地作出回应，拊掌自责，“家奴如此狠毒，下官始料不及。全怪下官素日只知操劳公务，于家事全不经心，云天雾地，昏瞶浑噩，以至于斯。日后定当痛改前非，整肃门户！下官伏请衙司即刻通缉逃奴阿笃，将其绳之以法，告慰亡灵！”

“这个……”万年县令也不知说什么好了。这位贺兰茂把责任推得一干二净不说，还来一番假抑实扬、自吹自擂的把戏，给自己贴上“公而忘私”的标签，脸皮之厚堪比城墙。

李世民安抚县令：“明府无须为难。太仓令此言，已承认他的家奴以天竺酥摩酒谋害孔方夫妻。那个阿笃，早不逃，晚不逃，今日靖善坊抓获獠人刺客，他就逃了，这便是不打自招，证据确凿。只等阿笃落网，即可查明幕后元凶。”

“是，是。”万年县令应着，心想阿笃的逃跑明显经过精心预谋，哪有那么容易捕获？明眼人都能看透，阿笃一介贱奴，凭什么与霍国公柴绍的媵妾及咸阳渡富商孔方有深交，闹到杀人的田地？又凭什么能弄到名医吴景贤都闻所未闻的天竺酥摩酒？恐怕他连酥摩酒的名字也不曾听说过。阿笃的背后必然另有主谋。而能唆使他犯下弥天大罪的人最有可能的是谁？当然是他的主人贺兰茂。但是，缺少阿笃的供述，想要定贺兰茂的罪绝不轻松。

瑾琋仿佛看破了县令的心思，悠然道：“人都逃了，抓捕恐非一朝一夕之功。请容我讲完这个故事再作计议。也怪我妇人之见，因重葩系霍公之媵，是亲戚，便不自量力，妄想亲自探明她的死因，还亡人一个公道。那日，我扮男装，赴平阳昭公主府察看重葩的遗物，在灵堂前目睹几位外命妇模样的女子哭吊亡人，似俱为重葩的生前友人。公主府侍婢阿茇呼着她们的姓氏安慰，其中一位姓江，另一位姓上官，江氏和上官氏二位娘子又互相安慰。重葩与司农寺主簿张麒之妻江娘子系好友，我早已知晓，却不曾想到，重葩通过江娘子的关系同太仓令的夫人上官氏娘子也建立了友谊。彼时，我冒出了一个设想：因钱财与重葩产生矛盾的人，自然是她的生意伙伴。那么，她能与什么鲜卑人后裔合伙经商？假如是她的友人，彼此信任，则较为合理。恰好，她的友人上官娘子的夫君，太仓令贺兰郎，不就是鲜卑人吗？于是，我多看了她们几眼，发现上官娘子携有家奴一名，那人目光飘忽不定，似乎三心二意。我既然有了疑心在先，不免怀疑那家奴是奉主人之命在观察公主府的动静。确切而言，我怀疑他在监视一个人。”

“何人？”柴绍警惕地问。可想而知，贺兰茂派家奴混入公主府要监视的人，极可能隶属于公主府。

瑾琋沉重的心绪凝结于眉间，语调也变得有些弱：“抱歉，三姐夫，我将一个怀疑隐瞒至今。现在不得不说出来了。上官娘子带去的家奴，是在监视柴家的家生，德旺。”

◑ 2 ◐

“德旺？”柴绍愕然望向自己深信的家奴。

“他监视奴婢做什么？”德旺局促不安地捏着手指。

瑾琋望着他所在的方位，那里被屏风遮挡，只闻其声，不得见其人。她在脑中想象着德旺的神情举止，话音化为柔波似的风，经由屏风的缝隙飘过去：“这要从重葩娘子仙逝的次日说起。那天，秦王与我赴平阳昭公主府吊唁，弘义宫典医丞吴景贤同行。吴景贤察看了重葩娘子的遗容，怀疑死因系中毒。之后秦王和我随霍公前往玉兰住的下房，取重葩、玉兰中毒前饮水用的皮囊勘验。那间下房设有一张单人小卧榻、一张小坐榻、一张曲足矮几并几口小箱笼。曲足矮几置于进门的右手侧，靠墙横放。坐榻设于上首，玉兰毒发前，那是审讯玉兰的人，即德旺的座位。玉兰背对着门跪坐在下首受审，与德旺隔着矮几对坐。如此方合乎情理。德旺，我可曾说错？”

“不曾。”德旺不解其意，微微皱了一下眉头，“奴婢敢问王妃，这事有什么要紧吗？”

瑾琋仿佛没有听见他的问题，幽幽地自说自话：“卞氏在冯家杂货肆门口看到，玉兰一直是用右手把那皮囊拎上提下的。由此，我判断玉兰不是左撇子。未知是否有误？”

柴绍作出肯定的答复：“她的确不是左撇子，习惯用右手。”

“她携皮囊、木杯，跟着德旺回下房。这两件物品，一只手拿不下。”瑾琋说，“如霍公当日所见，皮囊置于矮几左端，木杯置于矮几右端，靠着墙壁，显得有些散乱。照此看来，玉兰回房，是用左手拎着皮囊，右手拿着木杯，顺手搁置，也不怕人进人出不慎撞落皮囊。我目睹这般情景，却是放心不下。玉兰为何不用更有力的右手拎那较重的皮囊？重葩是一位爱洁净的女子，玉兰身为她的贴身侍婢，也理应会养成细心周到的习惯，为何不把皮囊连同木杯一并靠墙放置？如此既能防止皮囊被撞落，也更为整洁。在我的经验中，稍微讲究的女子都不会那般随意地处置手中的物品。”

柴绍的眼底落下一片阴霾，低沉地问：“难道？”

李世民同样有所领悟，回忆今天瑾琋的经历，他的脊背好似有一条冰冷的蛇爬过，心头陡地发紧，克制着勃然而起的恼怒与后怕之情，插言道：“这也是王妃一直秘而不宣的事了？我如今方才明白，王妃为何要带着德旺去长乐坊走一遭。因为你怀疑德旺……”

他想起柴绍，连忙把话打住，向这位姐夫投去歉意的一瞥。

公堂上下嗡嗡地骚动起来，人们如观赏珍禽异兽一般打量德旺，冯同光冲他叫道：“你啊？你？我记得，是你陪霍公来我家寻重葩娘子，敲我家的院门，请她出来。”

“我、我……”德旺手足无措，吞吞吐吐，也不知想表达什么。

瑾琋镇定地回答：“我怀疑玉兰原本是将皮囊与木杯一并靠墙安置，但德旺与太仓令贺兰郎串通，趁玉兰毒发之机，拿过皮囊，取出太仓令交给他的毒药‘颜如玉’，投入囊中的残水里，栽赃陷害冯家次男，妄图让冯郎做太仓令的替罪羊。然而，德旺是须眉男子，行事粗糙些，做完这件事，因急于向霍公禀报玉兰中毒的消息，右手随便将皮囊搁在矮几不靠墙的一端，起身离去。当我们入室，立于进门的方位，看到的自然便是那般情形了。不过，彼时尚只是一闪念的疑云。我思量着，德旺是柴家的家生、霍公器重的忠仆，不可能助纣为虐。可是后来，我再赴公主府，发现太仓令的夫人上官氏娘子与重葩有旧，并且，其随行家奴似乎在监视公主府内的人，不由得回忆起皮囊的疑点，对太仓令及德旺萌生怀疑。我猜测，太仓令利用了德旺，又因心虚畏惧德旺反戈一击，故此派人潜入公主府，窥视府中动静，观察德旺是否有出卖他的迹象……”

然而，猜测毕竟只是猜测。在柴绍提议，派遣德旺同访“四海春”的那一刻，瑾琋便想出了一个试探的办法。她故意率领留荑、德旺等随从途经女客云集的内堂，让上官氏、江氏及她们的随行奴婢都目击德旺的行踪。

在“四海春”，瑾琋又指着德旺对店主说：“告诉那位贵客，鄙姓巴，霍国公媵、巴氏娘子之弟。霍公家生，德旺，带我来的。”实际上，她觉得那位“贵客”，即疑凶贺兰茂本人短期内绝不会再光临“四海春”，店主根本没有机会转达。但是，假如她的推测无误，上官氏所携家奴自会跟踪德旺至“四海春”，并设法打听他们一行的来意。她的言行都将传入贺兰茂的耳朵。贺兰茂应该很清楚，重葩不姓巴，也没有弟弟。当他得知德旺带领一位神秘人物查进了“四海春”，嗅到了“竹”间鲜卑客人的气味，必然心虚气短，要找德旺质问。而德旺如果心中有鬼，瑾琋那番话也将对他造成震动，他势必有所反应。

“从‘四海春’回去，我即刻密遣人手，监视德旺的出入。发现他果然在访问‘四海春’的第二日，借赴咸阳县堪舆之机，半途与身份不明的外人私会于半路一家名唤‘杏月香’的酒肆。两人相继进入同一间雅间，待了小半个时辰。”瑾琋歉疚地看了看柴绍，“我对三姐夫万分抱愧。只因不愿在姐夫操持丧仪、真相不明的情况下，增添您的烦恼，因此私自监视府上的家生，多有冒犯。”

“啊！奴婢不曾去过‘杏月香’！恐怕看错了。”德旺立即否认，身姿却骤然萎靡下来。

瑾琋轻轻摇头：“与你会面的那人，据相貌来看，当为阿笃。他虽然不知所终，你人却在此。若带你去‘杏月香’，请酒肆的人辨认，你将如何处之？仍作徒劳无益的抵赖吗？”

德旺不答，整个人似乎有些皱缩。

柴绍仿佛听见了惊涛拍岸的巨响，四面竖起遮天蔽日的海浪，寒凉的水抡起巴掌扇过来，让他体肤尝到一股腥咸。柴绍钝涩地开口问道：“所以王妃当日去过‘四海春’之后，说要思考一日，若拿定主意，便去长乐坊，实则是想侦觇德旺的行止，有意给他作出因应的时间。若他果有异动，就在长乐坊设局诱捕？”

“是。”瑾琋应道，“德旺与阿笃在‘杏月香’碰头，解释发生在‘四海春’的事，交换讯息。贺兰宅位于长乐坊，德旺把我要去长乐坊的计划告知对方。太仓令听说，自然认定我已怀疑到他的头上。疑心生暗鬼，兴许他还以为我掌握了某些证据。按他的过往行径，必定不择手段也要封我的口。但他不会在自家宅邸所在的长乐坊行动，那么，他只有在靖善坊下手，才能‘两全其美’，既可及时杀我灭口，又不致引致衙司怀疑自己。我预先请秦王在靖善坊一带埋伏人手，暗中保护我一行人，但凡有人谋害我，必遭当场擒拿，审问出主谋。可是，太仓令的行刺手段完全出人意料……”

贺兰茂派亲信家奴阿笃收买獠人刺客，给他裹有酥摩酒的毕罗，教他如何行动。獠人遵照贺兰茂的指使，跟踪德旺、瑾琋一行，把毕罗给靖善坊的痴傻少年吃下，将瑾琋指给少年认，蛊惑那少年袭击瑾琋。少年虽吞下毕罗，但怎样袭击，袭击什么人，却是随心所欲，主要发挥了吸引众目、分散瑾琋注意力的作用。这个目的达到后，獠人遂以暗器突袭。只是众人早有防备，安元寿的干扰、李世民的阻挡，让暗器未能命中目标。獠人的伪装也被瑾琋识破，因而被捕。

“德旺，你自己也险些被青砖击中，可见你的性命对你的同谋来说无足轻重。你还不如据实供述，以求减轻处罚。难道真要包揽罪责，放任同谋独自逍遥法外吗？”瑾琋语重心长地劝说。

柴绍沉声斥问：“德旺，你还有何话可说？你的父母虽为奴婢，却也被我视为可敬的长辈，二老如今仍在邢州看管我柴家祖宅。你如此作为，有何颜面再见你的父母？”

“阿郎！”德旺“扑通”跪下，叩首道，“奴婢糊涂！奴婢察觉重葩娘子有挪用府中资财的嫌疑，便暗中跟踪打探。不想‘镇保’——奴婢今日方知他本名‘阿笃’——寻到奴婢，他说自己是与重葩娘子合伙经商的人，发现重葩娘子唯利是图、贪得无厌、不讲道义，亏空公主府以自肥不说，更屡次伤害他的利益，还、还……与好几个外男眉来眼去、打情骂俏。总之，在阿郎征战期间，她纵欲乱为。阿笃说，倘若奴婢帮他一个忙，他就能下手，‘摆脱’重葩娘子。奴婢琢磨，她胆敢在外与各路外男见面接洽，合伙做买卖，还有什么做不出来？奴婢不禁怒火中烧，深为阿郎不平！重葩娘子背叛柴家、侮辱阿郎和先公主，该死！可是，奴婢也不敢杀人……奴婢思忖，依阿郎的性子，纵使知晓重葩娘子挪用府中财帛营利，无非训诫她一顿，剥夺她管家的资格罢了；若将她与外男的丑事禀告阿郎，阿郎必定悲愤羞辱，奴婢于心不忍。所以奴婢想，就让外人解决这个问题也好……奴婢也答应阿笃，只要重葩主仆毒发，就把毒药投入她的皮囊……”

众官吏闻言又将质疑的目光转向冯同光，连苗氏也用八卦的眼神瞅着他，心说：“冯二郎，你不会也跟皇帝女婿家的媵妾娘子有一腿吧？我可没法替你担保清白。你日常不在家的时辰，到底干什么去了？谁也不知道啊！”

冯同光气得跌足槌胸：“为什么盯着我？我和重葩娘子只为买卖上的事会面，从来循规蹈矩，绝不逾越礼法！我对重葩娘子，唯有尊敬，没有半分别的意思！”

可他至多只能证明他自己与重葩并无私情，阿笃说的可是“好几个外男”。关键人物阿笃不在，也无从鉴别冯同光说辞的真伪。

柴绍听不下去，脸上阴云密布。眼看话题从探究案件真相，偏离到猜测姐夫冠冕的颜色上，李世民禁不住回顾武德四年自己媵妾刘燕婉的奸情，没好气地打岔：“且纠缠这个做什么？当务之急，须抓捕阿笃讯问，一应谜题自然迎刃而解。德旺，你应当知晓同谋阿笃的去处，还不从实招来！”

“奴婢委实不知。”德旺慌忙辩白，“阿笃约奴婢在‘杏月香’会面，埋怨奴婢为什么带人查案？要不是他与‘四海春’店主有交情，还被蒙在鼓里。奴婢向他说明情由，他问秦王妃下一步有何打算？奴婢告诉他，要去长乐坊。他只说‘那倒无妨’四个字，再未与奴婢谈别的。今日发生在靖善坊的种种，奴婢事先概不知情，也没想到阿笃逃跑。”

贺兰茂愁眉苦脸，向高俭提议：“雍州高治中在此，下官请治中下令，搜索长安城及京畿，或许能抓获阿笃。下官愿与之对质，以证清白！”

“不劳费心，搜索已展开。”高俭谛视着他，想要探明他镇静自若的原因。

瑾琋看着被屏风遮挡的贺兰茂大义凛然的神态，一缕薰风在酒窝中荡开，隔空向万年县尉站立的方位问询：“请问少府，率领众胥吏进入贺兰宅搜寻阿笃的时候，贺兰宅在热火朝天地忙什么？适才少府曾禀报明府，我深恐记错，故而有此一问。还请少府解答。”

万年县尉回禀，贺兰家正在修葺正堂。

瑾琋再问：“墙壁有新抹过泥吧？有多宽？”

县尉想了想，答复：“是。据下官目测，将及一尺。”

“阿笃胖瘦如何？”瑾琋转而问德旺。

“适中。”

“唉！可怜。”瑾琋神情凝重，“请万年县安排胥吏，刨了贺兰家新葺的正堂。我想，阿笃多半被封在那新修的墙里了……”

“啪！”李世民拍案起立，“刨！若刨错了，我赔偿贺兰家一座新的正堂！”

◑ 3 ◐

万年县的胥吏们从贺兰家刚翻修好的正堂墙壁里将阿笃挖了出来。可以想见，已经是一具六脉俱息、灰容土貌的尸体了。仵作验明，死因为勒毙。

瑾琋嗟叹不止：“唉！我听罢德旺的供述，便担心阿笃的安危。抛头露面的事全由阿笃一人承担，貌似备受主人重用，然则，以他家主人太仓令贺兰郎的性情，又岂容他留下活口？鸟尽弓藏，令人心寒啊！”

高俭扬声质问：“太仓令声言，阿笃逃亡，请求衙司追捕。而阿笃的尸首却在太仓令新修的墙内被发现。太仓令作何解释？”

贺兰茂的热汗如瀑布般倾泻而下，但语气依旧死硬：“衙司寻人不着，任谁也会认定阿笃逃亡。至于他被何人所害，恕下官并不知情。”

“呵呵，太仓令言之有理。”瑾琋露齿巧笑，“能把阿笃糊在墙里的，不过是府上负责正堂修葺工程的家奴、受雇施工的匠人，县衙拿了他们来审问，就说太仓令指控他们为疑凶。另外，请‘四海春’的店主和伙计们来，认一认太仓令是否就是重葩主仆光顾那一日，在‘竹’间消遣的那位郎君？再让伙计们见一见阿笃的尸体及贺兰家的众家奴，指认哪一个是在我带领德旺等人探访‘四海春’之后，打听我们一行来意的那人。也请平阳昭公主府的侍婢阿茂来，指认贺兰宅的家奴中，谁是陪同上官娘子去公主府哭祭的那一位，我和留荑等人也可辨认。此人与后来赴‘四海春’打探的应为同一人……”

贺兰宅的家奴、工匠炸开了锅。万年县逐一审讯、排查，揪出管事家奴及另一个家奴为嫌犯。两人听说贺兰茂把自己择得干干净净，并咬定真凶为奴婢，哪里坐得住？“四海春”的店主和阿茂又认出管事家奴正是瑾琋追查的那个人。他的心防就此崩溃，一五一十地招认了。另一个家奴也未表异议。

贺兰茂怒发冲冠，咆哮道：“你这欺心害主的打脊奴，分明是你与阿笃有仇，下了毒手，却诬陷郎主为主谋！”

管事家奴反唇相讥：“阿郎还像贵家公子的样儿吗？一点儿担当也没有！重葩娘子怎么死的，奴婢不知，不敢胡说。杀阿笃、藏尸首的是奴婢们，可奴婢们也是受您指使！您这般无情无义，休怪奴婢把您的怪事都说出来！娘子上回给奴婢一袋伪钱，说家里的钱时常放出去给借债人使，还要做买卖，日常开支不宽松，教奴婢在外采买，三不五时掺和点伪钱付款，节省家用。奴婢防着您翻脸，都收着呢！奴婢也有一句话问阿郎，您和夫人从哪里得的这许多伪钱？”

他摸出一个钱袋，上呈万年县令验看。

“你、你！奴告主，也是一宗罪……”贺兰茂骂着，气焰忽然灭了，嘴唇哆嗦着，未说完的话熄灭在了喉咙里。

管事家奴又掏出一纸文书，嚷道：“阿郎说，奴婢为主杀人，郎主以放良为报。这是今日办妥的，奴婢实际已为良民身份。我现在就要戴罪立功，告发贺兰郎及夫人上官氏勾结孔家质库，违律发放高利贷，并藏匿、使用伪钱之事。奴婢还怀疑您夫妇二人参与私铸伪钱，特当堂控告，提请法司查处。奴婢死也不要一个人白死！”

李世民击节赞叹："哈哈！好一出狗咬狗的好戏，真是精彩绝伦！凡为主公者，当以贺兰茂为戒。先是驱使下属为非作歹，继而兔死狗烹，委罪于人，怨不得别人与他翻脸。"

贺兰茂突然绽开一缕阴鸷的笑意："呵呵。下官就说两件事，旁的问题下官一概不答。第一件，放高利贷这等小事，何足轻重？霍公，您的媵妾重葩娘子也曾用府上的钱财放债，收七分、八分的高利。她将部分利润用于购置小宅、良田，部分存在孔家及东市的几家柜坊。您可深查，必能判明我并未诋毁她。重葩娘子的钱都交由孔家质库去放。放给谁、如何催债，由孔家质库出面办理，她不过问，只管按时收利钱。然而据我所知，她有一笔钱放给卫尉寺主簿高烨。孔方他们不认识，我却知晓高烨是弘义宫高刀人的弟弟，只是我不肯透露口风，插手旁人的闲事。高烨迫于无奈，拿首饰抵债，重葩不信高烨年末有能力偿赎，于是令孔家即时变卖首饰，作价两清，腾挪现钱，放给另一家月利更高的。内有一支蜻蜓累丝血珀镂花金钗，孔方之妻石氏曾问贱内要不要，贱内不想买，被宋国公萧家的外甥女袁氏买了去。她戴着那金钗做萧大郎的大婚女傧相，进弘义宫迎亲。末了，袁氏的丈夫郗子超又用那金钗杀了袁氏，此案闹得满城风雨，街知巷闻……"

别人如听戏文，李世民和瑾琋却是震愕不已，几宗异事，竟如此盘根错节，相互关联，而孔方所称的"大债主"居然是重葩。再看这个贺兰茂也是强硬，撞了南墙也不回头，只字不谈自己的罪嫌，一味搬弄别人的是非，混淆视听，也不是一般的丧心病狂。

李世民刚欲打断贺兰茂的聒噪，这人却向他报以揶揄的笑："呵呵，大王，第二件事，下官请旁人回避，只能对大王、王妃陈情。"

柴绍吐出一口粗气，斥责道："故弄玄虚！"

贺兰茂不慌不忙地叩首："下官启禀大王、王妃，事关武德七年，王妃在泾阳县遭遇的那场火灾。"

李世民感觉其中有文章，不妨听他一语，于是请柴绍、高俭及众官吏回避，嫌犯、证人等也带下去，只留瑾琋及弘义宫的少数几个得力随从在侧。

“大王，此事说来也是一段佳话。”贺兰茂拱拱手，笑容竟是诚挚坦然，“王妃当日身陷火场，今太常寺汾祠令、时任协律郎的吴郡陆钲恰在泾阳县公干，途经彼处，毅然挺身相救，亲手抱着王妃逃离险境。下官请问大王，是否知悉？”

瑾琋觉得屏风东倒西歪起来，眼前一片凌乱。显而易见，贺兰茂在报复她。别看他顶着“贺兰”这个贵姓，却拥有无比龌龊低贱的人格。

顷刻间，李世民变成霜打的——不是茄子，是老虎。尽管额头上的“王”字落下一层灰白，仍然盛气凌人，默然逼视他一阵，艰难地吐出两个字：“住口。”

留在室内的随从是库直安元寿、杨台，侍婢留荑、繁缕及一名校尉。这位校尉正是瑾琋武德七年去泾阳县探访剪秋罗、董抱娘的随员，目睹了贺兰茂所说的那一幕。他事后曾禀报李世民说陆钲从火灾中救出了王妃，但未曾说明是“抱”出来的。如今贺兰茂点破这件往事，这位校尉颇有拔腿回避的冲动。

贺兰茂仿佛没有听见李世民的命令，继续侃侃而谈：“后来陆郎应宋公之邀，出席萧大郎和襄城县主的婚礼。巧了，酒席上另有一位宾客是下官的亲戚，武德七年任泾阳县丞，也参与过救火，目击那般情景，印象颇深。事发时，他尚不知那位娘子是秦王妃。后来，大王莅临泾阳官舍，他方才明了。嗣后他调入长安任职，记忆也就淡了。因在宋国府婚宴上与陆郎对饮两盏，他又想起来。近日与下官闲聊，偶然谈及此事。呵呵。”

李世民把视线移向那位校尉，旋即从他躲闪的眼神中探悉贺兰茂所言非虚。

“杨台，你去请霍公、高治中及众官吏回公堂。”李世民佯装不为所动，然而在只言片语中，众人仍可窥见他心底沸腾翻滚的岩浆，整个人如一座行将喷发的火山，“贺兰茂涉嫌杀害两人、私铸藏匿伪钱、谋刺亲王及王妃等罪，案情重大，须移交大理寺监禁审理。我先回宫。”

他看也不看瑾琋，起身振衣而去。好在瑾琋身着男装，不必过多忌讳，紧随而出。随从们明白气氛不对，只远远跟着，给他们空间处理这个麻烦。

二人先后步入一段夹道里，李世民毫无停步等待瑾琋的意思，反而越走越快。瑾琋追赶不及，四顾无人，便呼唤道：“二郎，等等我。”

她话语间有喘气声，李世民担心她气疾发作，不由得驻足回望，沉声发泄怒气：“等你做什么？你，你好意思吗？啊？”

瑾琋柔声劝解：“二郎，《孟子》有云，嫂溺不援，是豺狼也。男女授受不亲，礼也；嫂溺，援之以手者，权也。表兄妹之间也当如此。况且，陆家表兄当时并未认出我……”

“休要答非所问、避重就轻！我是那等不通情理的迂夫子吗？你的人际往来，我几时拘束过了？楚昭王夫人贞姜，逢洪水大至，因昭王派来迎接的使者忘记持符，死守渐台不出，台崩溺亡。我也认为她呆板迂腐，不足为后世女子仿效。”李世民想象着陆钲怀抱瑾琋的场面，忍不住大踏步抢到妻子身边，拽住她的胳膊一甩，将她摔到墙壁上，摸到玉龙子所在的位置，用手使劲一压，抑制着嗓音责备道，“此次，并非我疑心生暗鬼，受人挑唆，而是你长期隐瞒真相，不以坦诚待我。让贺兰茂那个连市井奴也不如的小人当着侍婢、王府属官的面拆穿你隐瞒之事，难道是一件德厚流光的体面事吗？再说今日之事，这几日你玉龙子不离身，那是因为你决意以身作饵，诱捕真凶，踏春冰，踩虎尾，险象环生，事先为何不对我明言？你当我是何人？外人？”

瑾琋的手臂和后背被他弄得生疼，自觉确有处置不当之处，有五分理亏，还有五分委屈。自己查出真凶贺兰茂，也被贺兰茂咬了一口，真不知该笑，还是该哭？又联想武德七年惨遭飞贼龙越泽强暴的剪秋罗，李世民因为陆钲这种无伤大体的事就不高兴，若剪秋罗的丈夫虞旦获悉妻子曾经受辱且未作反抗，不知将如何嫌弃？无怪乎剪秋罗要永久守护这个秘密。瑾琋眼底漾起晶莹之物，她紧抿嘴唇，盯着李世民不语。

恰有一位年老眼花的肥胖胥吏过来，只见满树桃花飘舞飞旋，夹道内的两人“风光旖旎”，看不下去，厚掌往壁上一砸，斥责道：“两位小郎君大胆！堂堂县衙，不是你们大搞龙阳之好的所在，羞煞人！”

李世民慌忙拖着瑾琋逃跑，待各自上了马，又不理她，瑾琋也不求他。一路无言，返回弘义宫，两人照常分居，此后又闹了几天别扭。李世民听说瑾琋每日读书写字、陪伴孩子，召刀人姜滗儿来，一起做女红，此外意兴阑珊，也没有如平日那样找于斯滢等亲友高谈阔论，暗想：“观音婢自知有错，所以收敛些。哼。”

在此期间，李世民为了避免嵇遐案的结局重演，赴太极宫甘露殿觐见李渊，咬着贺兰茂谋刺秦王及秦王妃这项最严重的罪行，请求李渊降敕督办此案。李渊虽在太子李建成和次子李世民之间玩弄平衡术，对次子有所防范，但内心深处还是一位疼爱子女的慈父，容不得他人危害儿子、儿媳的生命安全，果然敕令严办。

李建成认为自己在司农寺一案中拉了张麒、贺兰茂一把，已属破格施恩，对于贺兰茂再度犯案，只觉厌倦反感。何况贺兰茂狗胆包天，直接侵害李世民夫妇和柴绍的媵妾重葩，致使李渊下敕督办，太子也不便插手。因此他默不作声，并严令李元吉也不许介入：“我知道张婕妤又在求你帮忙，你须向她陈明利害，坚决拒绝。若她纠缠不休，你就说这也是我的意思。贺兰茂鼠目寸光，瘠人肥己，以致因小失大，全是咎由自取。张麒托张婕妤求情，搭救贺兰茂，不可能只是出于同僚情谊。依我看，贺兰茂在大理寺狱中强顶硬扛，拒不回答任何问题，是因手握张麒的把柄，寄望其营救。若张麒见死不救，贺兰茂将供出张麒的罪状。哼，恐怕源头就在那伪钱上。你劝张婕妤，为了她好，也为她堂兄好，抛开那个贺兰茂。哼，四郎，你懂得，若不是念及张婕妤这个贱人尚能在御前吹吹风，我连张麒也一并不管。这个张麒同韩弗祢、周导、郗子超是一丘之貉，倚仗东宫飞黄腾达，却背着我胡作非为，扫我的脸，败我的声誉，原本死不足惜！”

李元吉会意，向张婕妤传达了太子的意志。

“哎哟，如今可怎生是好？万一贺兰茂胡说八道，妾堂兄可没有好果子吃。”张婕妤急得扭头撅嘴，“妾了解至尊，旁的事倒还罢了，私铸藏匿伪钱、阴谋刺杀秦王的贺兰茂，至尊断然不会容忍。”

李元吉阴恻恻地冷笑：“哼，换作别人的事，太子和我岂肯过问？念在婕妤时常于至尊驾前为我兄弟美言的情分，纵千难万险，太子殿下与我少不得替婕妤消了这个灾祸罢了。”

张婕妤乖觉，迅即拜谢：“太子及大王深恩厚泽，妾甘效犬马之劳以报！”

◑ 4 ◐

当晚，贺兰茂在大理寺狱内撞墙而亡。据李世民安插于大理寺的内应密报，狱中的内线原想到场勘察，但在他们抵达之前，贺兰茂的尸首已被送走。狱丞按其畏罪自杀定论，上报大理寺，搬运遗体的人把囚室内部的各种痕迹弄得一塌糊涂，无从着手。

瑾琋闻讯，叹了口气，对左右说：“冯同光及苗氏无罪释放，无辜之人免于蒙冤。贺兰茂罪大恶极，终究以死赎罪。倒也不算有失公平。”

瑾琋深知贺兰茂的遗体必然在隐蔽处遭到破坏，不会留下疑点的。

“娘子，案件已了，是好事。”繁缕进言道，“大王那边……”

瑾琋抚摩着手中的女红，吩咐给使秦五谷：“去请大王。”

秦五谷跑到外面打听，赵顺告诉他，掌管北门屯营兵的云麾将军敬君弘来拜见秦王，两人正在戢武殿叙谈。原来，敬君弘就是靖善坊那痴傻少年的父亲，特来赔礼道歉的。

秦五谷笑问：“这是负荆请罪了？大王怎么说？”

赵顺说：“大王殊不介意，反倒问敬家的儿子可曾痊愈？需不需要请我们典医丞诊治？两边相谈甚欢。敬家小郎君本就不通世事，又为人所害，大王不会计较的。”

二人交换了一会儿讯息，李世民回翠华偏殿了。他看见秦五谷，就知是奉瑾琋之命来的，心中窃喜，故意皱皱眉，问他来做什么。

瑾琋的“去请大王”四个字到了秦五谷口中，扩展为一长串恳求：“王妃请大王务必回翠华正殿。奴婢亲眼所见，王妃她甚是思念大王，背着人时，就长吁短叹的。”

李世民心中有些酸疼，也有些得意。他装作漫不经心，解下横刀，扔给赵顺，答道：“她不欢喜，我也不轻松。连日来，我出则暴衣露冠，入则案牍劳形，岂是容易的？”

“是，大王夙夜匪懈，忧国奉公，奴婢们莫不钦佩。”秦五谷赔着笑脸，“想来王妃至多不过落个气疾复发就完了，服用女医唐久客留下的药即无大碍，没什么要紧事体。适才却是奴婢无知无识，大惊小怪。”

听了这话，李世民很不受用，正色驳斥：“什么叫‘至多落个气疾复发就完了’？说得稀松！那是可以轻描淡写、等闲视之的病症吗？”言毕，径往正殿去了。赵顺和秦五谷相顾吐吐舌头，窃笑着跟过去。

瑾琋把满头浓云梳作反绾乐游髻，只戴着李世民赠予她的迦陵頻伽双鸟衔牡丹镂花金钗和嵌红珊瑚珠金簪，别无其他发饰；淡扫娥眉，薄施粉黛，唇上点了海棠色口脂，柔光流动；身着豆青色绫地龟甲暗纹绞缬窄袖上襦，雪青色绫的葡萄藤蔓纹齐胸襦裙，挽一条月白色素纱帔子；腰挂山玄玉组佩，玉龙子垂于脖颈，整个人好像一树静美恬雅的栴檀花，安详地迎向大门。她问候步入正殿的李世民："二郎，这几日还好吗？"

李世民从未见她穿这身衣裳，看起来足有十成新，显然是新做好的衣裙，第一次穿着，让他不禁心动神驰。他暗自得意，讥诮地笑着说："你今日为何舍得开金口？连日来不是傲霜斗雪，铁骨铮铮，对我不理不睬吗？我怎么听说，有人背地里又是叹气，又是思念？人前笑，人后哭，也是怪累的，终归是撑不住。哈哈！"

瑾琋努力压下了踩他足尖一脚的念头，命玳玳捧一双锦袜来，接过去稍加检视，递给李世民，淡淡地说："我连日来并没有做什么，只让姜刀人教我，缝了一双袜子与你。我的手工粗糙，你若弃嫌，随意扔在哪里就罢了。"

瑾琋话音袅袅，如花雨夭夭地洒落，满殿缤纷旖旎。赵顺、留荑等人不需主人出声，轻手轻脚地溜了出去。

李世民看着那双锦袜，素色，踝部各绣一飞狮暗纹。尽管不及女红能手姜澪儿的手艺精致，这狮子的神态也颇有几分灵气，足见瑾琋付出的心血。

他不禁动容，居然有些不好意思："哪里粗糙了？依我看，比尚工局做得还好。只是你何必吃这个苦？早在前隋大业年间，你我订婚之前，我就说过，不需你费力伤眼地做这些穿用物件。"

瑾琋微笑道："你自然不缺这些，然而我做的，是我的心。"

这一句话如一脉清流，自幽谷深处潺潺流出，灌入李世民的心田。待要拥住她，软语温存一番，忽又想起什么振作乾纲之类的话，强忍着一语不发，把锦袜掖进怀里，盘腿坐下，把矮几上的一只枫叶纹描的琉璃盏端起来，故作悠闲之态，喝那盏中的冰镇乌梅饮。

瑾琋心说：“好，李二郎，你就装吧。”说着也在他身旁坐了，诚恳道歉，“二郎，那件事我瞒着你是我不对。我原是怕你多想。此番没有预先言明去长乐坊的用意，是不想令你担心，怕你阻止我。”

李世民只觉冰镇乌梅饮滴入了每一个毛孔，全身无一处不清凉，他搁置了琉璃盏，竭力板着脸，略略颔首以示认可：“知错能改，善莫大焉。”

瑾琋没有回答。李世民等了片刻，忍不住转头去看，正对上她酸楚的目光。只见两行清泪滑落，沾湿了脂粉。李世民有点心慌，一面问：“你怎么了？”一面拿了她的罗帕，笨拙地为她擦拭眼泪。

瑾琋哽咽道：“我是有错。可是我的本意是好的。你丝毫不解我的善意。我想，都是我迫于医嘱，不得不一再与你分居，你对我渐渐离心之故。”

李世民急得顿足，嚷道：“离什么心？胡说！”

瑾琋夺回罗帕，自己擦了泪，又打开一个装首饰的小箧，拿出一只漆盒，交给李世民说：“我命人照原物的样子做了些改动，另制成一支蜻蜓累丝血珀镂花金钗。这金钗回来了，惠通心里想必也好受些。你带去给她，也不必在我这里枯坐着，惹你焦躁心烦。”

这些日子，李世民都在淇奥殿召幸惠通。瑾琋是知道的。

“观音婢。”李世民不接那漆盒，捉住她的皓腕用力包在掌心。

瑾琋被他牵着手臂，肩膀更显单薄，双眸仿佛漫出雾雾。她的声音恍若飘飞的花瓣，轻柔地落在李世民耳朵里：“是我未能生就一副强健的体魄……”

李世民没有起身，扬声呼唤赵顺入内，命他把蜻蜓累丝血珀镂花金钗送至舜华殿，转达高惠通，说明是王妃为她订制的。

李世民凑近瑾琋的耳朵喁喁私语：“我不做什么。只同你一处发发呆……”

此后的半年正应了“光阴似箭”这个词。瑾琋觉得，那是因为生活平顺的缘故，假如遭逢为难之事，便是度日如年了。稍显严重的事无非是武德八年秋突厥入寇，李建成、李世民分别统帅豳州、并州防线。不久击退突厥，李渊加封李世民为中书令，以彰其功。如此而已。

及至岁末，杞国夫人于斯滢邀瑾琋同赴京畿咸阳县安国寺礼佛，约定以化名微服前往，各携子女一名做伴。李世民原是不放心瑾琋在没有他陪伴的情况下微服出城，架不住她软磨硬泡，勉强应允，调派武艺高强的校尉、卫士共三十名，乔装家奴，担负咸阳之行的护卫之责。另遣库直杨台假扮瑾琋之弟，化名“太叔台”，西门君仪遣孀王阿来假扮瑾琋表姐，称“王娘子”，共同护送瑾琋出行。侍娘、婢女就只带了留荑、玳玳等三人。承乾是世子，不能任意私游，瑾琋就带上了六岁的青雀，于斯滢携八岁的次子窦赦，四人同乘一驾普通士族常用的牛车，加上杞国府的四名随从，人欢马叫地出游咸阳县。

启程之际，于斯滢因不见了一张熟面孔，特地问瑾琋：“繁缕那婢子何在？”

“去柴姐夫家帮忙了。”瑾琋不自觉地浮出微笑，“重葩、玉兰登仙，德旺下狱，姐夫家里竟没个贴心着意的主事人，岁末事杂，他府中乱糟糟的。繁缕是三姐娘家的家生侍婢，也算一家人，我命她过去帮着调度个十天八日的。”

于斯滢会心地一笑：“女大不中留？”

留荑脸蛋绯红，咕哝道：“奴婢舍不得娘子。况且奴婢为贱籍出身，放良后也做不成别人的妻室。不想出去。”

于斯滢谑笑道：“如霍公那般家中没了正室娘子，或者正室性情温厚的，也无不可。”

“那也不要。女子一朝做了人家的妇人，烦心事多着呢。”留荑认真地说。

瑾琋和于斯滢居然无言以对。留荑虽未成家，话却说得有几分道理。当年瑾琋满怀憧憬地出嫁，可婚姻生活中从来不只两个人；此次于斯滢去咸阳，也是由于窦信又有新宠，闹了不愉快，想散散心。因为周导、沈默而失宠于窦信的小妾卜醉蝶如今以于斯滢为靠山，也陪同她出游。

咸阳到，礼佛毕，尽兴游览一番后，一行四十六人启程返回长安。途经隋恭帝杨侑“庄陵”附近一座名叫“乌庄”的富庶村落，于斯滢的亲信侍娘因头天吃多了些，闹肚子，腹痛难忍，众人只得暂且驻足，问一户姓戚的小康人家借用厕所。

杞国府的家奴久宁给了戚家主人几枚“开元通宝”，那家人热忱地把铺地草席和矮几擦了又擦，烧热水招待他们小坐。瑾琋、于斯滢跟戚家的主妇闲话家常，那妇人说：“我们村人大多姓乌，我娘家也是乌家。全村外姓人不超过十户，姓戚的只有这一家。武德二年，朝廷颁布均田令，我家也分得永业田和口分田，平常种田织布，养点羊猪家禽，日子还过得下去。”

于斯滢笑说：“若无田舍人家养猪，世人不仅少吃的，娘子们的‘急面皮胶’也做不出来。”

“劳苦也多呢！平日就不说了，遇到瘟啊灾啊，让人哭也哭不出！武德七年闹毒血症那次，养猪的家家户户都有蚀本……”乌氏打开了话匣子。

戚家十三岁的女儿插了一句嘴：“那次也有这样的贵客来家，还要买毒血症的猪蹄呢！”

乌氏瞪着她，大声斥责：“没个规矩！谁叫你接话！”

“毒血症”一词令瑾琋兴趣陡增，解劝道：“没关系。我倒想听听是怎么回事。小娘子，你说。”

戚家女儿得意地斜了母亲一眼，转身讲述："那次是个穿绫披罗的大婢带一名家奴来，两人各骑一匹大马。那大婢戴帷帽、笼幂篱，可是不进屋，也不摘那劳什子，让人看不清长相。她只和阿耶说话。那个家奴细皮白肉，不吭声。阿耶说，我家毒血症病猪只能烧化埋灰，连一根猪鬃也不能卖给人，若不然，天打五雷轰！他两个就走了。后来，我跟本村乌九娘一起玩，听她说她家杀了一栏染病刚发作的猪，有两人在她家买了这种猪蹄。我一问，应该就是来过咱家的那两个，离了我家就找到她家。说不准还是太叔娘子和于娘子认识的贵人。"

刹那间，瑾琋心跳如鼓，不由得提高了一点音量，否则，胸腔中激烈的"怦怦"声将压过自己的话音："是武德七年哪月哪日的事？"

戚家女孩答道："我只记得那天长安皇宫来了两位嫔妃娘子祭扫庄陵，随从挺多，老远就不许村人靠近。"

瑾琋进一步询问两名求购猪蹄者的体貌、着装和口音。戚家母女俩对那"大婢"印象不深，单记得她说话如于斯滢、瑾琋这般，带有掩盖不住的长安城内的腔调，其余通通记不清了。那家奴因皮相行止略有些奇特，所以母女俩还记得他"细皮白肉"及些五官特征。

乌氏最后说："天还没亮，他们就来了，我家燃着火把在干活。我们田舍人家，女儿也天不亮起身帮耶娘做家务，贵家富户那么大早下村里来却未见过。那家奴长得女气，还不开口，劳动主母磨嘴皮子。"

瑾琋凝神静思许久，终究展颜，报以遗憾的笑容："可惜我不认识。乌娘子，请问乌九娘家住何处？"

乌氏摇头叹息："已不在本村居住。乌九娘家里做了这缺德事，不满一年遭报应了。她父母沉湎博簺，坑家败业，变卖剩余的家产，举家逃债去了，今不知在哪里。"

第三章 毒蛇拦路

◑ 1 ◐

瑾琋抱憾启程。青雀和窦敖在车里睡着了，于斯滢望着沉思中的瑾琋，低声提及往事：“武德七年，何来宫中嫔妃祭扫庄陵？隋炀帝三品以下的嫔妃都削发为尼，在别宫清修。三品以上者，纵然有人来祭拜隋恭帝，前朝宫眷也不应有戚家小娘子所言的那般阵势。”

“是很蹊跷。”瑾琋肃然抬首，与于斯滢对视，“当今至尊的嫔妃不可能来祭扫前隋帝陵，也不像是前隋嫔妃。即使前隋旧人要来，也须报有司及万贵妃允准，我们不至于一无所知。”

“那……”于斯滢轻轻地咬了一下朱唇，“那年，秦王的澹台承衣，还有任城王贵人叔孙氏，都因使用了病猪蹄熬制的急面皮胶感染毒血症而亡。同年，长安城里的贵客，在有嫔妃祭扫乌庄附近的庄陵之时，进村购买有毒血病的猪蹄。不知两件事谁先谁后，有无关联？”

瑾琋心事重重，答道：“我倒是有个猜想，不过暂不能言表。表嫂还是不问为好，以免让自己及杞国府陷于阽危之域。”

关于武德七年祭扫隋恭帝庄陵的两位“嫔妃娘子”，瑾琋有着鲜明的记忆——太子良娣杨淑慎和秦王孺人杨陆离，她们姐妹俩是隋恭帝杨侑的姑母，只是村人不清楚那些称谓，笼统认定为“嫔妃”。杨淑慎、杨陆离祭陵回京之后，很快又去任城王府做客，获叔孙贵人馈赠的急面皮胶。部分被杨陆离转赠给了澹台徽。数日后，叔孙贵人及澹台徽发病身亡。而杨陆离素来不喜急面皮胶，始终不曾使用。

当时，瑾琋推测是叔孙贵人设局陷害任城王府另两位媵妾，进而打击任城王妃王珀，但出了差错，害人不成反而自害其身，并误将毒血症急面皮胶给了杨陆离。杨陆离又在浑然不觉的状况下，转赠澹台徽，后者不幸病殁。然而，精心布局的叔孙贵人怎会犯下如此大错？瑾琋对此一直耿耿于怀。

如果当年在乌庄购买毒血症猪蹄的是杨淑慎、杨陆离的随从，那这两姐妹在急面皮胶案中扮演了怎样的角色？涉案者是杨淑慎，还是杨陆离？抑或二人都有参与？杨陆离于今年深秋时节生下李世民第六子李愔，假如查实她涉案，该怎样告知李世民？怎样处置？

牛车摇摇摆摆，缓缓地行进，瑾琋的心随之悬于半空，晃来荡去，久久无处着陆。

傍晚众人在酒肆“杏月香”进餐。这家酒肆附设邸店、客舍各一所，是官道沿线最干净幽雅的去处，在京畿享有盛誉。瑾琋、于斯滢一行在此歇宿一夜，次日早早起身，在酒肆用饭，预备餐毕赶路回长安城。

他们人数众多，坐满了店堂，从邸店过来的两拨商人只好在户外的茅棚下用餐。

其中一位商人撕着胡饼吃，与另一名商人谈论各自的买卖，问对方说：“尚郎，昨晚我看见你从幽州运来的货，有两箱系着红绡，是上品吧？可否跟我买下的两箱换一换？”

尚姓的商人二十出头，一副富家子模样，婉拒道：“抱歉得紧。那是长安城尉迟将军订购的狐皮、虎皮各一箱，不便开箱、转卖。慕兄放心，我这批货统为上品，并无高下之分。你我虽是昨日才在‘杏月香’萍水相逢的新朋友，我秉承家训，断不敢欺你。”

尉迟将军？是指李世民的部将尉迟恭吗？

瑾琋竖起耳朵，一面往青雀的胡麻粥里夹了些醋芹，督促他“少吃肉，多吃蔬菜”，一面细听商人的对话。

慕姓商人也很年轻，听说“尉迟将军”的大名，不禁赞叹：“啊？系红绡意为名花有主啊！怪不得昨晚尚郎的伙计说尉迟将军也是尚家皮毛行的老主顾，我还以为他们吹牛呢！那就不能掠美了。不过尚郎，年节快到了，你自幽州押货返京，不直接回城给尉迟家送上门，绕道先去咸阳县送货，尉迟将军不怪罪吗？”

尚郎喝了一口馎饦汤，答道：“尉迟将军貌似凶煞，实则待下宽厚，也不因我家是商人而有所轻贱。咸阳那家有急用，所以我先来这边跑一趟。”

两人暂停交谈，埋头吃饭，坐在尚郎身旁的一名女子趁隙说话：“今日回城，我想先去开化坊娘家看看。反正顺路。”

这位富商家的娘子不比士族女子，不用戴帷帽、罩幂离，痛快地露着头脸，言谈也直率。慕郎及两家的伙计慌忙捧着餐具四散回避。

尚郎略显不悦，把汤碗搁在食案上：“不行。若不径直回崇义坊的宅子，我父母兄嫂必定生气，要骂我们不守规矩、不孝。我娘又该责问你是文家的女儿，还是尚家的儿妇……”话音渐渐压低，听不见了。

于斯滢朝他们瞟了几眼，与瑾琋耳语：“那是武德元年遇害的开化坊葛氏之女，文家女儿六月奴吧？听说她嫁给皮毛富商尚家的儿子尚世瞻，常年随夫在幽州的分号经商居住。”

瑾琋悄声问：“你与她可曾见过面？”

“不曾。武德二年初，我因怜悯文家兄妹父母双亡，命家奴久宁去开化坊文家送年礼，就是王妃给我的那把剪柳含珠玉燕梳。久宁与她阿兄文鲲晤谈了一次，未见到她本人。”于斯滢说，“可是听起来就是她。”

“对。”瑾琋颔首认同，看了看文氏，微笑道，“当年，万年县衙的胥吏们夸她是美人坯子。而今看来，这美人坯子已然迎春盛开，妍姿艳质，一笑百媚，着实令人歆羡啊！”

于斯滢不觉流露出怜惜之意：“似乎在夫家过得不甚顺心。”

瑾琋不以为然：“只是常见的小龃龉。想来她跟随丈夫去幽州，难得回娘家一回，开化坊的人物风景如同故乡月，格外圆，格外亮，婆家所在的崇义坊比不了。无非是这样罢了。”

少时，几拨人用罢早餐，纷纷整顿车马，踏上旅程。慕郎押运的货物甚多，尚家连人带货也满载了三驾骡车，“杏月香”大门出现了暂时的堵塞。杞国府家奴久宁帮着店伙疏通，也没有耽误多久，众人顺利出门。慕郎一行南下，尚家回京，瑾琋、于斯滢一行不远不近地跟在尚家车马后面，向长安城归去。

冬日的早晨，天色将明未明。在官道上往来的旅人、车马还很稀疏。官道一侧为密林，霜冷露重，薄雾如纱，瑾琋和于斯滢用各自的手炉给两个孩子暖手。

车外，王阿来、留荑、青雀乳母、醉蝶和杞国府的三名侍娘各自骑在马上，轻声谈笑。旁边久宁忽然插了一句：“一个人转行，能转这么远？”

醉蝶扑扇了一下浓密的睫毛：“你是说那人？我也觉得。”

留荑纳闷地问：“你两个说什么天书？”

“没什么。我刚想起来……啊！”久宁刚想作出解释，讲述刚刚开始，就被他自己一声凄厉的惨叫打断。

一支羽箭射入了久宁的咽喉，他左手握持的照明火把跌落在土路上，眊眼熄灭，身躯栽倒在地上，抽搐了几下，不动了。

“有强盗！”王阿来、杨台及几位校尉、卫士率先拔出佩刀，挥舞火把，高声报警，“娘子、小郎君，放低身姿，切勿探头张望！”

瑾琋和于斯滢不约而同地搂紧各自的儿子，迅速卧倒，用自己的身体保护孩童，被坐褥上正在熏香的香球硌着也顾不得。

青雀和窦赦都很聪明乖巧，此番出行，经母亲教导，已经学会了掩藏真实身份。此刻，尽管看不见车外情形，却也懂得是遭遇了危险，煞白着小脸儿，小手抱紧各自的母亲，绷紧了嘴唇，不敢叫嚷。

瑾琋飞快地把玉龙子塞到青雀手中，贴在他耳畔柔声安抚：“乖，握着玉龙子，刀枪不入，不怕。”

“嗖！嗖！”强盗连发数箭，第一箭就险些射入醉蝶的眼睛。她吓得全身僵直，死坐在马鞍上，连躲闪也不会了，只一味娇呼不绝。王阿来、杨台等人眼疾手快，先用刀身挡下这一箭，救了醉蝶，复又连续挥刀，将横刀舞得如风火轮一般，把绝大部分来箭逐一斩落，但他们的佩刀多数也因此缺刃。

卜醉蝶回过神来，弯腰往草丛里扑，想要躲藏，慌乱间又有一箭射向她。这一次，忙着御敌的众人未能兼顾醉蝶，这支漏网的羽箭射中了醉蝶的背心。她惨叫着瘫软在马背上，继而坠落地面，没了声息。

两家的乳母、侍娘共四名，俱是中年妇人，尖叫不止。王阿来把佩刀衔在口中，两手支撑马鞍，腾空连飞数腿，将她们逐一踢下马，教训道：“噤声！伏在草丛里！”

密林中，有人用沉闷的嗓音呼喊：“错啦、错啦！前方那队人马才是富商！”旋即传来一阵马蹄疾驰声。俄顷，九名黑衣蒙面人跃马冲出密林，举着火把、兵刃，杀向尚家车队。另一人隐蔽在灌丛里，闪电般射出一箭，杀害了护送第一辆载货骡车的一个小伙计。

车夫惊叫：“酆秧遇害了！”提起一把横刀，弃了骡车，拔腿后撤。

尚家四海行商，在防范盗匪方面有所准备，尚世瞻当即带领三名车夫和剩余的五个伙计抽出防身佩刀，策马退守在第二、三辆骡车。强盗随即兵分两路，一人搜索死者的贴身财物，其他人继续往尚世瞻等人的方向进逼。

六月奴带着一双两岁的龙凤胎孩儿及乳母、侍婢们坐在第三辆大骡车中，情知不好，放声哭喊起来："救命啊！"数九寒天，这样的声音听来格外凄厉。

幸而护送瑾琋、于斯滢的人马已经分出校尉、卫士共十五人，呼叫着飞驰去救援，而杨台、王阿来、留荑等其余人手虽然留守于牛车周边，也扬声鼓噪，叫喊着什么"住手""找死"，向强盗施以压迫。

那伙强盗果然心生畏惧，只略略与尚家男丁们打了一个回合，便拨马蹿入密林中的小路，拼命奔逃。赶来救援的校尉拨出五名卫士保护尚世瞻等人，自己率领另外九名卫士追入密林。

瑾琋耳闻官道上逐渐恢复宁静，出声向车外问状："情况如何？我们可以起身了吗？"

王阿来回禀："盗匪外强中干，现已逃离。不过，二位娘子和小郎君权且委屈片刻，等我方的追击有了结果再起身较为稳妥。"

车内的于斯滢不清楚久宁、醉蝶的情况，关心地问："我的家奴，还有阿卜，他俩负伤了吗？伤势如何？"

留荑蹲在久宁和醉蝶身旁，为他们合上依然微睁的双目，闻言止不住落泪。杨台瞅着王阿来，乞求阅尽沧桑的她拿主意。王阿来示意留荑捂住嘴，不要哭出声，冷静地回应于斯滢说："他二人伤势较重，不容乐观。留荑在看护。"

"务必照料好他们，把携带的金创药、续气丹都用上。"瑾琋急切地吩咐。她揪心不已。武德三年，久宁怀揣她的血书，风餐露宿，倍道兼行，赶赴军中，把她艰难的处境告知李世民。当时的情景犹在眼前。午前即可进入长安城，该开始筹备各种贺岁活动，值此万家团圆、喜迎新春的岁末，上苍为什么要让久宁这个古道热肠、成天活蹦乱跳的孩子遭逢这场生死劫难？卜醉蝶也不是奸邪之辈，为什么遭此厄运？

瑾琋正哀伤，蓦地，脊柱感到一种冰寒，自尾椎起，飞速向后颈攀升，画出弯弯曲曲的轨迹，比飞行的羽箭还快，虽然隔着厚厚的衣物，也十分瘆人。

王阿来喝道：“才一眨眼功夫，什么活物从树上溜进了车窗？”她右手持火把，左手掀起一角车帘，预备察看。

于斯滢按捺不住，抬头窥视，只见一个暗棕色、颈部膨大的东西瞪着一双黑豆子般的圆眼，贪婪地盯着她。是一条蛇！蛇口灵巧地吞吐着毒信，好似在炫耀技艺，表演戏法。

“啊！”于斯滢爆出尖叫，下意识地紧了紧抱着窦赦的手。

毒蛇喷出一股液体，于斯滢双目中招，惊惧与疼痛夹击的让她失去了知觉，唯有一只手仍死死抓着儿子。

“不好！”王阿来立即掷出佩刀，一击穿透毒蛇的“七寸”，把它钉在了牛车内壁上。

“王娘子，我背上也有。”瑾琋沉声呼唤，唯恐音量过高，激怒那东西。

在空间狭小、光线昏暗的牛车里与毒蛇搏斗，人多是不管用的。王阿来拔出较为小巧的障刀，飞扑入内，刺向毒蛇。

然而，蛇比她快了一小步。弹指一挥间，毒牙咬中了瑾琋的后颈，毒液深深地渗入血肉。随后，蛇毙命于王阿来刀下。

瑾琋痛叫一声，俄顷，汗如雨下，只是强撑着没有昏迷。

青雀和窦赦扑在各自的母亲身上惊恸号哭：“阿娘，呜呜！”

“娘没事，青雀不怕。”瑾琋吃力地抬起两只手，一手摩挲儿子的小脸，另一只手在坐褥上摸索。她找到于斯滢的手，握住，低低地呼唤，

“表嫂、阿滢……”

王阿来撕下裙角，为瑾琋敷药包扎，同时指挥留荑使劲拨开于斯滢的眼皮，倒皮囊里的饮用水给她冲洗。

杨台焦灼地询问：“王娘子，你那金创药能解蛇毒吗？”

“不能。”王阿来冷酷地回答，“杨库直，须遣飞骑回城报急，召吴典医丞赶来救治。”

瑾琋指指两条死蛇，补充道：“告诉典医丞，咬我的这条蛇全身白环、黑环相间，白环较窄，尾细长，疑似银环蛇。袭击杞国夫人的那条蛇，疑为舶来品，即原产于林邑国东南、干阤国以北，朱崖海上列岛的‘膨颈蛇’。”

◑ 2 ◐

一名卫士领命而去。适才驰入密林、追击强盗的校尉率部撤回，大呼：“警惕，有蛇！”

“你们也被攻击了？”杨台问。

校尉气急败坏地说：“我们方砍倒一人，有个盗匪向我们撒来香料粉末，另一贼人解下竹篓，手臂一扬，几条毒蛇‘哧溜’钻了出来，爬上树枝，袭击我们。我们杀灭了毒蛇，残存的强盗也跑远了。我们担心这边也着了毒蛇的道儿，顾不上理会那个死人，跑回来增援。”

杨台懊恼地一拍马背：“晚了！”

密林背后的小径中，女医唐久客勒住缰绳，用马鞭指着路旁的一片枯草说：“你们看，那里是不是被碾轧过？”

“像有什么人碾过。下面是坡谷……”师兄驭马靠了过去，小心地埋头俯瞰。

坡底荒烟蔓草，他第一眼就看见一匹马，歪在草丛里，周身披挂着黑红凝固的血。

师兄的音调变了："你们快来！"

唐久客和师弟战战兢兢，顺着他手指的方向看去，衰草沿坡势拖着凌乱干涸的血迹往下，连接至一个男子仰卧的背影，好像钓了一条大而腥的死鱼。男子两条僵冷的腿搭在石头上，乌鸦们将其当作两根树丫，栖息于上，兴奋地"呱呱"聒噪。

"我快马去报官，你们在这儿守着。"师兄苍白着脸说，扬鞭绝尘而去。

唐久客姐弟俩一个平视前方，一个仰望苍天，时而又忍不住俯视死尸。唐久客先在寒风中发起抖来，少顷，就传染给了师弟。

这一男一女骑在马上，背对密林，目视半空，比赛着发抖，怎么看都很奇怪。经过此地的夏侯紫菀叫停了座下的马，问道："二位贵体不适？"

唐久客回头看见她和木樨，如同在异国他乡偶遇亲人，手指着坡底，激动地叫喊着："啊！我们兄妹三个行医回城，倒了八辈子血霉，撞上这种事……"

须臾，师兄陪同杨台回来了。他奔入官道，遇到杨台等人围着一辆牛车，神色严峻地忙碌，生火烧水，撕布递药，说些如何救治伤者的话。医者仁心，师兄主动亮出身份，询问伤情。

杨台说明了事由。师兄告诉他："舍妹有办法弄到解毒灵药，我去叫她。不过，密林背后的坡底有一具尸首，我原是要进长安城报官的，你们能否分一人去？"

校尉插言："不必派专人报官，那个死人是我们击毙的强盗。当场滚下坡去，我也来不及管。刚才，我们已有一人回城报信，衙司自然会知道。你们既是孙真人的弟子，就速速带令妹来救急。”

杨台就拉着师兄跑来寻唐久客了。前些年，唐久客进弘义宫为瑾琋治疗，无缘与杨台见面，夏侯紫菀也没有见过她，互不认识。唐久客和夏侯紫菀都听了杨台的说辞，只当中了蛇毒的人是一般士族家的娘子，但也绝不轻慢。

夏侯紫菀见唐久客发了愣，推她一把，催促道：“事不宜迟，这位小娘子，还需快取药来。”

“糟糕！我手里的药用完了。得等我一会儿。”久客左手握成一个拳头，急促地捣着右手掌，“这一来二去，我担心，来不及……”

“那才要快去啊！”众人异口同声地叫嚷。

唐久客如梦初醒，背着药篋，拉了师弟一道跑进密林深处。

杨台疑窦丛生：“孤男寡女钻到林子里做什么？莫非你们把备用药存藏在那里？”

“别误会，别误会，师弟是为了保护她。”师兄忙不迭地澄清，“师傅教给我们秘方，久客在那里就地取材即可制成灵药。但我们遵奉师命，配方不能外传，因此，须得背着外人。”

杨台救人心切，未再多想，转身指挥随行卫士下坡搬运强盗尸体，搜查物证以备移交衙司办案。结果在尸体上搜出一个包袱、一把横刀，杨台逐个检点物品，发现包袱皮及一张汗巾上绣着“鄦秧”二字，判断包袱裹的是尚家罹难小伙计鄦秧的财物，一度被强盗夺走，于是命卫士把整包物品交还尚世瞻收存。他又端详那把横刀，刀柄上刻有“猰狠”二字，是强盗用这种上古传说中的食人神兽给自己或佩刀取的名号。

夏侯紫菀却拿眼角倪着那师兄，心说：“为什么我觉得你在撒谎？”

等了两刻钟，唐久客姐弟呼哧带喘地奔回。杨台带他们回去救人。夏侯紫菀携木榧跟上，轻声提醒：“郎君，两位伤者在野外用药，不先试试吗？”言毕，拔了发髻上的一支银簪塞给他。

杨台会意，感激地点点头，问唐久客要了装药的竹筒，用银簪试毒，确认无误方才还给她。其实唐久客姐弟在弘义宫经历过，并不介意，安然浅笑而已。

几个人赶到案发地点，唐久客带领师弟钻进牛车，与伤者一对眼，二人的嘴巴顿时张得如碗口一般大，险些叫出“秦王妃”来。

瑾琋的嘴角浮现惊喜的微笑，虚弱地摆摆手说：“我猜是你，果真。不要张扬，容我事后向你解释。”

久客取出两根透明的管子，材质与当年为瑾琋治疗气疾的药盒相同，管头装置有一支细长的银针，尾部是个活塞。

留荑有些狐疑，问她：“这是何物？要做针灸？”

“嗯。”久客结结巴巴地回答，“是……是我师傅特制的……银、银针。”

瑾琋阻止留荑追问：“让久客治。你忘了？武德六年，她治愈了我的气疾。我相信她。”

久客拉动活塞，从竹筒里抽取了药液，递了一管给师弟：“我给太叔娘子用药。你医治于娘子。”

“你刚教了我，我还不熟练。”师弟硬着头皮接过来，“倘若弄疼了人家，你别怪我啊。”

杞国府侍娘忙说：“只要救得我家娘子性命，疼就疼吧。”

唐久客姐弟俩拿丝絮蘸取药酒，擦拭瑾琋和于斯滢的皮肤，接着施针用药。两个竹筒，两种不同的药水，缓缓地注入两人体内。瑾琋感觉尚可，于斯滢原本双目肿胀，睁不开眼，晕晕乎乎地歪在三足抱腰凭几上，居然被针醒了，不停地皱眉头，嗤着冷气喊疼，把那师弟羞得满头大汗。

尚世瞻携妻子六月奴前来拜谢，王阿来受瑾琋委托做主安排，对尚世瞻说：“那些蛇显然是驯养的，闻着香料气味攻击活人，也不知沿途那伙恶贼是否还布有机关。我们人多马壮，您府上的车马权且混进来结伴而行，进了城再分道。”

于是，弘义宫卫士偷偷把久宁、醉蝶的遗体抱上马，一行人暂且向于斯滢、瑾琋隐瞒了噩耗，带着尚家的车队，赶回长安城。途中与吴景贤汇合，为于斯滢和瑾琋换了自己的独门外敷药及拂菻国舶来的解毒药膏“底也伽”。

夏侯紫菀携侍婢木樨跟着杨台同行，见到吴景贤，悄悄问了几句，才知道牛车里的人是谁。夏侯紫菀为伤者抱不平：“两位娘子的夫君为何不来？”

吴景贤答：“太叔娘子的夫君上朝未归，于娘子的夫君……报信的人未能寻见他的人影……”

车里的于斯滢用疲惫喑哑的嗓音说道：“这是可想而知的。由着那个人去吧。我双目肿痛灼热，头疼欲裂，未必活得过今夜，也不想回窦家了。请送我回于家，我死也要死在父母身边。你们见着那个人的时节，烦请带句话给他——我人死心也死，自此与他离异。于家祖坟若容我，我就归葬于家，若不容，不拘哪个乱葬岗埋了完事，也不劳他治丧举哀。”

窦赦“哇哇”大哭，杞国府侍娘安慰他:“小郎君莫哭，你娘在说笑。”又劝于斯滢，“娘子的福气方兴未艾，切勿口吐不吉利的话。娘子无过，离异这种话也不当讲，慢说阿郎必定不允，宗亲族人也不答应。”

于斯滢冷笑道：“呵呵，他巴望得我早死。”只是声音已低得不易分辨。

夏侯紫菀连忙上车问候，目睹于斯滢的眼睛肿得如两座红色的小山，需要唐久客和师弟用力拨，才得以分开眼皮，滴入药水。她大吃一惊，拉着于斯滢和瑾琋的手，温言抚慰。

瑾琋揉了揉玉龙子，勉力微笑：“阿菀，我为银环蛇所伤。这种蛇毒起初症状不明显，后续，则要视药效而定。我先天体弱，恐怕也……”不知什么时候起始，她改用“阿菀”这个昵称来称呼夏侯紫菀了。

夏侯紫菀强笑道：“此言差矣。您二位是贵人，福寿绵绵，怎能说丧气的话？”

三人说了一会儿话，夏侯紫菀拖着沉重的步履下车，私下问吴景贤：“秦王妃和杞国夫人的伤，究竟于性命有无妨害？”

“尚不明朗。”吴景贤微微摇头，“尤其是杞国夫人，中了膨颈蛇之毒，毒性极烈。唐娘子师兄妹三人是孙思邈的高足，我同他们碰了头，他们师兄妹也作此诊断……”

进了长安城，众人分道扬镳。尚世瞻一行回崇义坊尚宅，夏侯紫菀回宣阳坊，两名卫士送强盗尸首及遗物去长安县衙报案，大队人马护送瑾琋、青雀，带着女医唐久客同返弘义宫。此外，因于斯滢固请，瑾琋尊重她的意愿，派人送她及陪嫁侍娘回于家，还请唐久客的师兄弟跟去医治，另拨出小队卫士护送哭哭啼啼的窦赦和他乳母回杞国府。杨台密令这队卫士将久宁、醉蝶的遗体也送了回去。

李世民从太极宫下朝，刚回弘义宫即听说瑾琋、于斯滢遭遇劫匪，被毒蛇所伤，立刻换穿了盔甲，上马往外奔，刚出宫门就接到了瑾琋，便铁青着脸，陪护孥舆[1]折返翠华殿。

此次，他由着唐久客和侍婢们照料她，只揪着杨台、王阿来细问案情始末。尔后，李世民打发他俩下去休息，自己又提着横刀向外跑。瑾琋听见屏风外的动静，低声命给使秦五谷、丰登出去把李世民拖住。

李世民面凝严霜，喝令他二人“松手”。秦五谷劝说：“奴婢不敢拦阻大王，是王妃请大王示下，询问此去几时归来？王妃唯恐毒发，却不能与大王诀别……”

“住口！什么诀别？！”李世民折回屏风后面，满面怒容地对卧榻

1 孥舆：孥通“奴”，舆为轿子的前身，是一种人力代步工具。

上的瑾瑞嚷道：“我要去万年县衙，将那强盗的尸首大卸八块！拦路抢劫，谋财害命也就罢了，居然布下毒蛇阵，如此狠毒，岂容他留下全尸？再者，我亲自跑一趟，衙司官吏必不敢懈怠，将全力缉凶，早日抓捕那伙潜逃的强盗。”

“事涉杞国夫人及我，衙司自然会用心侦办，不需你施压。”瑾瑞垂泪低语，“你忘记武德三年，因你怒斫邱氏首级，丧失深挖厌胜案主谋之良机的教训了？何况，你也不怕，你此去再也见不到我？或许，银环蛇之毒下一刻就要在我体内肆虐，我终将呼吸不畅麻痹而死……”

“住口！一派胡言！我原不该放你去！”李世民呕心抽肠地痛，表面却是暴跳如雷，仿佛在训斥闯下大祸的士卒。不过，瑾瑞的话敲打在他心头，他已难以移步。

“你的意思我明白，怪我不该去咸阳。不错，我又给你、给杨台等一众随从添了麻烦。若无咸阳之行，便不会遭遇强盗、被毒蛇咬伤。”瑾瑞一脸庄重，对着殿顶的藻井点头，“但是，假如我不去，我的三十余名随从也不会去，表嫂、阿赦和尚家势必因人单力孤而为强盗所害。如何是好？”

李世民急忙辩白：“我并无此意。”

瑾瑞再度点头：“那么，你是说，若我不去咸阳，就不会有强盗出没。强盗，是我这个灾星招来的。你这般顶盔戴甲、舞刀弄剑地往外闯，是因为不好向我这个病人发作，必得出去大闹一场，发泄了愤恨，你心里方才舒坦。”

“荒谬！”李世民坐到卧榻前，铠甲碰撞木地板，发出肃杀的响声，“我不出去了，你也不许胡搅蛮缠，安心养伤是正经。”

玳玳过来给瑾瑞擦了泪。李世民想起繁缕，问道：“出了这等大事，繁缕那婢子还不回宫侍疾？”

“我传了话，命她不要回来。”瑾瑞说，“侍疾不缺她一人。她不通医理，也不能治伤。我刚把她借给三姐夫府里，不几日就急急慌慌召回来，人家那边措手不及，又须临时另觅人手，何必呢。”

李世民也不好说什么。是夜，他为瑾琋未卜的命运忐忑不安，整夜处于“枕戈待旦”的状态，无法安睡。次日，经吴景贤和唐久客诊断，判定蛇毒除尽，也不会落下后遗症，他方才魂安魄定，朗朗而笑。瑾琋也为逃过一劫而欣喜，破颜欢笑，转瞬念及于斯滢、久宁、卜醉蝶，又愁眉不展：“未知表嫂、家奴久宁和她家阿卜的伤势如何？”于是吩咐丰登、秦五谷分别陪同唐久客、吴景贤去于家、窦家给于斯滢他们复诊。

◑ 3 ◐

瑾琋仍然不知久宁和醉蝶已死，李世民暂且不忍相告，故意只提于斯滢一人：“放心，表嫂身体比你强健。昨日，你深恐岳母忧虑伤身，不许将负伤之事告知长孙家和高家。今日可以说了，省得长辈们日后怪罪。”

他派人驰赴崇仁坊，把瑾琋母亲高氏、外祖母陆氏、舅母鲜于氏一股脑儿接到弘义宫，陪瑾琋闲聊。三位长辈都数落瑾琋：“虚岁二十五也不小了，还是四个孩子的母亲，不能任性妄为。礼佛是好事，只不该贪图玩乐，微服出游。设若此行仪仗执事齐整，那帮强盗岂敢作恶？也是二郎放纵你，把你惯成这样。”

但凡长辈教训瑾琋，李世民照例要加以维护，这次同样如此：“强盗行凶是飞来横祸，无法逆料。即便以真实身份外出，那些无法无天的恶徒也未必忌惮。请阿婆、岳母、舅母不要责备观音婢。”

众人莫不偷笑，接着又兴致勃勃地商议如何欢度即将到来的新春佳节。直至丰登、吴景贤带着唐久客回宫复命，带来一个消息，打破了翠华殿内安逸和美的气氛："杞国夫人，仙逝了。"

瑾琋仿佛没有听懂，大惑不解地盯着唐久客，从她肃穆哀伤的眼神中坐实了噩耗，一下子晕厥过去，不省人事。

苏醒后，她一直哭到泪干肠断，才强打起精神，询问详情。

丰登悲痛地说："唐娘子的师兄弟在于宅彻夜守护、用药，今晨断明杞国夫人所中蛇毒已解，性命无忧。但是，杞国夫人的眼睛为毒液所伤，目力大损，任谁走到面前，也只能看见一个影影绰绰的光晕，连人脸上的眉眼口鼻也看不清。医者说，这是不可逆的损害。杞国夫人明面上安之若素，旁人也未多加留心，其实夫人痛不欲生，谎称要好好睡一觉，遣退众人，然后……摘下金指环，摸索着拎起卧榻旁矮几上的一壶水，吞金自尽了！唐娘子的师兄弟原已被于宅的家奴请到正堂用饭，不在跟前，因杞国夫人的兄长从内院一路号哭着出去报丧，才惊悉这个惨痛的大变故。此时，我们也抵达了于宅。鉴于事情不可挽回，于家忙着料理善后，外人不便打扰，唐娘子的师兄弟也跟着我们告辞出来，垂头丧气回住处去了。"

李世民觉得，长痛不如短痛，一次性刺破所有脓疮，也好早些痊愈，便趁势道出了久宁、醉蝶的死讯。

瑾琋已经哭不出来，只是发呆，俄顷，又昏倒在母亲高氏怀里。

舅母鲜于氏亲手给她灌下人参饮，众人一通呼唤，方把她唤醒。她睁开眼睛，茫然四顾寻找着什么。李世民握住她的手道："观音婢，我在此。你要什么？"

"令表兄——那位杞国公、归德将军、河南窦信何在？"瑾琋出离愤怒，"他是武散官，不上朝，不点卯，为何至今不见人影？"

"你不要着急，我猜着他在何处。这就去抓他。"李世民对于斯滢之死也深感哀伤，原以为窦信昨晚总要回府，自然会获悉妻子伤势危重的消息，必然赴于宅探望、照料。不曾想，直到于斯滢凶信业已传来，却始终未出现一个“窦”字，李世民也为之悲愤。

他换穿素色便服，携安元寿等少数随从，驰赴窦信的别宅，闯进后门，就听见于斯滢兄长于志宁的声音。

于志宁是秦王属官，担任天策府从事中郎，兼任文学馆学士，因此李世民对他也很熟悉。只听于志宁语调沉郁地问：“依照行程，舍妹及外甥昨日理应回城，然而并未寻你，你一点也不诧异吗？我只恐舍妹出了意外。”

窦信大喇喇地说：“妇人爱凑热闹，时近岁尾，恐怕在哪里绊住了也是有的。她和阿赦有好几个人服侍护送，还有秦王妃同行，弘义宫派遣的随员众多，纵然遇到麻烦，自会有信来。”

两个美艳女子在门洞里探探脑袋，一个肤色浅棕，椭圆杏仁眼，一个肌肤白皙，细长丹凤眼，各具风情，几乎同时将美目翻了翻，又躲开了。

于志宁见状，恨不得砍窦信一刀，压着火质问：“你可知秦王妃母子昨日已回宫？你可知外甥阿赦独自返回杞国府，唯独舍妹不见踪影……”

“嗯？”窦信一怔，略有些气恼，责备于斯滢，“令妹瞎忙什么去了？怎能让孩子独自回家？”

于志宁冷笑道：“呵呵！那你趁舍妹外出，又在忙什么？”

窦信心虚，厚着脸皮，强装若无其事：“我各处逛逛，置办年货，也是为令妹分忧。晚了就近歇在别宅。”

“哼！还有一事，你也不知情吧？”于志宁鄙夷地斜睨他一眼，转向杞国府家奴佑宁，严厉而沉痛地说，“佑宁，你还护着你家阿郎在此鬼混？令弟久宁和杞国府小妾卜氏，归程遭遇强盗袭击，中箭身亡了！两具遗体已运回杞国府，无人做主治丧！”

佑宁愣了片刻，再顾不上同样目光呆滞的窦信，拔步奔向马厩，跳上坐骑，疾驰回府。

于志宁的视线移向窦信，嘴角微搐，把刻骨的悲伤笑了出来："呵呵，随行家奴、侍妾遇难，你以为舍妹命运如何？依我之见，她想必也已不在人世了。"

窦信作出一脸待笑不笑的僵硬神情："仲谧兄（于志宁字"仲谧"）多虑了。恕我直言，令妹虽为高门闺秀，命格却甚硬。我尚且怕被她克死，谁伤得了她？"

于志宁恨窦信出言无状，狠狠地睨了他两眼，抬手指着他的鼻子痛斥："实话告诉你，舍妹为强盗驯养的毒蛇所伤，双眼几近失明，又对你这贪欢逐乐的无赖之徒死心，意冷心灰，一时想不开，犯了糊涂，吞金自尽！"

霎那间，窦信犹如失足跌入冰窟，一种绝望无助的麻木感贯穿全身，舌头也似被封冻了，不能出声，许久方抖索着嗓子问道："仲谧兄救了她？她在何处？你带我去！"

"我若救得她，那倒好了。可恨我无能，即便上天入海，也觅不到一粒起死还魂丹！舍妹已登仙而去！"于志宁目中涌出大颗的泪珠，掏出一纸文书扔给窦信，"她去咸阳前夕，曾向我表明心志，要与你离异，求我说服父母。当时我未曾答应她，是我的罪过。如今，她走了，我要满足她的遗愿，你速速在这纸《放妻书》落款处署名画押，就当你们在她去世前已断绝关系。我于家也好名正言顺操办她的后事，让她魂归于家祖茔。"

窦信匆匆扫了一遍《放妻书》，眼泪夺眶而出，几下撕碎文书，抓着于志宁恳求："仲谧兄，天下岂有因夫君偶然纳了两个侍妾就离异的道理？你带我去见她、见她……"

"哼！猫哭老鼠，假慈悲！"于志宁反感地甩开他，拍拍袖子，也流下泪来，“纵使你不签署《放妻书》，我家也要礼葬舍妹。她不想见你，否则也不会自尽。我绝不违逆她的意愿。你休想在她灵前佯装情深义重，骗取众亲友同情。”

“仲谧兄，我不与她离异，她就仍是我家娘子。我为何不能见她最后一面？”窦信哭喊道，“理应由我担任丧主，将她安葬于窦家祖坟……”

“休提这话！”于志宁毫不留情地反驳，“舍妹去咸阳散心是为什么？你心中应当有数！你收了干陁国的昆仑婢，还有什么倭国婢，整日狂蜂浪蝶。舍妹约束你，你不听劝谏，带着那两个贱婢忽而别宅、忽而旅舍，四处瞎混，每次出走都是好几日不着家。舍妹若不是被你气狠了，也不会去咸阳，更不会遇袭致残，心死自尽。你家的祖坟，舍妹不进也罢。”

郎舅俩吵到这个地步，在隐蔽处偷听的李世民耐不住了，轻咳一声，走了过去。

他对此事颇多了解。近日，庐江王李瑗为弥补醉蝶行止不端的遗憾，又赠予窦信两名美婢为侍妾，一个是干陁人，另一个是倭国人。窦信起初还有心转赠一人给表弟李世民，让他随便挑一个。但李世民不感兴趣，加之那两个女子是东宫党羽李瑗弄来的，他有所警惕，便谢绝了。窦信是不务功名的武散官、大闲人，百无禁忌，索性把两个一并留下，因一时新鲜，玩得忘乎所以，得罪了夫人于斯滢。于志宁说的便是这件事。不过，在李世民的观念中，窦信所为固然越轨逾分，也不至于要离婚，搞得跟“义绝”似的。何况于斯滢去世，于家居然要剥夺窦信主持丧事、安葬亡妻的资格，乃至遗容也不许他一见，于礼于法均无依据，未免太过绝情。

李世民解劝道：“仲谧，家表兄的确可恶。可是瞧他这副提线木偶般的痴呆模样，显然是因惊闻我表嫂噩耗，悲痛过度，以致落魄失魂，并非薄情负义之辈。”

于志宁悲愤地说：“大王既然来了，下官索性将心底的疑虑一并道明。下官要与窦信决裂，不仅因舍妹之死。须知强盗用以毒害舍妹的是膨颈蛇。这种蛇，产自南方朱崖海上，毗邻窦信新宠昆仑婢的故里——干陁国。能弄到膨颈蛇的人少之又少，能把这种蛇驯养为杀人工具的人，必然更为稀缺。这般情形，由不得下官不起疑。或许那伙强盗中有窦信通过昆仑婢寻获的朱崖海蛮夷……窦信雇凶杀妻，买通那人用膨颈蛇加害舍妹……无论如何，当初于、窦两家联姻，为的是同属关陇贵家，敦戚睦谊之意，终归是这桩婚姻害了舍妹……”

李世民心下有些错愕。不得不承认，于志宁的怀疑有几分道理，但也有说不通的地方。窦信即使要杀于斯滢、醉蝶，为什么选择窦赦、青雀和瑾琋与于斯滢同乘一车的时机？不怕误伤亲生儿子和旁人吗？又为什么要杀忠仆久宁？窦信其人，真能犯下如此凶残冷酷的罪行？况且缺少真凭实据，也许只是于志宁激愤之下萌生的一孔之见。

窦信却无动于衷，把一张呆脸转向李世民，也不管礼仪了，直冲冲地问：“你竟然也知情，所有人都瞒着我一人。你告诉我，究竟发生了什么？”

李世民讲述了案发经过。窦信听了，眼皮抽搐了几下，闷声爬上坐骑，挥鞭狂奔而去。

这边李世民安慰于志宁，询问于斯滢逝世的详情，并告诉他秦王妃对此非常关心。于志宁神情萎靡，有气无力地回答：“最先发现舍妹辞世的是内子，她最清楚。倘若王妃不嫌弃丧家不祥，可召内子进宫禀报。”

李世民无奈与他作别。目前看来，只能回弘义宫告知瑾琋，说服她在会见于志宁夫人的时候为窦信求情，成全他对于斯滢最后的夫妻情分。李世民一路思量，既鄙视表兄窦信不识好歹，及至伊人香消玉殒，悔之晚矣，又怜悯他猝然丧妻，且被亡妻弃绝，连哭灵也无处可去，不由得满怀感慨。

途中，李世民路过尉迟恭府邸，这满腹的思绪又被坊街上的里谈巷议、指指点点所搅扰。偏生那些居民的手指还都指向尉迟恭家紧闭的宅门。李世民仔细审视尉迟家周边的情况，发现本该守门的阍者、家奴也不见了。他顿时警觉起来，命安元寿假装好奇的路人，向街坊邻居打听。答复果然骇人听闻："尉迟将军犯了什么事，被拘入大理寺狱了。"

这个回答投下一块石子，迅即在李世民心中激起了千层惊浪、万缕愤风。

尉迟恭担任天策府左二副护军将军的职位，是秦王李世民的属官。拘捕尉迟恭，居然无人知会弘义宫，而李世民部署在大理寺的内线也没有通风报信，任职刑部的比部郎中长孙无忌看来也毫不知情，以至于未能及时传来消息。

事态十分蹊跷，特别是在近期外松内紧的微妙氛围下来看。

武德八年秋，李世民击退突厥，获授"中书令"头衔。自这一刻起，他就如同一棵大树生长至绝顶，到了必须砍伐其枝叶的时候。

太子李建成认准天策府中最值得畏惧的属官是房玄龄和杜如晦，于是携齐王李元吉同向李渊进言诋毁，李渊由此斥逐了房、杜二人，禁止他们侍奉李世民，并采纳李元吉的意见，敕令将天策府左一马军总管程知节外放为康州刺史。程知节誓死不去，私下劝李世民早定对策，先下手为强。李世民虽未采纳他的意见，但也力保他留在自己麾下，李渊暂时持姑息态度，才没有闹出大风波。

李建成、李元吉又以金银丝帛引诱天策府右二护军将军段志玄和左二副护军将军尉迟恭，劝他俩改投东宫。两人坚拒不从，且据实禀报了李世民。

招降不成，李建成倍感失望恼恨。李元吉竟指使勇士刺杀尉迟恭。尉迟恭得知，嗤之以鼻，大方地敞开重重门户，在居室中安卧不动，宣告："我尉迟敬德置生死于度外，不速之客想来就来，只怕你竖着进来，横着出去。"结果，刺客屡次潜入他的府邸，却被他的气势压垮，终究不敢入室动手。

面对险恶的局面，李世民为后路计，派遣陕东道大行台工部尚书温大雅镇守洛阳，另委托天策府车骑将军张亮前往洛阳，暗中结交崤山以东的豪杰，以求自保。李元吉闻讯，面圣告发张亮图谋不轨，李渊敕令逮捕张亮，交付法司审讯，严刑拷打。但张亮始终一言不发，朝廷查无实据，不得不释放他回洛阳。

这些均为近期发生的事件。值此多事之秋、非常之时，尉迟恭突然下狱，自然令人浮想联翩。

◑ 4 ◐

李世民怒火中烧，立即改变路线，折往雍州署。长孙无忌差不多同时抵达，转达了刚刚从大理寺内部接获的消息：幽州有一家经营铜矿的富商冉家，私铸铜钱，新近案发。矿主冉奕丰向幽州都督府供称，后台为尉迟恭，皮毛商尚世瞻为从犯，负责在尉迟恭和冉家之间交通消息、运输财货。最近，冉奕丰委托尚世瞻运送一批伪钱进京，供尉迟恭使用。幽州都督、庐江王李瑗慑于尉迟恭是秦王属官，越过法司，把此案上报东宫。太子李建成秘密奏闻天子李渊。李渊向大理寺卿降下密敕，命大理寺卿亲率胥吏，持密敕连夜突袭尉迟宅，闭门搜查。起初一无所获，最后拆开尚家送来的一领虎皮、一领狐皮，摸出了絮在皮毛里的一层伪钱，尉迟恭因此被捕。由于是李渊直接向大理寺卿部署的行动，内线事先无从知晓，所以消息来得晚了一步。

夏侯紫菀也给高俭送来了内容大同小异的讯息，并说尚世瞻及其妻儿也被捕，关押在大理寺狱。

另据瑾琋部署在后宫的内线——太极宫后苑佛光寺管事给使御寇的密报，李渊在尉迟恭下狱后，对身边宠妃说："尉迟之罪若查对属实，必重罚不赦，以警示二郎左右属官不得居功自傲，禁绝其非分之想。"听起来，李渊并没有未审先判、草率定罪的打算，总算留有转圜的余地，但如果不能为尉迟恭洗冤，后果不堪设想。

李世民愤然道："敬德视金帛为粪土，仗义疏财，凡获赏赐皆随手散去，分给部属，深得人心。说他指使幽州铜矿主私铸铜钱，不过是为谋害他而设下的圈套罢了！李瑗历来与东宫暗通款曲，太子以储君之尊，亲告御状，个中内幕一目了然！"

长孙无忌神情严峻："房公临行前，曾痛切陈词，阐明秦府与东宫、齐府之间的嫌隙已不可弥合，一旦山崩地裂，不但秦府覆灭，还将危及社稷存亡。因此，大王宜效周公平定管叔、蔡叔之故事，兼权熟计，及早下手，以安宗社。杜公及我皆赞同此议。此番应先解救尉迟敬德，然后，还请大王下定破釜沉舟的决心。"

李世民的心一阵紧缩。什么叫"效周公平管叔、蔡叔之故事"？周武王死后，太子姬诵继位，是为周成王，由叔父周公旦摄政。周公旦之弟管叔鲜、蔡叔度、霍叔处愤愤不平，散布流言，扶持商纣王之子武庚叛乱。不久，周公旦平定叛乱，诛杀管叔鲜和武庚，流放蔡叔度，废霍叔处为庶民……

李世民想起了珍藏于衣箱中的胞衣，那是父精母血的结晶。他与李建成、李元吉血脉相连，打断骨头也还连着筋啊！

少顷，他恢复了冷峻沉毅的面色，把手里的银筐宝钿团花纹杯半轻不重地一旋，里面热气腾腾的白草饮洒了一点在案上，犹如他波澜起伏的内心。

高俭伸出手来，稳稳地扶正那只杯子，淡定地说：“先救尉迟将军。另须遣人密告贺洵，教他安心做他的天子备身，切勿流露对尉迟将军的挂念，也不能议论此事。”

李世民略微愣怔，俄顷，展颜微笑道：“舅舅所言甚是。”

他与高俭、无忌议定有关事宜，返回弘义宫，把窦信、尉迟恭的事告知瑾琋：“敬德由我搭救，你不必操心。就是我表兄，怪可怜的。我已吩咐给使卫仁去于家请仲谧的夫人来，你想问的，都可问她，顺便帮我表兄告个饶。”

瑾琋尚未从悲伤中解脱出来，盯着银红色的帷幔，清冷地苦笑：“令表兄哪里可怜？他不是还活着吗？照样左拥嬖幸[2]，右揽宠姬，只消服满一年妻丧，即可续娶二八佳人为继室娘子，何乐而不为？真正可怜的，是亡人，死得不值。”

“唉，话不能这么说。我表兄对表嫂还是有情义的。”李世民引臂轻抚她的发髻，“高门子弟蓄养姬妾之流，无非是供声色之娱，备生育之需。只是表兄做得过了些，我也不赞同。但表嫂和于家也未免太死心眼了。”

瑾琋看着他冷笑：“我忘了，二郎与令表兄志同道合，因此凡事维护他。我在你面前说那些做什么呢！”

李世民急得一拍榻沿，叹道：“我跟他哪有志同道合？他！”

瑾琋别过身子，擦拭为于斯滢流下的眼泪，不理睬他。待于志宁夫人抵达，李世民不便列席，避至偏殿，由瑾琋在正殿接待。

二人谈了约一个时辰，除了哭诉于斯滢的情况，于志宁夫人也巨细无遗地复述了于斯滢的陪嫁侍娘关于案发经过的回忆，拉拉杂杂叙说了一大篇。瑾琋默默地将这些话与自己及留荑、杨台、王阿来等人

2 嬖幸：受宠爱，也指被宠爱狎昵的人。

的回忆比对，查漏补缺，神情愈加沉重端凝。

客人告辞，李世民回来询问进展：“她怎么说？”

“说什么？说好了，我要去于宅祭奠亡灵。”瑾瑶轻轻吹了吹药汤散逸出的热气，“谈着谈着，我倒和于家娘子说到一处了。现今我也觉得令表兄还是即刻签署《放妻书》为好，日期落在表嫂去世前，这样连妻丧也免服了，岂不更加自在？”

李世民被噎得哑口无言，对她无计可施。眼下，营救尉迟恭才是急务，其他事只得暂且放在一边了。

那边窦信回家，给于斯滢、醉蝶、久宁各布置了一间灵堂，开始操办后事。只是醉蝶和久宁已入殓，于斯滢的棺木里，仅装着她生前最喜爱的一套衣履首饰。窦信穿上齐衰丧服，对着空棺大哭一场，然后，拄了竹杖，携穿斩衰的儿女赶赴于宅，恳求岳父母放他们进门。于斯滢的父母命人把外孙子女接进去。窦信松了口气，也跟着入内，不承想于家的管事家奴掇起一把大扫帚冲出来，一通乱打，把他轰了出去。管事家奴“砰砰”关好大门，透过门缝还传出一串斥责之语：“我家郎主、主母叫奴婢说与你，外孙们在此服母丧，断不会受委屈，等一年热孝期满，就送他们回杞国府。请杞公先回去，作你的乐，享你的福。我家的丧事，不劳你插手。”

窦信呆若木鸡，枯立了半晌，血液渐渐沸腾，扬声喊话：“烦请给岳父、岳母、舅兄带句话，且等我抓住行凶的强盗，再来恭请亡妻芳魂回府。”

他擦了眼泪，只携佑宁一名家奴，骑马驰入宣阳坊，直扑一所小宅。

仆妇荀氏开了宅门，女主人夏侯紫菀立于背后，看清来人是窦信，便默许荀氏将他迎入家中，问道：“奴听说杞国夫人的凶信。唉，你来寻我，是要询问事发详情，好缉凶复仇吧？”

夏侯紫菀依旧艳光四射，但对于此时的窦信却失去了意义。他开门见山，磕磕巴巴地道明来意："我对你'夏侯紫菀'这个名字，出现在……在亡妻的遇袭地点深有疑惑，故而找你问个明白。是不是你，为报武德元年被我骗……骗色之仇，买通江洋大盗，设伏袭杀我家娘子……"

"呸！你这个以怨报德的糊涂虫，混账玩意儿！"荀氏抡起锅铲就打。侍婢木樨也操起烧火棍出来撵人，骂道："心瞎目盲的畜生，人的好赖不分，佩金戴紫有什么用！"

夏侯紫菀劝阻了荀氏和木樨，好声好气地开导窦信："我与你的仇怨几年前业已了结，如今武德八年都快结束了，怎会忽然寻起仇来？你细想想，即便我要报复，合该找你本人算账，害死尊夫人还不是便宜了你？今后无人拘管你，你越发放荡驰纵……"

"你的意思是，我倒盼她死了？"窦信跌坐在院中的一具胡床上，"我！我从未想过她会先我而去！"

佑宁回顾弟弟久宁、杞国夫人于斯滢生前的音容笑貌，低头拿靴尖用力刮蹭地面，掩饰着眼泪。

夏侯紫菀眼见这两个七尺男子哀泣，不觉心酸同情，将过去对窦信的嫌厌又打消了五分，命木樨端两盏茗饮给他和佑宁："你们在丧中，就不要饮酪了，将就这个，热热地润润喉咙吧。"

窦信喝了一点茗饮，盯着盏中的残水出神。夏侯紫菀看得腹热心煎，轻轻一跺脚，激他道："你腰挎横刀，单单是个装饰吗？去岁在开化坊，你闻听娘子呼救，尚且冲出去营救。而今娘子遇害，你家一位忠仆、一名小妾也惨死盗匪箭下，你却要做软脚蟹吗？"

"软脚蟹？我窦信，也是关陇高门公子、穆皇后之侄，官拜归德将军……"窦信蹦了起来，拧眉瞪着她，忽而大惑，怒视着佑宁，问道："嗯？夏侯娘子怎知去岁之事？"

佑宁一边抹泪，一边分辩："阿郎别冤枉奴婢。"

夏侯紫菀不能透露去年这条“新闻”的来源是弘义宫，敷衍道：“奴自有认识的人说与奴知。武德元年我在开化坊住过，熟人可不少。且我常去平康坊教习，想听新闻也是小菜一碟。”

窦信整理好孝袍，说：“我去瞧瞧案发的那条官道。”

“稍等。奴也去。”夏侯紫菀毅然拉住他。

“你？”窦信困惑不解。佑宁心说：“难道是不打不成交，这个夏侯氏看我家阿郎愈发顺眼了？”

紫菀庄重地颔首：“是，奴要去。杞国夫人品行方正，维护公义。当年，她获悉你和奴……那件事的真相，她不轻贱奴，也不偏袒你，帮着奴痛殴你一顿。她遇害，奴也不能袖手旁观。”

于是，夏侯紫菀换穿男装，陪同窦信主仆自开远门出城，沿着通往咸阳县的官道勘察。到达遇袭地点，苦主窦信、佑宁触景伤情，扶着树干，伤心恸哭起来。

夏侯紫菀劝道：“你们有哭泣的功夫，莫如亲自查找歹徒遗下的蛛丝马迹，娘子和久宁的在天之灵兴许会给你们指路。”

窦信受此激励，抹抹眼泪，用横刀拄着地，领着佑宁钻进密林搜索。夏侯紫菀跟着进去，凝视了窦信的身影片刻，有意与他主仆二人保持距离，悄悄打开随身皮囊。皮囊里装的却不是水，而是某种植物的茎须碎末——这是窦信适才抵达宣阳坊之前，给使丰登奉瑾瑺之命，乔装为女子送来给她的。她和木樨依照瑾瑺的部署，在一棵大树根下挖一个小坑，倒入碎末。至于由谁来发现这一小撮细碎的东西，瑾瑺说，紫菀可相机行事。窦信的到来，让夏侯紫菀灵机一动，这位正是最合适的人选。

夏侯紫菀和木樨背着窦信，用林中的浮土、败叶虚虚地掩盖了小坑，佯装在附近搜索。过了一阵，夏侯紫菀驱使坐骑踩踏浮土，使须末暴露出来，木樨随即呼叫窦信：“杞公请看，这是什么干茎枯须？似乎同这林子里的树木、灌草统不相干。”

窦信挂着满身灰尘冒出来，弯腰抓起一把掺泥夹土的黄白须末看。

佑宁说：“据奴婢拙眼看来，是人参的茎须。”

窦信捻起一根在指尖旋磨，颔首应道：“是。原物品相不低，价格不菲啊！”然而，此物与案件是否有关，目前无从查证，但也没有更多的收获了。

紫菀按照瑾琋的部署，发表对案情的观点：“谁能遗落昂贵人参的须茎？不是做人参买卖的商人，就是高门富户。可是，这两种人怎会在如此偏僻的地方行路？再者，不小心撒了就撒了，挖坑掩埋是为什么？却像是为了隐藏行踪和身份。奴在伴随杞国夫人车驾回城的路上，听闻夫人一行遇袭前夜在‘杏月香’的旅舍住宿，次日也是在‘杏月香’的酒肆用早饭，当时皮毛商尚世瞻一家就在大堂外进餐，和另一队商人闲话，夫人一行恍惚听见‘贩运人参’什么的。奴琢磨着，此案或许与那另一队商人有瓜葛？”

窦信立刻跃上马：“请夏侯娘子先回家。我要去长安县衙。”

夏侯紫菀很想说：“大家同去才是。”但细思自己不宜过多露面，便点了点头，叮嘱他：“杞公保重。切勿提及奴，只说是你自己查到的。不然，恐外人误会、误会奴与杞公暗中交往……”

这倒不是多虑，首先于家那边就过不去。窦信感激地应了，携佑宁驰赴长安县衙报信。

县衙先是觉得奇怪，案发后勘察现场，并没有发现人参茎须碎末，这些东西是怎样冒出来的？尔后把碎末交给仵作勘验，发现竟是名贵的幽州人参。窦信郑重地说：“林子大，胥吏少，勘察时虽不至于挂一漏万，也做不到每一棵树的树根下都掘地深查。我今日也是马蹄偶然踏入坑中才侥幸发现。我是识货的，捏一捏即知品相上乘。上等人参碎末掩埋在那僻静之处，绝非寻常。纵然与强盗拦路劫杀案无关，也有必要查一查。再者，案发前，的确有做人参买卖的商人在‘杏月香’遇见我亡妻一行，如今距案发仅隔一夜，在强盗潜伏处发现人参须末，谁敢断言必定无关？究竟有何关联，还请衙司追查。”

长安县令由衷赞同，委派县尉带领众胥吏与窦信主仆同行，奔赴“杏月香”，结果查明案发前夜确实有一队二十人的药材商人投宿，首领名唤“慕昫”，次日与尚世瞻一同吃了早饭走的。但是，药材商队是朝南方去的，而去长安城应为向东行。据“杏月香”的伙计说，曾经看见慕昫与尚世瞻在住宿当晚及启程前吃早饭时均有交谈。胥吏再问：“他俩谈了什么？”伙计们推说没有留意，按“杏月香”的规矩，伙计不许窃听顾客的谈话。

窦信的发现并未给案情带来大的进展。不过，“药材商人”很可能携带人参，县衙也不好完全忽视窦信的主张，可又找不到突破口，便上呈雍州署，在京畿各县访查药材商队的行踪。

第四章 各安天命

◑ 1 ◐

第二天，瑾琋获悉此事，密遣给使卫仁乔装出宫，传了一些话并将一张伪造的高门子弟名刺给夏侯紫菀。午后，夏侯紫菀女扮男装，一身素服，赴杞国府吊唁亡人。但见窦信携庶出子女、媵妾和众奴婢守着于斯滢的空棺，别人号啕大哭，窦信哭也哭不出来，及至看清夏侯紫菀的脸，才因惊讶而有了表情的变化，场面颇为凄凉。夏侯紫菀行礼已毕，以目示意窦信："借一步说话。"

二人进入书房，紫菀把瑾琋的话换成自己的口吻说给他听："奴又忆起一事，特来告你。当日奴跟随杞国夫人返京，途中听见旁人议论，不知是哪家的随从，说久宁中箭前夕，和卜娘子有一番对话。那时，久宁自言自语说'一个人转行，能转这么远？'卜醉蝶附和说'你是说那人？我也觉得'。"

案发后，人们因惊慌和忙乱，对于事件细节的回忆多有缺漏和偏差。这个细节，瑾琋也是在和于志宁夫人交谈后，方有了完整的记忆。窦信当然也是首次听闻，一万种推测开始在他脑海中蹦跳，人却呆立于地，不知从何说起。

夏侯紫菀向他投去和煦的眼神，以表安慰。这一瞥仿佛牵动了天空里一泓蓝色烟水，清漪微泛，一位三十左右的少妇面影浮在水上，滴下一珠嗔怨的泪，旋即隐于云霄。那是于斯滢。

窦信奔到窗畔，扒着窗棂哭喊："阿滢，你想说什么？久宁、卜氏所言，又是何意？你飞升天界，无所不知，告诉我……"

"你……杞公，"紫菀改用敬称，"杞公节哀，请听奴一言。"

窦信努力克制情绪，转身问道："莫非夏侯娘子有所推测？"

"是。奴听说了案发前后情形，感到有四点特别奇怪。一者，杞国夫人一行人马较多，除了少数侍娘婢女，随从个个佩刀，强盗起先毫无惧意，悍然攻击，造成久宁、醉蝶死亡，后来狂呼'错啦'，转而袭击尚家车队，杞国夫人这边分出一小拨人马援救，强盗刚射杀尚家小伙计酂秧，为何立时怯阵，弃尚家的财货于不顾，匆忙败退？前后行为矛盾，岂不为怪？再者，强盗以尚家财物为目标，为何在追及尚家人马、射杀酂秧之后，即舍弃弓箭、毒蛇这两种速战速决的利器不用，要与尚世瞻等人近身格斗，浪费时间，拖延至援兵杀到？第三，如果说强盗放的第一箭射中久宁是巧合，对卜娘子连放两箭，终致她身亡，总有些不依不饶、非杀她不可的感觉。偏偏这两位死者生前在谈论同一个人——那个转行的无名氏。他们的死，也许正与此人有关。第四，强盗既已知道最初弄错了抢劫目标，为何还在逃离官道时偷放两条毒蛇，袭击杞国夫人一行？加上那些幽州人参，奴有一个猜测，久宁和卜娘子谈论的那个人，就在慕昀率领的药材商队中，且这二人可能认识那个人。他们在'杏月香'重逢，因许久不见，一时没有认出彼此。启程后忆起，由于某种可怕的隐情，那人害怕久宁、卜娘子想起他，更担心他俩已把事情禀报杞国夫人，因此不惜冒险，袭杀久宁、卜娘子，更进一步以毒蛇加害杞国夫人一行。若不是杞国夫人身边人多势众，武功高强，恐怕夫人的同伴及随员都已惨遭强盗灭口。而尚家，反倒只是凑巧做了那人用以掩盖真实企图的盾牌。人参须末，是强盗埋伏于树林时不慎撒落的，泥地里碎末无法捡拾干净仓促之间，他们只得匆忙挖个小坑潦草掩埋。以久宁和卜娘子的身份、经历，同时与他俩相识的人，大概与杞公也有往来，并且与幽州有关。杞公细想，府上可曾与这样的人交往？”

“对，对！”窦信脱口而出，忽而激动地摩拳擦掌，忽而又不敢相信，愁眉深锁，乃至捶胸顿足，“怎会如此？怎会如此？”

紫菀心说：“你想起的那个人，必是秦王妃已经想到的。她叫我来启发你罢了。”于是不动声色地问：“杞公何出此言？”

“说来与你不相干。我有一位友人，现居幽州，卜氏原为他的家妓。他家时常随侍他与我往来的奴婢，同时结识卜氏和久宁就顺理成章了。也许那侍从放良出来，转行从事药材生意，此番贩运幽州人参，在‘杏月香’巧遇我亡妻及卜氏、久宁一行……那、那究竟是怎么回事啊！”窦信痛苦不堪。

“现今只是推测，杞公也不能询问那位友人，唯有交给衙司追查。别无他法。”夏侯紫菀给了他主意，走了。窦信拖延了一阵，使家人不致对紫菀产生猜测，尔后再次前往长安县衙，将上述推论转告县令和县尉，仍说是自己的想法，催促道：“案发方止两日，应趁着相关人等记忆尚未淡薄，尽速重访‘杏月香’。”

长安县令问他：“杞公可否明示，疑似涉案人是您哪一位友人的前奴婢？”

“如今欠缺证据，我不便说明。若在‘杏月香’查对出来，我自然告知明府。”窦信谨慎应对。

县尉暗中劝谏县令说：“明府暂且不宜追问。杞公的朋友，想来品秩地位不比他低多少。若他推测得对，倒也罢了，若不是，咱们不知那人何方神圣，不知者不罪，如果事先知悉那人身份，不免获罪于人。假如‘杏月香’验证了杞公的说法，咱们再问明也不迟。”

县令感觉他所言在理，便委派县尉，少带人手，跟着窦信再访“杏月香”。

窦信搜肠刮肚，把经常侍奉那位“幽州友人”的几个奴婢的年貌、口音等特征挖出来，讲给“杏月香”店主和伙计们听，直说得唾腺干涸，嗓子冒烟，众人却是一成不变地茫然摇头。在他有气无力地描绘完最后一个可疑人物之后，终于，酒肆的两名伙计异口同声地给了回应：“咦？”

渺小的一个字，如一块打火石，在窦信和县尉灰暗无光的心头擦燃一丝火苗：“什么？”

“像那个，做药材生意的，是谁啊？”一名伙计把手在抹布上搓了又搓，几乎要搓出老泥，还是叫不出名字。窦信哀恳地望向另一个伙计，总算那人猛然一击掌，指着屋顶嚷道：“慕昀！他们领头的。”

随后，邸店也有几名伙计表达了相同的观点。

县尉有心抢功，忙问：“杞公，依您所忆，这个慕昀原是何人？曾为哪家的奴婢？”

窦信的面色青白涨红，憋得五颜六色，一直忍到回了县衙才情绪激昂地回答：“是一个名唤‘篁奴’的奴婢，先前为庐江王的心腹家生，庐江王现任幽州都督……篁奴原来经常侍奉他家主人与我家往来，由此熟识我及亡妻的贴身家奴佑宁、久宁兄弟俩。我疑心是篁奴做了什么坏事，害怕久宁、卜氏认出他，禀报我家亡妻，暴露他的行藏，便下了毒手，还伪装成强盗杀人越货……”

他雷嗔电怒，在长安县衙诉说还不够，又跑到雍州署、大理寺，不厌其烦地申诉，把篁奴的相貌特征反复讲了好几遍，要求法司速查：

“算算路程，篔奴已离了长安县的地界。请你们尽快找到他，问个清楚。假如我的怀疑不错，法司须为我报杀妻之仇，为我家忠仆久宁、小妾卜氏雪恨！亦绝不可放任凶犯四海游荡为恶，倘或误伤其旧主庐江王的名誉，岂不事大！”夜晚回府时，他的嗓子全哑了。

翌日，窦信不顾辛劳，早早起身，一边为于斯滢守灵，一边等待法司的回音。午间，阖府上下刚刚吃了清汤寡水的热孝[1]饮食，准备继续苦熬守制，大理寺的人就来了。不过，他们不是来告知案件进展的，而是来抓人的，抓捕对象正是此案的苦主，杞国公、归德将军——窦信。

按照“刑不上大夫，礼不下庶人”的规矩，大理寺没有给窦信上械具、穿囚衣，只把他关进单人牢房，大理寺少卿亲自探监，说明情由，算是照顾这位穆皇后的亲侄。

窦信稀里糊涂进了监，气急败坏，一面摇晃囚室栅栏，一面扯着尚未恢复犹如破铜烂铁一般的嗓子叫嚷：“你们不缉凶惩奸，反而抓我这个苦主，算什么？为何抓我？”

大理寺少卿慢吞吞地回答：“杞公少安勿躁。盖因您背负着‘惑于嬖宠、雇凶杀妻’之悬疑，法司经慎重研判，奏请至尊敕许，将您系捕于此。待庐江王把家生篔奴送来，加以审问，辨明是非，届时如何结案，自有公论。”言下之意便是“您也未必出得去了，将国戚的威风收敛些好”。

窦信辩解：“我怀疑篔奴自有我的道理，并非指鹿为马、信口开河。怎么我倒惹上嫌疑了？我与亡妻十余载夫妻情分，近来不过是有些小芥蒂。我即或患了癫狂症，失手把自己杀了，也不可能杀她！”

大理寺少卿连一丝面部肌肉也没有动一动：“杞公，我们请您来此，另有缘故……”

1　热孝：旧时对新近发生的父母（或丈夫）丧事叫热孝。通常指百日之内，做孝子、孝女、孝媳的要披麻戴孝，不剃发，不娱乐，不外出。

长安县衙根据窦信提供的线索，派人去于宅登门拜访，经询问，案发当日随侍于斯滢的陪嫁侍娘，证实久宁和醉蝶遇害前确有那番对话，县衙又上呈雍州署，请代为询问弘义宫的留荑、杨台、王阿来等人，也佐证了窦信的说法。不过，秦王妃长孙瑾琋获知此事，特地把李世民从戢武殿请回翠华殿，与他议论此案："令表兄在法司上蹿下跳，引导办案进程，想必二郎也有所闻。我思量着，我也在本案中受害啊！因此，我也有话要讲。二郎，请你代我转告法司，杞公的怀疑不无道理，但另有一种可能性不容忽视，即杞公本人涉案，打着亲自踏勘案发现场、为妻复仇的幌子，在强盗埋伏地点埋下幽州人参须末，再利用久宁和醉蝶生前的对话，将法司的视线引向庐江王的家生篙奴。否则，为何胥吏未曾留意人参须末，偏巧令表兄的马蹄就踏破浮土，寻到了？"

李世民微蹙着眉头，质疑道："观音婢，你是不是因表嫂亡故，而对我表兄怀有成见，非要挑他的不是，你心里才好受？这可不是我家娘子的为人啊！关于那人参须末，衙司也赞同我表兄的观点。再者，即便他要诬陷篙奴，为何'杏月香'的人也说慕昀的年貌酷似篙奴？莫非你怀疑我表兄买通'杏月香'？"

"末尾这句话，二郎不要提了。我并无此意。"瑾琋一口否认，"好端端的，不能诬赖'杏月香'的人。依我之见，令表兄不具备同时买通酒肆、邸店多人的本事。"

李世民又好气又好笑："观音婢，我为敬德的冤案，雕肝焦虑，表面上还须气定神闲，以安部属之心。你在养伤，我无意让你为外事劳心，你为何揪着我表兄不放？假如表兄指使慕昀放毒蛇杀妻，就不怕误伤亲生儿子窦赦、你和青雀吗？"他摸摸瑾琋的额头，问女医唐久客："王妃是否因银环蛇毒，落下了后遗症？"

唐久客不知如何回答，难堪地看看瑾琋。

她轻柔地拨开李世民的手，淡淡地说："人心叵测，杀妻灭子的人，史书上可是有的。如果忍心杀害妻儿，表弟媳和表侄的命又何足恤？况且普天之下，年貌相似者不知有多少。倘若令表兄所雇凶手慕昀与簋奴年岁相仿，相貌也有几分相近，令表兄故意拣那共同点说与‘杏月香’的人听，人家自然要认作同一个人。你能否定这种可能性吗？别忘了，攻击表嫂的膨颈蛇出自朱崖海，可能与令表兄的宠姬——昆仑婢有关，也许就是那昆仑婢帮他搞到手，交给慕昀作为杀人暗器的。”

李世民不相信窦信是主谋，但也无从反驳，一时语塞。瑾瑑也不容他分说，吩咐秦五谷和留荑去一趟于宅，将自己的推测告诉于志宁夫妇，请他们到法司控告窦信。

“观音婢，你是不是太过分了？”李世民埋怨着起身，“我本要去办正事，你倒好，特为整治我表兄，抓我回来，闹这一出给我看。”

瑾瑑一把揪着他袍角，娇嗔着叽咕了一气。李世民一愣，复又坐下。两人私语片刻，李世民又出去了。

以上为前因，属闺中秘事，旁人统不知情。大理寺少卿告诉窦信的是后果：于志宁来大理寺言明对妹夫窦信的种种怀疑。他借由自己是秦王属官这一层关系，也向李世民鸣冤，寻求帮助。李世民斟酌再三，亲入太极宫面圣，表明公事公办的态度，把于家的诉求奏闻君父李渊，道：“杞国公虽为国戚，于家却也与天家同为西魏、北周八大柱国之后。如今法司碍于杞国公的身份，顾虑陛下私爱而迟疑不决。倘若无视其杀妻罪嫌，单单追究庐江王家奴的嫌疑，关陇旧家必有非议，天下士民亦难信服。陛下权时拨乱，包元履德，爱国如家，万民景崇，不可因杞国公一人而累盛德。臣请陛下降敕，命法司同时拘押杞国公和簋奴，秉公断案。倘若杞国公果然无辜，也可还他清白，堵住众人悠悠之口。”

◑ 2 ◐

李渊原以为李世民的来意是为尉迟恭申冤求情，不料他只字不提尉迟恭，却是来大义灭亲的。话虽如此，李渊念及穆皇后窦氏的情面，一时难下决心，召太子李建成、齐王李元吉一起来商量：“咱们暂且只叙家礼，不论君臣。窦信也是你们的表兄弟，你二人的意思呢？”

李建成潜心思索，不急于回答，李元吉先向李世民发难：“仲兄还有操心表兄家事的闲工夫？弟弟请问仲兄，表兄涉嫌杀妻，仲兄力主法办。尉迟恭涉嫌私铸铜钱，仲兄以为该当如何处置？”

李世民注视着他的眼睛，凛然应答：“我不相信尉迟贪财，如同我不相信表兄杀妻。但是，此为私情，并非公心，不能混为一谈。既然有嫌疑，不论是尉迟、表兄还是庐江王家奴，均应交由法司审理。若查证罪行属实，论罪当死，我绝不徇私包庇。自有大人依八议之律，议亲、议故、议贤、议能、议功、议贵、议勤、议宾，减轻刑罚，那是大人的圣恩。诸臣子伏望圣裁。”

李元吉嗤笑：“呵呵，好话都叫仲兄说尽了，厉害！我有何话可说？”因向上拱手道，“听凭大人处分。”

李建成忖度，自己必须摆出不偏不倚的架势，但立场不宜过分鲜明，便模棱两可地回禀：“儿以为，此案也应如私铸铜钱案一般地情理并举、依律处断。儿请大人圣裁。”把皮球踢给了李渊。

最终，李渊采纳了李世民的进言。窦信，就这样进了大理寺狱。另有飞骑持天子敕旨，驰往幽州，命庐江王李瑗交出篡奴。法司也发布告示，长安城及京畿各县从今日开始，寻找年貌与药材商“慕昀”相同的人。

“什么？居然是秦王的主张！”窦信气得几乎吐血。然而，任凭他大呼小叫，大理寺少卿一概置之不理，整了整衣冠，若无其事地转身离去。窦信闹乏了，气也泄了，一屁股跌坐在草垫子上，有一搭无一搭，断断续续地詈骂：“好你个李二郎，昔年捉弄我……害我挨了阿滢和夏侯一顿暴打……如今变本加厉……”言及此，忽然想起夏侯紫菀来，暗暗忖度：“说到夏侯，让她为我作证，证明人参须末并非出自我的设计，如何？”

廊上的狱卒看看他凝眉沉思的神态，打开牢门走了进来，放下一个白纱布笼着的竹篮，背过身，摸出一份饮食给他吃。

窦信哪里吃得下牢饭？嫌恶地摆摆手，断然拒绝：“拿走！”

狱卒安慰道：“杞公，这雪白的蒸饼、新鲜的腌菜、热乎乎的羹汤、干干净净的饮水，分量管够，已经不错了。”

见窦信不为所动，狱卒蹲在他身旁，好言相劝：“您瞧瞧普通犯人吃的什么？有这些吃的，全是念着您的身份。”确定背后无人监视，狱卒突然凑近窦信的耳朵，低声说，“蒸饼里有肉馅，用秦王亲手射杀的麻雀肉烤的，鲜香可口。”

窦信身躯微震，目光停滞在灯台那一束摇曳的火光上。

“事态诡谲，为了杞公的安全，请什么话也不要说，权当在此静养一些时日，秦王必接您出去。”狱卒的耳语急促而清晰，“假如您多言多语，却要招致大难。我姓庄，别人都唤我‘桂郎’。有我在此，您尽可安心……”

这个名为“庄桂郎”的狱卒安顿好窦信，拎着竹篮转去另一间牢房。那也是一间单人囚室，却不如窦信的住处整洁干爽，也没有配置灯台，全靠廊上火把远远投来的一缕幽光勉强照明。那里关押着私铸铜钱的幽州铜矿主冉奕丰。他无精打采地呆望着渗透进牢门的一点晦暗火光，苦等今天的晚餐。

庄桂郎闪身入内，高大宽厚的身躯挡住了廊上的幽光。冉奕丰讨好地问候面前这个黑黢黢的人影："郎君万福安和。劳您送饭。"

庄桂郎含糊地"嗯"了一声，拿出金银夹花平截和绿蚁酒。囚室酸霉的空气里顿时沁入一丝蟹肉、蟹黄和酒混合的香味。

自从冉奕丰答应诬陷尉迟恭，不论在幽州抑或长安，每天早晚都有不知名的狱卒摸黑送来美食，一餐的分量可管日常两餐。虽然无法分辨模样，日子一长，他也感觉有好几个狱卒在轮流照顾他，因此见惯不惊，悄声道了谢，伸手就抓吃食。庄桂郎却陡然扬起铁掌，劈手钳住他的手腕。

冉奕丰疑惑地问："为何？"

狱卒的低语絮絮地从他的耳道穿进心里："上面有话，你指控尉迟、尚某，甚为得力。可惜他两个钉嘴铁舌，死不认罪，反控你诬陷。因此，本案目下欠缺些微火候，你须得添上，即可速了。你出首有功，免死，家口免于配没。"

冉奕丰有些犹豫。"上面"应当是指幽州都督、庐江王李瑗。但负责照顾他的狱卒一向只管送酒肉、添被褥，从不言语。今晚的传话突如其来，冉奕丰一时不知如何应对。

"怎么？终究不忍心？"狱卒的声音在五味俱全的囚室里飘过，冉奕丰从他喷吐的气息中呼吸到一股属于豺狐的阴狠，"那么，这便是你的断头饭。须知我们大理寺狱，畏罪自尽的囚徒素来不止你一个。"

冉奕丰魂飞胆裂，拱手应承："郎君尽管吩咐。"

狱卒用力捏了他的肩膀一把，差不多快将肩胛骨捏碎："好。你只需如此供述……另须谨记，按尉迟恭的身份，在这狱中也有帮助他的内应，妄想捞他。事后，那人多半会套你的话，问你的供词是不是旁人教的？你必须否认。不然，无论如何，都是你承认自己犯下诬告罪。那就不可救了。上面为你着想，绝不食言，你若反悔，或泄露了风声，呵呵……我们大理寺狱，多一个畏罪自杀或癫狂自尽的囚徒，和捻死一只臭虫一样，不算什么……”

数日后的凌晨，大理寺狱丞的亲戚兼心腹黄八德按时为冉奕丰送来早餐，他三口两口吃光饮尽，扑到栅栏上，把嘴堵在间隙里，叫道：“幽州私铸铜钱案，尉迟将军系主谋，尚世瞻为从犯，我又忆起一条铁证！快来人！”

庄桂郎在值更房中与黄八德办理交班手续，听见冉奕丰的叫声，便拿起纸笔，拉着黄八德一起跑过去，骂道：“不许嚷嚷！你有话，写个供词来！”

他与冉奕丰私下交流时，刻意伪装了嗓音，冉奕丰未能识别他，亲笔书写了新的供词，大意为：尚世瞻曾经嘱咐我，尉迟将军要求铸少量秦王炉的开元通宝，年前送入将军府邸孝敬，有大用，并交付样子与我。我遵命行事，成品连同尉迟将军需要的其他伪钱一并交付尚世瞻夹带入京。呈请法司查验。

一纸供词闹得办案官吏虾忙蟹乱。然而，他们将查获的伪钱筛了数遍，也没有找到哪怕一枚带有秦王炉的特有标识——月牙纹。

尉迟恭的家人、部下如何肯服？奔赴各法司鸣冤叫屈，要求深查内幕，并指出秦王炉铸造的开元通宝，因王妃长孙氏观赏蜡样时不慎掐出指甲痕，将错就错，铸成的铜钱都带有月牙纹。秦王炉钱仅铸三炉，数量稀少，布衣黔首的平民黎庶不知，倒还说得通，但尉迟恭身为天策府高级属官、李世民亲信爱将，怎会不晓？显然是冉奕丰为了速战速决，尽快达到陷害他人、冒功减罪的目的，特加了一把火，却烧错了灶！至于幕后有无不明人物主使，也未可知……

太子李建成大为愠怒，对齐王李元吉说：“我只托裴相带话，命大理寺狱丞布置人手，照应冉奕丰，禁止外人探视、传递书信等物，并未将隐情透露一言半语于裴相，裴相对我兄弟二人也向来有求必应，不问就里。论理，大理寺狱的人应该可靠，冉奕丰却为何作此画蛇添足之举？是求生心切，疯癫了？抑或有人误导了他？高墙深狱，那人是如何得逞的？不管怎样，如此一来，他口供的可信度便降低了。委实可恼可恨！”

李元吉鲜少目睹长兄懊恼动怒的模样，本想埋怨他说：“谁叫您用人有缺，大理寺狱方面只知倚重裴寂，且未能在审案官吏中安插足够管用的人手？庐江王李瑗负责派人进京构陷尉迟，您又不许这拨人与冉奕丰相通，泄密倒是防住了，却也致使他们各行其是，互相抵牾。您这也要三思，那也要斟酌，耗费许多心思，希求策无遗算，实则全然不曾切中肯綮！”现如今这一大堆怨言也不好说出口，只能闷在心里，勉强安慰道：“阿兄无须忧虑，如此尚不足以助尉迟恭脱罪出狱。狱丞设法套过冉奕丰的话，他坚称自己的供述属实，既不受旁人指使，也未曾陷害忠良。至于那伪钱中为何没有秦王炉钱，他也不知，猜测是尉迟恭在案发前藏匿了。想来是冉奕丰糊涂了吧。”

“糊涂得也太厉害了。尉迟恭单单藏匿仿秦王炉伪钱做什么？何不将所有伪钱一并藏匿了？谁能采信这般说辞？”李建成捻弄着上唇的一撇髭须，抬眼瞄了弟弟一眼，“冉奕丰无论是疯了，还是为旁人所利用，都不再可信。”

“命大理寺狱除掉他？”元吉问，“恐怕要招致怀疑啊！”

“我并无此意，不过是要‘补苴罅漏’。”李建成摆一摆手，“冉奕丰是尉迟私铸铜钱案的人证，死不得。请裴相教导大理寺狱丞，切勿再给冉奕丰纸笔，把他押入一所远离监舍的偏僻屋子囚禁，着狱丞选派两名最信任的部下看管。倘若冉奕丰提及案情，一概禀报裴相，转呈我裁夺，不得擅自外传。”

李元吉抬起右掌在咽喉处凌空一抹，笑道：“尉迟恭畏罪自尽，阿兄意下如何？”

李建成警惕地瞪他一眼，正色道：“不可轻虑浅谋，轻举妄动。尉迟是一员强将，在军中、民间皆有名望，绝非邱氏之流可比，以他的胆色，在案子出现转机的时节‘畏罪自尽’，漫说世人，大人也会怀疑。”

李元吉不以为然：“那又如何？仲兄的亲信悍将，除一个，是一个。若不是您拦着，我早已命大理寺狱丞下手了。”

李建成略微皱眉，教导他道：“前者，你背着我谋刺尉迟恭，以为神不知，鬼不觉？实则朝野上下风言雾语，大半隐隐约约指向你。尉迟恭若死于狱中，世人越发要怀疑你，进而质疑我。”

“只要大人不追究，任凭他们言三语四，何足为惧？”李元吉坚持己见。

“四郎，你须勘透大人的心思。大人并非一味偏向我们，他崇奉不偏不党，王道荡荡。二郎如日中天，大人就抓住机会打压他。我们对尉迟恭做的，便是借大人之刀，翦灭二郎左右。但是，倘若我过为已甚，譬如，让大人察觉是我们构陷尉迟恭，激化手足矛盾，大人就要安抚二郎，斥责我们了。张亮的一抓一放，便是明证。”李建成拿过一只冰裂纹玻璃碗，给弟弟观赏，“我们同二郎的关系犹如这只碗，虽有裂痕，实际仍为骨肉相连的兄弟，这是大人所希望的。谁要粉碎了它，大人将无法容忍。”

元吉无奈点头，“弟弟谨遵阿兄教诲……”

李世民获悉大理寺狱的变故，笑对瑾瑜说：“不出所料，狱丞派去专职看守冉奕丰的狱卒，是黄八德、庄桂郎。哈哈哈！”

“呵呵。”瑾瑜倚在隐囊[2]上，露齿娇笑，“倘若狱丞得知庄桂郎投效弘义宫已达三载，受你之命，操纵冉奕丰助尉迟敬德洗冤，该如何对裴相交代呢？”

“然而，敬德仍系于狱中。”李世民敛容道，“须从速解救。”

2 隐囊：供人倚凭的软囊。

“那是自然。”瑾琋撑着卧榻边沿坐直，盖在身上的貂裘滑下来，露出穿着圆领袄子的上半身。

李世民握着她袄子的一角搓了搓，不满地说：“里面的丝絮有些单薄，该多絮一层。”

刚从平阳昭公主府回来的繁缕为瑾琋披好貂裘，把手炉塞到她手里，附和道：“长孙家太夫人也这么说。娘子伤才好，虽说殿中香炉、火炉、手炉俱全，也要捂一捂才是。”

“且问问典医丞、久客，他们是怎么说的。”瑾琋将十根手指如波浪般在炉身上次第起伏，让肌肤逐渐适应手炉的热度，答道，“穿得太热，于病体无益。何况我也不是‘病体’了。”

李世民对繁缕表示赞许：“你在知冷知热上头，最是细心。王妃有言，过些时日就将你放良配人。在你出去之前，可要把玳玳这几个小侍婢教好啊！”

繁缕红着脸答了一个“是”字。

瑾琋打趣道：“她在公主府待久了，一朝回我这里，只怕不习惯呢。”

留荑、玳玳等人俱各掩口偷笑。繁缕如惊弓之鸟，唯恐自己的心事被戳穿，急忙申辩：“没有不习惯啊！待得也不久……”

“喔。”瑾琋微笑问她，“重葩的身后事，彻底完结了吗？”

繁缕舒了一口气，禀道：“事情已了。”

李世民促狭地一笑：“贺兰茂指控重葩与多名外男有私，想必三姐夫纵有几多悲伤之情，也烟消云散了。遗物烧尽即可，还有什么善不善后？”

“贺兰茂那种人的话，怎能轻信？”瑾琋嗔怪地斜睨他一眼，“常言道，捉奸拿双……”

李世民的眉间飘过一朵乌云。瑾琋知道他想起了刘燕婉，自觉失言，便钳舌不语。

繁缕圆场道："奴婢收拾重葩娘子的屋子，发现一个深藏于妆奁中的锦盒，里面用绫帕里三层外三层包裹着一枚绿沈色琉璃指环，前隋式样，显是她生前珍爱之物。奴婢呈给柴驸马看了。驸马出了一会儿神，告诉奴婢，此物是他早年赐给重葩的。"

◑ 3 ◐

瑾瑶记得这枚指环，武德六年在平阳昭公主府，重葩戴在手上，出来斟酒侍宴，于是追问繁缕道："怎样处置的？"

"驸马谢了奴婢，说多亏奴婢找出来。又说，他相信重葩，贺兰茂污蔑亡灵，罪无可逭。"两片丹霞晕染了繁缕的双颊，她的声音越来越轻，"然后，他下令将那指环埋在重葩墓前，永远陪伴亡灵。"

瑾瑶的目中掠过几许伤感："我怎会冷？亡人孤单地躺在那冰凉的棺木里，才冷啊！"

李世民心想，她又在为于斯滢、久宁、醉蝶之死而伤怀，便示意众奴婢退下，自己也坐到卧榻上，搂了瑾瑶调笑："观音婢，你当然不会冷。夏日一过，我们就不再分居。今晚也有我与你共眠，哪里冷了？"是想要转移她的愁思之意。

瑾瑶不愿拂逆好意，就势往他怀中一窝，应道："嗯。歇息吧……"

翌日，强盗袭击瑾瑶、于斯滢及尚家车队的现场再度人喊马嘶地喧闹起来，此次是大理寺派员复行勘察。起因是于家提出：既然窦信不承认那些人参须末是他撒在密林中，那就请法司到场复查，以示公允，省得他不服。大理寺内部也有官员提出，万一长安县衙的勘察果真有失，冤枉了穆皇后的侄儿、太子殿下的表弟，也很不妙，有必要重新勘验。窦家那边的亲属，包括天子的二女婿窦诞、鄭国公窦轨在内，也暗中为窦信说话，要求法司“高悬秦镜，公正断案”。最终，大理寺派遣从八品下评事池灵均，率领一众胥吏、仵作，赴现场踏勘。

池灵均怀有强烈的使命感，身体力行，与部下一同拽着绳索降至谷底。这里是秦王妃随从击毙的那名强盗陈尸处。

众人分散勘察。池灵均独自弯下腰，拨弄了几把枯草，其上印着黑沉的血痕。

“唉，何人如此狂悖？天子脚下拦路抢劫！”他慨叹着，迅速从袖中抖出一个装有钱币的小钱袋，塞入土石缝隙，仅剩小半边缘在外，就地刨了点尘土、枯草撒上。

“掘地三尺，一寸也不许疏忽！”他立直身体，提醒部下。

衰败的草木匍匐在北风中，亡人的幽魂澌澌来去，坡底与苍淡的天空之间相隔着一段虚幻的遥远。置身于此，人如同困于猎手陷阱的小兽，命运轻若溟茫太虚中的粒粒微尘。

池灵均仰视着阴沉的苍天，一面拍打手上的泥土，一面健步走开。

不一刻，胥吏在他站立过的地方吃惊地大叫：“这里有一个钱袋！”

经勘验，袋中的钱币含有一枚伪钱，钱袋内侧绣有主人的诨号——“獭狠”。这是拦路劫杀案发当日，被弘义宫某校尉率卫士击毙的那名强盗遗下的物件。

不过，即便是秦王安置于大理寺的内应池灵均，也并不清楚这枚伪钱是重葩的遗物，原属于罪官贺兰茂，钱袋及所绣“獭狠”字样则是弘义宫的“杰作”。如瑾琋对李世民所说：“他们为构陷尉迟敬德，不惜陷害无辜的尚姓商人，我们也要以毒攻毒，揭露真相。”

案件的诸多疑点就此浮出水面：袭击尚家车队及秦王妃、杞国夫人一行的强盗携带伪钱，且杞国公窦信怀疑强盗头目为幽州都督、庐江王李瑗的前家生——化名“慕昫”的药材商篁奴，其杀害杞国夫人主仆的动机是因作奸犯科、深恐真实身份暴露而杀人灭口。而被幽州私铸铜钱案犯冉奕丰指控为从犯、后台的尚世瞻、尉迟恭却坚称遭人诬陷。由此看来，强盗拦路抢劫案与私铸铜钱案之间，竟然有着千节百扣的联系。

消息不胫而走，非但朝臣官吏附耳射声，城中士民也众说纷纭。郫县公、右武侯卫右翊府右郎将长孙无逸听闻消息后却是缄口不言，不予置评。他为人含明隐迹，低调谦和，携妻儿及侍婢出身的生母居于小宅，用的奴婢也少，由于自己是秦王李世民的妻弟，但凡与弘义宫有某种关联的敏感话题，不仅在公开场合概不参与讨论，也甚少与亲朋好友谈论。久而久之，人们也不以他与李世民的姻戚关系为念。

夫人谢子翕捧起忍冬纹铜手炉，随口说道："近日左邻右舍的娘子们都在议论私铸铜钱案。依我看，尉迟将军确乎不像贪财好利、昧己瞒心之辈。"

无逸漫不经心地说："那也未必。以貌取人，往往失准。世间人面兽心之徒多着呢。"

谢子翕诧异地问："他可是与令姐夫一道胼手胝足、九死一生，从战场上拼杀出来的功臣啊！"

"人非圣贤，尉迟恭有可能心性大变，我姐夫对人才的鉴识却不可能毫发无遗。断案是法司的职分。案发后，我姐夫也未敢为尉迟恭做保，你一个妇人，倒做起保人来。"长孙无逸略显不耐烦，"啧，妇道人家，一大早议论这些做什么？不回崇义坊了吗？"

谢子翕的娘家位于崇义坊。无逸如约陪她归宁。

宵禁刚刚结束，天色昏暗无光，长孙家两名家奴擎着火把在前引路，谢子翕携儿女、侍婢乘坐牛车，长孙无逸骑马伴随在车旁。街上车马行人寥寥无几，长孙家车马行路之快，可用"星驰电走"形容。一行人进入崇义坊，途经一所占地广阔的大宅，谢家宅邸就遥遥在望了。

长孙无逸不经意地侧首看了看街边的这所大宅，虽称不上贝阙珠宫，也堪称富丽堂皇。层楼叠榭，一重复一重，可叹偌大一座豪宅，却是暗牖昏梁，死寂颓唐，如果搭设了白幔，便是活脱脱的一户丧家。

长孙无逸把目光在周边扫了一圈，抬手整理腰间的蹀躞带，手指动作电火行空，敏捷地挖出一颗麻布包扎的小石头，手臂微扬，那石头即越过围墙，飞入那座豪宅的半露天阁室。宅中立刻响起“哎哟”叫痛声，阁室里的值守奴婢被砸伤了。

长孙无逸默念：“着实抱歉。”双腿一夹，驱使坐骑加快了步伐。

豪宅中的年轻家奴被砸得颧骨青紫，渗出了血，捡起石头一摸，哪家顽童还给这伤人暗器细致地裹了一层麻布？恼恨之余，好奇心大起，点燃石灯检视，麻布上居然写有春蚓秋蛇般的丑陋文字。家奴不识字，联想主人的第四子尚世瞻因私铸铜钱下狱，也猜出这是外人有心送来的书信，慌忙掖进衣襟，入内进呈主人。

尚父阅毕密信，双手狂抖，遵照信中所嘱，把麻布扔进火炉烧化。心中又是激动，又是忐忑，又是自责，肠荒腹热地吩咐下人，嗓音也变了：“咳咳！快，把酆秧的遗物拿来！”

他抱着小伙计酆秧遗下的小包袱，疾驰入长安县衙，诉道：“我家雇的小伙计酆秧，原为孤儿，此番随犬子回京，遭强盗劫杀，遗物由寒舍代管。因犬子被诬陷下狱，我惊慌失措，对酆秧的遗物未加留心，险不曾放过重要疑点。”

县尉问道：“有何疑点？”

尚父解开包袱，指着一枚金瓜子，按照密信的提点，颤声答道：“请少府过目，他一个小伙计，哪来的金瓜子啊？如今细想，强盗拦路抢劫那日，手持弓箭，埋伏在密林里，不先射杀犬子，先杀酆秧这个管不了几多用处的小伙计，也不取别的财物，先抢夺他的小包袱，好生古怪！少府业已侦知，他们离开‘杏月香’前夜，药材商慕昀购买了犬子携带的皮毛。而酆秧负责看守的那一车货物，正好包括尉迟家订购的皮毛。我怀疑，慕昀连夜在皮毛里絮入伪钱，买通酆秧，抢在犬子动身之前，用暗藏伪钱的皮毛换掉尉迟家预定的货品。之后伪装南下，实际扮作强盗，穿林越草，暗中追赶犬子东归，制造拦路抢劫假象，杀酆秧灭口。而放犬子逃出生天，也不是善意，而是故意让他把絮有伪钱的皮毛送入尉迟家，以构陷他入罪！”

县尉握着瓷盏的手不由得一紧，沉着气问道：“难道不是你救子心切，把这金瓜子放进酆秧包袱里的？”

“少府，这包袱可不是我从强盗手里拿回来的。”尚父愤然，“是好心的同路人击毙了抢夺酆秧财物的强盗，那强盗连人带物坠入坡底，同伙无暇顾及，这包袱才留在案发地的。好心人检点包袱中的物事，根据包袱皮上绣的名字，判明是我家小伙计酆秧的遗物，便交给犬子，带回我家。谁能做手脚？莫非人家有先见之明，预知犬子私铸铜钱即将案发，特意在酆秧遗物里丢了金瓜子，方便我编这套说辞来救犬子？”

如何夺回酆秧财物并交还尚家，弘义宫校尉在回京当天就向长安县衙作了陈述，并登记物品清单备案，以供衙司需要时追查，其中确实包括包袱里的金瓜子。县尉无话可说，翻翻白眼，吩咐胥吏道：“取名录来，签收证物。再让他写一张证词，署名画押。”

新的线索由长安县衙层层上报至大理寺，原已出现意见分歧的众官吏进一步分化为三派，一派仍然怀疑尉迟恭、尚世瞻有嫌疑，但立论依据摇摇欲坠；一派认为尉迟恭、尚世瞻是冤案，且凿凿有据；另一派察觉此事并不是单纯的刑案，小心翼翼，允执其中，不置可否，逼急了也只说：“疑点集于慕昀一身。待他就擒，或庐江王处有了回音，解送疑似慕昀的篁奴进京，再审此案。”

案情发展一如瑾瑺的预料，庐江王李瑗眼高手低，薄志弱行，获悉长安方面已怀疑“慕昀”即篁奴，就畏葸退缩。况且篁奴事成后奉主命隐匿他乡避风，李瑗根本交不出人，慌了手脚，编出谎言来搪塞，避重就轻，抢先择清自己的责任："篡奴窃取府中财物逃亡日久，我亦不知其去向行径。昔日，我念在他自幼相从，不忍以逃奴罪名追捕，只当将他放为良民，未曾声张。而今我仍不相信他敢违律犯案。且等法司寻到他，加以鞫审，再作道理。若他犯事，便是我管束奴婢有失，致使他逃脱作恶，自当亲赴杞国府负荆请罪。"

然而他以庐江王、幽州都督的身份亲口指控篡奴"卷款逃亡"，这样丧德败行的贱奴，又让世人怎样相信他出走后"不敢违律犯案"呢？

李世民心胸大快，与瑾琋议论："窦家表兄于权位恬淡无欲，唯爱声色犬马，与李瑗这种损友交往却也无妨。倒是太子殿下，我那长兄居然倚重李瑗这种人，不仅是不智，也有亏德行。但于氏表嫂实则是被李瑗勾结我长兄害死的，表兄算是引狼入室，也委实令人无法容谅。"

"正是。不过……"瑾琋认真地说，"也多亏令表兄那般性情，各方都有他闲茶浪酒的朋友，我们才得以借他的力，步步揭示真相。之后又委屈他入狱，迷惑东宫，而不致引起怀疑，或招惹时谈物议。"

"于仲谧及他家娘子也出力不少。"李世民答道，"借此机会，报复我表兄，他们也算出了胸中恶气。"

瑾琋莞尔一笑："实不相瞒，我也有此意。我和于仲谧夫人议事定计，便商定要教令表兄吃吃苦头，以慰于氏表嫂并于家二老。"

李世民捻着她下巴，戏谑道："女子是得罪不起的，鹂舌鹄心，下手狠极。"

"你又打牙犯嘴。"瑾琋笑着撩开他的手，"大人得了幽州的回音，一声不出，急不可耐地先敕令无罪释放他的宝贝妻侄，尉迟敬德和尚郎一家却还系于狱中。你应当入宫求见大人了。想必他老人家业已洞悉此案内幕，但不愿为尉迟敬德和一个商人重罚宗室，在等待你出面，给各方一个台阶下……"

李世民在甘露殿得到父亲李渊的接见，谠论侃侃，解析案情道："至此，真相大白。当是庐江王家生篕奴背主私逃，化名'慕昀'，以行商为矫饰，参与幽州冉家私铸铜钱案，并构陷尉迟敬德及皮毛商尚某，不料巧遇相识的杞国府家生久宁及小妾卜氏。篕奴做贼心虚，唯恐身份败露，终干犯重戾，杀害二人，并重伤臣妻长孙氏和杞国夫人于氏。然而京畿地面，陛下天威震曜，凶徒难掩破绽，犯行暴露。臣乞陛下降敕，为无辜之人平反昭雪，以彰圣德。"

李渊盘膝坐在御床上，眼皮微垂，俯视着李世民。按他这位次子的脾气，前来请求释放尉迟恭，却能这般平波缓进，徐徐道来，倒是有点出乎他的意料。

李渊不急于表态，慢声追问："那个篕奴，自家参与盗铸铜钱，为何要陷害他人？诬陷尉迟恭？"

李世民奏道："主犯冉奕丰与尚家原为朋友，知晓尉迟敬德是尚家老主顾，素有往来。想来是冉家与篕奴串通，栽赃尚世瞻和尉迟敬德，妄图将幕后主谋的罪名扣在尉迟恭头上，以期杀良冒功之效，以求减轻自身罪责。"

李渊在心中欣慰地笑，继而是无声的喟叹。看来，李世民不准备穷根究底地反击，还算懂事，体解老父的心意。

◑ 4 ◐

"尚姓商人公冶非罪，理当还他清白。至于尉迟恭，那个篕奴原来远在幽州，为何单单咬他？总是他素日里有些狼贪虎视的影子。"李渊轻描淡写地拨响了弦外之音，在儿子的心海中搅起了漩涡。

"尉迟恭为国征战，效死输忠，淡看钱财，人所共知，私铸铜钱何为？倘若他果有不法，自当依律处分，臣不敢徇情。”李世民苦劝道，“但此案系宵小构陷，破绽百出，若仍听之任之，忠臣良将能不心寒？陛下圣明，伏望圣裁。”

李渊的胡须轻轻地向上一翘。事已至此，便可以收尾了。他降下敕旨，命大理寺释放尉迟恭和尚世瞻一家，并予抚慰。但又降五道敕旨，一道以莫须有的小过失申饬尉迟恭，罚俸一年；第二道命令秦王李世民约束王妃长孙氏，禁止其独自微服出城，招惹祸事；第三道和第四道分别训诫太子李建成、齐王李元吉，把什么“兄弟齐心，其利断金”“血浓于水，如手如足”的老话又教导了一遍。第五道送至幽州，不必说，痛骂李瑗一顿。

结束了，唯独李渊针对瑾琋的那道敕旨令李世民暗暗不快，私下嘟嘟哝哝：“这是公开打儿妇的脸。大人这个做家翁的，未免太狠心。”

瑾琋却欢欣不尽：“蒙冤者获释即可。我？大人曾一度废逐我，骂两句又何须介怀？二郎，你要立即上表，奏闻大人，就说代我谢罪，你已严厉斥责我，将谨奉圣敕，禁绝我微服出京。”

李世民明白她的良苦用心，少不得忍气吞声，依照她的意愿行事。

当晚李世民又召长孙无忌、长孙无逸兄弟二人在淇奥殿聚饮，只叙家礼，面谢长孙无逸投石传书、为尚家指路之功。长孙无逸憨厚地笑答：“我有今日，悉蒙姐夫、姐姐的恩惠。二位鲜少差遣我，也素不使我犯难。我的妻兄是齐王的属官，在他麾下任直府左车骑将军，姐夫并未因此猜忌我，反而推心置腹，托以要务。我怎能推辞？旁的事，我没有胆色相助；此事，我力所能逮，顺道为之而已。姐夫谢我，实不敢当。”他口中的“妻兄”名为谢叔方，是谢子翕的异母兄。

“你和辅机并为我的至亲。世家高门皆联络有亲，我若因你与谢家为姻戚，就横生猜忌，世上便没有可信之人了。”李世民拍了拍长孙无逸的肩膀，道出肺腑之言，“况且令舅兄为人持正不苟，有仗节死义之德，驰骋疆场、杀敌报国为志，立下累累战功，从不涉足那些旁门左道的勾当。他于晋阳起兵之际投效齐王，自此忠心不二。我当时无缘结识他，错过一位良才，引以为恨事。”

他命给使赵顺把舞伎林润润召来献舞。郎舅三人浅酌慢饮，观赏“绿腰”。陶然微醺约半个时辰，瑾琋和长孙无忌夫人颜穆清、长孙无逸夫人谢子翕一道从翠华殿过来了。这并不是正常的举动，只因宾客是瑾琋的亲兄弟，未构成“逾礼”而已。林润润连忙止了舞步，躬身行礼，口称：“娘子万福安和。”长孙无逸也立起身。李世民一面抬手示意他坐下，一面向瑾琋投去疑惑的目光。她的面庞浸在明净如水的月色中，娟秀静好，看起来并不是赶来闹场泼醋的。李世民知道她也不会做出那般行径。

瑾琋和蔼地吩咐林润润：“你且下去歇息。”

长孙无忌看看妻子，表示质疑。颜穆清回应道：“四郎休要错怪我。天寒地冻，我岂能因不容舞伎献舞，就怂恿王妃跑来撵人？我也没有这般小气。”

瑾琋沉重地说：“恕我打扰你们。外面闹出大新闻，长安一百二十坊想必都已传遍。大理寺狱出事了。”

“什么？”李世民搁置了酒盏，神情瞬间变得肃穆。

“尚世瞻，去世了。”瑾琋话音幽幽，烛火在她墨黑的瞳孔里跳着哀痛的舞蹈，“他在获释时突发癫狂症，用镣铐打砸狱卒致伤，狱卒拔刀自卫，失手误杀了他。”

李世民大惊：“他已洗清冤屈，即将重获自由，为何发狂？”

瑾琋答道：“毫无道理。敕旨既降，狱卒黄八德奉狱丞之命，带了酒食去尚世瞻的单人囚室慰问。他领受了这番美意。黄八德帮他收拾物品，要送他出去，他就发起狂来。大理寺狱认为，他要么是有隐疾，要么是恶鬼附体。”

"酒?"李世民猛地想起导致咸阳渡富商孔方夫妻暴亡的天竺酥摩酒,"可曾勘验?"

"酒只有一杯。据黄八德陈述,尚世瞻喝尽酒,又数度把热饮倒进杯中饮用。酒水纵有残余也被冲刷尽净。搏斗中,黄八德又不慎踢碎了盛酒水的青瓷杯,所以无法勘验。"瑾琋木然回答,"黄八德也曾呼救,另一狱卒闻声跑过去,亲眼看见尚世瞻嘶吼着,用进餐前卸下的镣铐击打黄八德的头部,黄八德一边偏头躲避,一边拔刀阻挡。待那位狱卒赶到跟前,悲剧已然酿成,无可挽救……"

长孙无忌、长孙无逸两家走后,李世民密遣库直安元寿与大理寺的内应接头,试图查究尚世瞻之死。但对方回复元寿,大理寺狱丞已派人将遗体送回崇义坊尚家,入殓举丧,根据目击证人的证词及件作验伤结果,的确是尚世瞻对黄八德下重手在先。平民袭击法司吏员,本身就是严重的罪行,后者迫不得已自卫而失手,只需承担轻微的处罚。法司判定尚世瞻系癫狂症暴发,也是考虑到他即将回家,没有袭击狱卒的理由,处置还算仁厚了。

安元寿回弘义宫禀报了案情,瑾琋困惑难解,又为再添一条年轻的冤魂而伤感,窝在寝殿闷闷不乐。李世民安慰她道:"由夏侯紫菀慢慢去访查,真相终将水落石出。何况,也不排除尚世瞻确有癫狂隐疾的可能,劫后余生也是一种大刺激,或许诱发了他的病症,也未可知。"

"即便如此,也是一桩人间惨剧。"瑾琋回忆尚世瞻率领手下伙计保护妻小、财货的场面,那个青春的、勇敢的身影,竟在与家人团圆前夕永远地从世间消失。人世间有一种艰辛的美丽,值得人们珍惜留恋,但它却留不住尚世瞻。他分明不想死。为什么?为什么?

李世民握了她的手,拥住她,故意谈论别的事:"明日,我们去杞国府看望我那表兄,陪他去于家。仲谧已接受我的求情,允许他祭拜表嫂。"

“对啊。”瑾琋抽出罗帕擦拭了眼泪，点头道，“此事应该办了……”

在他们抵达杞国府之前，窦信收到了庐江王李瑗的来书。李瑗在书中歉疚地说，虽然篡奴是逃亡后犯案，但如果不是自己顾念主仆情分，隐忍此事，而是及时报官通缉，也许就不会发生后来的惨案，因此着实抱愧。

窦信把这封来书在于斯滢灵位前焚化。翠阴阴的青烟似是极长的忧伤，走笔绘成于斯滢的容颜。自别后，这是第一次重逢。

“信郎，我们尘世的缘分尽了！”于斯滢一如日常劝诫窦信时的模样，向他道别。

窦信扑过去。于斯滢的身体缥缈如银河之水，不论如何也握不住。他痛哭失声：“阿滢！阿滢！”

“我也不要你孤蓬自振，但愿你教养好孩子们，过好自己的日子。”炉火摇摆，于斯滢明媚的笑靥在蓝色的火苗里浮出来，她自顾自地说话，也不管窦信说了什么，“我嫁给你十几年，操持门户，生养儿女，忍受你的各种毛病，太委屈了！好在我死后，你终不负我……我要八方遨游去了，待你享尽天年，我们再团聚……”

窦信大哭：“不、不！阿滢，阿滢！”

“阿郎，您醒醒。秦王与王妃已至。”佑宁带着哭腔的声音唤醒了他，他原是趴在灵位前做了一场梦。而佑宁触景生情，思念死去的弟弟久宁，也哭了。

窦信摇摇晃晃地立起身，抹了一把眼泪：“啊，来了。”

李世民和瑾琋带窦信去了于宅。他先在灵堂里抚棺悲泣，又获准去于斯滢生前治伤的卧室凭吊，那也是于斯滢出嫁前居住的闺房，遵照于家父母的心愿，一应家具陈设都保持着女儿在世时的模样，并未用白布青幔遮盖。窦信蹑手蹑脚，逐一抚摸遗物，唯恐惊扰了亡灵，每看到一件，便流一行泪。转过屏风，愕然看见卧榻上坐着一个人——

于斯滢。

于斯滢容颜如生前一般，只是一双明眸空茫地平视前方，问道：“阿兄，是你吗？”

几个孩子在下首陪坐，也毫无惊惧之色，看见窦信，欢呼着跑上前迎接：“耶耶[3]终于来了！”

窦信惊喜交加，扑跪在地，抱着于斯滢叫嚷：“阿滢，你显灵了！”他忽然注意到儿女都穿锦衣，着绣袄，非常生气，训斥道：“为何不戴孝？你们母亲必是因儿女不尽孝守制，伤心幽怨，方才显灵，是警示你们的意思……”

长子禀道：“舅母方才命奴婢给我们换了衣服。”

于斯滢柳眉微耸，愠怒地冲着窦信的方向怒道：“是你！我兄许你入内的吧？难怪，侍娘们都有事暂且出去，原是故意回避。”

李世民在门外听见，大吃一惊，嚷道：“表嫂诈死？”

瑾琋笑不可支：“哈哈，令表兄傻，好在你不傻。于家娘子入弘义宫正式‘报丧’那日，就受表嫂之托，告我实情。表嫂决意与令表兄决裂，料想他的浮浪性子怎能按捺得住？即便不肯立即签署《放妻书》，至多服满一年齐衰孝期，必然续弦另娶，移情新妇。届时木已成舟，覆水难收，她再‘起死回生’，乐得下半生自在清净。岂料令表兄幡然悔悟，不辞胼胝之劳，为追凶复仇而辛勤奔走，竟是情深义重。于家二老未免心软，我也不忍拆散婚姻，少不得辜负表嫂了。”

窦信闻言，恍然大悟，搂紧了于斯滢，破涕为欢：“阿滢，原来你没有死。跟我回家吧。”说着就要扶她。

于斯滢拂开他的手，漠然拒绝：“你要一个目盲体衰的妇人回家做什么？我若由着你一时欢喜，跟你回去，不出半月，你厌烦了，我又回于家。来来去去岂不麻烦？莫如一刀两断，一了百了！”

---

3 耶耶：指父亲。

“我不嫌弃！有你在，拌嘴吵闹也欢喜！”窦信又开始胡言乱语，“我死也不写《放妻书》，于家纵然强留你，奈何礼法不容。我要报官，法司必定判你随我回窦家。你再不肯，我还可请求至尊，敕令于家将已嫁女儿送还夫家，于家敢不奉敕？”

于斯滢骂道：“无赖！你可曾厚葬久宁、阿卜？赖在于家胡搅蛮缠做什么？”之前，她惊闻久宁和卜醉蝶已死，十分悲痛，此时重提亡人，不禁又伤心落泪。

“那还用说？只是主母滞留娘家不归，教他俩在泉下如何安心？”窦信益加口无遮拦：“你且细细琢磨，岳父母健在，养着你无妨。日后兄嫂当家，岂不嫌你这个瞎眼老女赖在娘家吃闲饭？成日里恶声恶气、冷言冷语，你将如何是好？即使有心改嫁，你一个几近失明、年届三十的妇人，谁肯娶？倒贴白送也没人要……”

“哐！”于斯滢怒极，拔下发髻上的金钗，循着声音敲了窦信一下，正敲在他门牙上。窦信发出“嗷”的一声哀号，捂嘴趴到卧榻上，耍赖道：“我被你重伤，动弹不得了！”因叫着长子的乳名吩咐，“快去禀报你舅舅，请个翰林医官来诊脉。”又叫次子，“阿赦啊，速速唤仆妇进来铺设衾枕，你阿耶少说得歇卧两个时辰才能缓过气来……”

于斯滢又还以一串痛骂，什么“市井奴”“痴汉”“打脊奴”都用上了，却也说不出撵人的话。

瑾琋和李世民笑得腹痛，相携告辞离去。

于斯滢终究返回了杞国府，离婚之议无果而终。窦、于两家还专门耗费数日工夫，挨门挨户奉还亲友馈赠的赙赗，赔礼道歉。此事传为笑谈，热议了整个新春佳节。待话题告一段落，正月十五上元节也过去了。张灯结彩、普天同庆的日子画上句点，有些人的心同火炉里的残灰一起冷了下去，短暂的安乐祥和被新的事端所取代。

李元吉向李建成请缨：“阿兄，构陷尉迟恭不成，您还挨了大人训斥。如何了得？干脆，我去对大人挑明！”

李建成前思后想，终于应允：“好……你心平气和地说，不可急躁；也不要东拉西扯的，须切中要害……”

由此，李渊的耳朵又不得清净了。李元吉建议李渊对李世民采取非常手段，他逾越了李建成授意的界限。李建成的意图是剥夺二弟的所有权力，软禁其全家，瓦解其党羽。李元吉擅自加码为：“诛杀秦王及其诸子，永绝后患！”

此言一出，作为父亲的李渊闻之心寒。李世民向来就事论事，不曾攻讦兄弟，更没有喊打喊杀。李渊觉得，即或不能断言李世民为人比李元吉纯良，至少在“秉节持重”上头，李世民也较李元吉强许多。

李元吉兀自喋喋不休：“武德四年，秦王平定东都，滞留观望，不肯立返，以财帛子女笼络军心，结交士人，树立恩威，连陛下的面子也不给，当时就已势同谋反。现今陕东广土众民，只知秦王，不知东宫，再听之任之下去，那些人怕是连陛下也不知道了！当断不断，反受其乱，陛下宜早下圣断，何必担心找不到借口！”

第五章 坠亡的鹏鸟

◑ 1 ◐

李渊听了，心里并不受用。洛阳那些事是老话了。元吉所言并非毫无道理，但在李渊看来，几个儿子都是自己的，做父亲的毕竟比任何人都了解、也能掌控他们。李渊一向深具这种自信。何况，李世民平定天下，立有殊勋，在军中威望素著，将士钦服，如果不明不白地拿下他，今后如何驱使三军将士为君效死？

李渊捋着胡须，缓缓回应道："改日如有机会，我将敕令你挂帅出征。你给我打几场胜仗，我，还有你长兄，即可少倚重二郎一些了。"

李元吉一口三舌说了半日，换来如此回答，告退时就有点气咻咻的意思。李渊只是默然。

接着，李建成指使尹德妃、张婕妤并肩上阵，对李渊婉转地吹风道："秦王取威定霸，恃功矜能，有逼压储君之势。设若储君不保，妾母子的性命实堪忧虑。"

李渊蹙眉叹息："唉！你们都怎么了？我已经调走房、杜那几个读书汉，时机一到，再设法调离武将。只要禁绝包藏祸心的外人围着秦王鼓唇弄舌、推涛作浪，他就终归还是我的儿子，跳不出君父的五指山。”

最后，江国公陈叔达听到什么风声，跑来向李渊进谏：“秦王有大功于天下，不可无罪而废之。况且他性情刚烈，倘若加以折辱贬斥，恐怕忧愤伤身。一旦染上难以预料的疾病，陛下白发人送黑发人，悔之晚矣！”

论年龄，陈叔达是李世民的父辈，老少间素无深交，一番肺腑之言完全出自公心，令李渊深感欣慰。还是同龄人明辨事理，理解他那颗既是帝王、也是慈父的心。

他痛快地答应了：“子聪言之有理。”

李世民获得了暂时的安全。他步入翠华正殿，打算与瑾琋谈论近日的形势。可是殿中欢歌燕语，莺鸣雀和，间有男女孩童的嬉闹，与他酝酿的话题格格不入。他一条腿迈进殿门，殿中即掷来一支木箸，碰上他的膝盖落地。

他朝木箸飞来的方向望去，众人都住了声，唯有肇事者顾自埋着头，盯着置于猩红地衣上的一口青瓷双耳罐，拊掌大呼：“居然没有投中！”

瑾琋身旁环绕着母亲高氏、舅母鲜于氏、李世民乳母陇西夫人刘氏、典言女官高娉、众媵妾和承乾、李恪、青雀、阿二、阿鹞、攸乐等年龄稍大的儿女。李世民进殿之前，孩子们在一旁玩“藏钩”，猜钩子藏在谁的手里。大人们则轮流向罐口投掷木箸、簪子、绢花枝，不中的罚酒一口，原是在玩“投壶”游戏。将木箸扔到李世民身上的那人此前连战连捷，一朝失手脱靶，沉浸在懊恼中，对自己所面临的尴尬局面毫无察觉。如此行事，不用看脸也猜得出她是谁——贵人杨修能。

杨修能于武德元年获封秦王贵人，时年虚岁十一，今年将满十九岁了，在瑾琋和李世民身边生活了八年，可谓知根知底，李世民对她的毛手毛脚已经熟视无睹，只漠然揶揄一句：“你若是男子，孔子所言

‘徙宅忘妻’的粗心之人，想必就是你了。”青雀和攸乐这两个小肉球滴溜溜地“滚”过来迎接父亲，李世民一手牵一个，笑逐颜开，更加忽略了杨修能的小失误。

瑾琋笑道：“今日人来得齐整，仅次于除夕。”

李世民举目环视，果然如此：杨陆离、韦珪二孺人，杨修能、燕芃两贵人，承衣郑蔚，刀人高惠通、阴兰因、姜澪儿济济一堂。她们诞育的儿女，也只有武德七年及之后出生的李愔等人因年纪太小，待不住，没有现身。杨陆离的出席最为引人注目，因她一向落落寡合，懒与众媵妾共处，今天虽然依旧淡漠腼腆，好歹也来凑趣了。李世民纳闷地问：“你为何也来？往年从大年初二到正月底，你姐姐杨良娣可是隔三差五接你去东宫相聚的。”

杨陆离美目微转，落寞忧伤从眼底流泻而出：“年前家姐托鄅国府传话给妾，说她身体欠安，妾家有婴儿，暂且不宜相见，姐妹俩离得不远，倘有要紧事，别人自会传递消息，日常也不必通讯。”

这显然是她姐姐杨淑慎的托词。太极宫后苑佛光寺管事给使御寇近日送来的密报中，有一条提及杨淑慎陪侍太子妃郑观音礼佛，与后宫嫔妃叙谈，并没有生病。一定是杨淑慎揣度李建成的意旨，因而断绝与妹妹的往来，向太子示忠。甚至有可能就是李建成下令的。

“这又何苦呢？”李世民暗自嗟叹，禁不住又一次对杨陆离萌生了怜意，“我从不与媵妾谈论外事，弘义宫的女子们，除了观音婢和少数心腹干将，对政事都不甚了了。东宫更甚，连大嫂对政局也无闻无问。所以，杨家两姐妹如常往来也是不妨的。只因兄弟暗斗，禁断姐妹间的亲近，委实有些不近人情。”

瑾琋只淡然地用眼角的余光挂着这一幕。她和于斯滢年前赴咸阳游玩，归途偶然在乌庄获悉的陈年旧事，让她不止一遍地思考杨陆离姐妹在武德七年急面皮胶案中的作用。

李世民想转移话题，帮杨陆离消愁，因故意问三位长辈：“岳母、舅母、阿媪也玩‘投壶’？记得去岁重阳节，还热衷玩‘叶子戏’。”

高氏笑答：“不知怎么的，今年宫里和城中贵家娘子们都玩上了投壶。我和她舅母这把岁数，不过是凑热闹。今日还属杨贵人手气最好，只失误一回。”

杨修能面露得意。李世民瞟她一眼，满不在乎地说：“投进罐子不算什么。拿那个白釉执壶来，朝壶嘴里投木箸试试。”

瑾琋嗔道：“大王当是射箭吗？何必为难我们女子。”

“那就罢了。”李世民笑问：“今日谁失手最多？”

韦珪难为情地回答：“是妾。”

李世民打量她乌青的眼圈，感觉背后有文章。瑾琋代为解释：“十二娘昨日病了，阿韦一夜没有睡好。今日大约精力不济吧。”十二娘即李世民的第十二女，韦珪所生，乳名“萝摩”。庶子女多了，作为父亲的李世民大半时间忙于公事，一般的事自然顾不上，故而一直没有给萝摩取大名，瑾琋也不提此事。因此着实耽误下来。

李世民把阿鹞接过来，和攸乐一并倚在自己的臂弯里，问韦珪：“萝摩怎么了？”

“妾失察。萝摩的乳母不忌口，偷吃油腻辛辣，孩子也跟着她腹泻了，夜间才止住。”韦珪禀道，“承大王、娘子恩典，弘义宫奴婢可定期外出探亲、消闲。她乳母前些日子出去玩耍，回来给萝摩哺乳，那孩子吃了，较平常烦躁，不好睡眠。妾心中狐疑，私下追问许久，乳母方承认那日在酒肆‘四海春’小酌。妾虑及萝摩离不开她，只作了警告。再料不到她昨日又在庖厨贪嘴。”

“这可是反了。老身照料大王那时节，哪里敢有半刻松懈怠惰？”刘氏义愤填膺，隔空批判那不在场的年轻乳母。

瑾琋补充道：“阿韦说与我，想换个乳母。我也赞同。”她停顿下来，望着高惠通说："惠通，大王难得过问家务，你前几日提的那人，就再禀报大王，一起裁夺。"

高惠通应道："是。不知大王可记得？武德六年，妾从突厥逃回，被百姓送进大王军中，小卒符桓奉大王教令，为妾做些杂事，甚是妥当。符桓现今在弘义宫卫队任伙长，也成了家。他家娘子与妾有来往，日前她说与妾，想为符桓的姨母蓝氏在哪家府邸谋个事。这位蓝氏小字芙蓉，前隋时曾被采选为洛阳宫宫人，后来回归民间，先寄居符家，后来给人做了续弦，一年多前生了一女，乳汁还够同龄孩子吃。如今家计有些困窘，希望有王公贵家能聘她做事，帮补家用。妾请家母、家嫂相助，一时也觅不到合适的空缺。妾斗胆，请王妃出马。"

瑾琋说："我正在筹谋，可巧，萝摩要换乳母。高惠通先已见过蓝氏，其人身体强健，家世清白，最难得的，是出身宫人，深谙宫规礼仪，符桓就是经过她教养的。且与阿韦系洛阳宫故交，彼此了解。若阿韦无异议，大王允准，就报有司采选核批。"

李世民果断回复："内事决于娘子，我哪里管得这许多？"

韦珪见他不想干预，自己也没有理由拒绝，便应声道："听凭娘子做主。"

待众人散去，高氏、鲜于氏和刘氏回府，李世民方得空与瑾琋谈论外事，言下不胜感慨："岳母、舅母和刘媪在，我适才对你谈的那些，绝不敢在她们面前提及，不然，三位长辈该多么担心？现今兄弟相逼，我若孑然一身，最坏不过一死，却怕什么？我不只为自己而活，我的肩上担着众将士、属官，担负着你、孩子们、弘义宫所有的人，以及至亲密友的命运，不容有失！"

瑾琋听出一丝悲凉，微笑着慰勉道："局势纵然再凶险，也险不过武德四年、五年，你一次次身陷敌军重围的时刻。那时你身边没有我；而现今，乃至今后每一个日日夜夜，不管面临怎样的局面，我都陪伴你左右。”

她柔中带刚的言语拂开乌云，李世民顿时爽心豁目，目中所及皆是朗月清风，朗声笑道：“哈哈！观音婢说得好！我本为盖世英雄，有你在，如虎添翼，纵有百鬼众魅环伺，其奈我何？”

瑾琋趁机抱住他一只胳膊提议：“明日无事，我陪你出去逛逛。”

她妆容清雅，在李世民的眼里却显出一种独特的鲜艳，任凭什么露红烟紫、浓桃艳李都不能盖过，把李世民的心烧了起来。

“大人敕令我禁止你微服出城，闷坏了吧？”他轻声戏问，心火煮沸了酒，从他的话音、目光中汩汩地流了出来，同时就把手探进瑾琋的狐皮披袍里……

翌日，二人扮作庶族富家男女，游览了西市、东市，买了些民间的精巧物件。将近中午，二人折往“四海春”用餐。

瑾琋上次来这里，是为了调查重葩主仆的死因，没有机会了解整座酒肆的构造。此番重游，方知“四海春”俨然是一座宽阔的园林。屋宇沿着花圃树林的布局，建得鳞次栉比。不过，外面最常见的平房在此并不多见，以两到四层的小楼居多。唯其如此，才能容纳人数众多、需求各异的顾客。

“四海春”的中心位置建有庭院，景色尤为别致，古松老杉，碧流环绕，青萝援石。换在夏季，一定是消暑的好所在。

安元寿找伙计定了座，引众人上楼，介绍道：“酒肆为方便顾客观景，庭院四面的小楼均未安装窗户，春夏挂竹帘、珠帘，秋冬用帷幔遮严窗洞。只这一条不好，但能容下我们一行二十余人的雅间，就数这庭院北楼三层的一间最为典雅考究，也不冷，便定了下来。”

李世民问那伙计：“为何不装双排直棂窗？可以开合。”

“那造价太高了。小本生业，负担不起。”伙计答道。

“还小本生业？论富势，多少高门贵家只怕也不及。”李世民将小舅子长孙无逸家的那所小宅与“四海春”对比，认定是店主精明吝啬所致。

伙计赔笑道：“郎君不是取笑我们吗？我家店主就算有十座‘四海春’，也只是个庶民，怎么敢比士族大家？这里另有一个缘故，当初盖四面小楼，店主请了一位宅经风水术士来看。术士说，要想生意兴隆，就不能装窗户。店主信了。”

上了三楼，廊上走来两名男子，其中一人美如冠玉，容止秀逸，向另一人笑语：“不装窗户实为‘四海春’一大妙处。其实，一年大半时间都不用挂帷幔，春夏时节卷起帘子，户外风光嵌入窗洞，便是一幅风景画。只这一个窗洞、一座庭院，就赛过世间所有画师……”

◑ 2 ◐

瑾琋认出那人，害怕露馅，先打招呼道：“这不是陆家表兄吗？表兄万福安和。我是太叔家的远房表妹啊，忘了吗？”

陆钲略有些惊愕，转瞬镇定下来，泰然应答：“你也好啊。”心说：“你们又微服出游。”视线不由得转向李世民，待要问候，又不知他使用什么化名，只含含糊糊地说：“嗯，表妹随你家郎君一道出来。我与友人来此谈诗论文，已经用了餐，要回去了。”

寒暄数语，各自道别。瑾琋携随员步入订好的雅间，李世民故意落在后面，叫住了正要下楼的陆钲：“请陆兄暂停玉趾。我有一私事，须请教陆兄。借一步说话。”

陆钲让朋友先走，自己跟着李世民去了回廊转角处，四顾无人，出言询问：“敢问您有何见教？”

李世民没有转身，只转过头来，似笑非笑地盯着他：“没什么要紧事，只想向你致谢。武德七年，泾阳县火灾，你毅然深入火场，救助内子逃生。此事，想必你也不曾忘怀。”

陆钲绷紧的心弦一松，微笑道：“您已惠赐厚礼为谢，何须……”

李世民不待他说完，猛然屈起手臂，给了他腹部一记结结实实的肘击。陆钲痛极，额角沁出冷汗，险些叫出来，急忙咬牙强忍，慌乱中又咬破了舌头，疼得“咝咝”作声。

“呵呵。这一肘，是报复。谁教你抱她？”李世民化身蛮横无理的纨绔，嘲笑道，“唉！江南才俊，这般不禁打？哈哈。”

他把这坛浸了多时的醋尽数泼出，心胸大快，拍拍手掌，迈开大步，扬长而去。

陆钲一面笨口拙舌地招架：“您何出此言？当年我并未看清——不，事急从权，纵然看清了，也须伸出援手……”一面捂着肚子下楼。

朋友见状，惊问缘故。陆钲勉力站直身子，默默地编织谎言。庭院南楼顶层的一个窗洞有一点杏黄掠过，好像是某种鸟的羽毛。陆钲压一压上眼睑，含糊其词地把朋友糊弄过去了。

二人迈步向外走，适才飘过杏黄色鸟毛的那个窗洞里突然飞出一只硕大的“鹏鸟”，背对地面快速下坠。死神从“鹏鸟”的魂魄里牵扯出一声撕心裂肺的哀鸣：“啊！”

陆钲的朋友惊恐地叫喊：“救人！”陆钲忘却了疼痛，疾步上前，意欲施救。

“鹏鸟”在半空中画出一道几近笔直的轨迹，落到陆钲和朋友跟前的铺地砖石上，发出“咚”的闷响，“羽翼”也不复振作，下面流出几道殷红的液体，浸润了砖地，化为沉黯。

他们看见一张瞠目结舌的女子的脸，神态永远定格在了咽气的一刻。鲜血给她月白色的衣裙染上了赤色的乱纹，所谓“翅膀”实际是半张黎色帷幔。死者飞出的那个窗洞有一半失去了遮挡，乌森森的，寒风灌进又泻出，鼓动另一半残留的帷幔扑扑作响。

陆钲感到有什么地方不对劲，可又不知道这种怀疑因何而起。

少顷，女客坠楼身亡的凶信传遍了“四海春”，围观人群把陈尸地点和出事的房间堵得水泄不通。安元寿排开旁人，挤出一条缝，李世民看了遗体，原本镇定的目光陡然出现一个明显的波动，继而变得冷峻锋利，沉声自语：“是她？”

“谁？”瑾琋身高不及他，看不见。

李世民缓缓回答：“林润润。”

瑾琋阵阵心悸，腿脚虚软发麻，鞋底仿佛脱离了地面浮在空中。林润润依旧是舞伎身份，今天与采买给使阿胜、女史白苏、阴兰因的侍娘谷氏一道外出游玩，事先经典言女官高嫮、典闱女官南宫氏共同核准，瑾琋是知道的。他们来“四海春”用餐、小憩也不奇怪。但这次宝贵、愉快的出游为什么会成为林润润的死亡之旅？

人群里浮出阿胜冷汗淋漓的脸，安元寿上前拉住他，悄声说了些话。阿胜按他的指引朝李世民和瑾琋所在方位望了望，诚惶诚恐地领他们一行人上楼，前往林润润坠楼的房间。登上顶层，客人三五成群地沿着回廊迎面走来，有倒抽冷气的，有一边拍打衣服、一边慨叹的，有叽叽喳喳议论案情的，有比手画脚模仿死者姿势的。瑾琋耳闻目睹，似乎已经嗅到飘荡于室内的死神气息。然而，行至门口，却发现根本无处插足。

出事后，看热闹的人们自窗洞向外一层又一层地围着，白苏、谷氏晚来一步，无法接近窗洞。谷氏距离那窗洞还稍近一些，白苏僵立在一具屏风前，仿佛被抛弃在人群最外围的孤魂野鬼，凄惶无措，手也不知往哪里放。

李世民命阿胜唤她俩出来私下安抚，也不急于询问案情，另派库直杨台请店主过来，声称是亡者的亲属，叫他把人群请了出去，总算能看清室内的情形。

这间屋子并不大，房门正对窗洞。进门右边墙上挂着一幅花鸟画轴。画中有两只鸳鸯，足踏莲花，嘴里各衔一段折纸花。画轴对面那堵粉壁的前方，放置有一具髹黑漆花鸟立女屏风。屋子中间摆放一张长条形餐桌，九个坐榻围绕，还有一个坐榻歪斜着靠在窗洞附近，好像被人随意乱放在这里。

不过，桌面上只有两个葵口白瓷盏，另有一只青黄釉绘兰草瓷壶、两个青釉褐彩瓷盘。瓷盏、瓷壶里盛有苏子饮，仅喝了一点。瓷盘内分别装着橙子和一种名为“贵妃红”的加味红酥，瓷盘旁边堆有一小撮果皮、果核，两种食物都只吃了少许。

林润润的絮羊毛锦鞠靴还摆在房门背后。窗洞前的草席上有划痕，瑾琋看了，判断是那个孤悬于窗畔的坐榻造成的。林润润脱靴登上铺地草席，与某个不知名的人同坐桌旁，略微吃了些橙子、“贵妃红”，喝了点苏子饮，按自己的良好习惯将橙子的“残骸”整整齐齐地聚拢在一处，以便“四海春”的伙计打扫。之后不知什么原因，她把一方坐榻搬到窗前，踩了上去，随后摔出窗洞，坠楼身亡。

瑾琋只穿罗袜，在室内四处行走，查找各种可能的蛛丝马迹。待万年县尉率胥吏、仵作抵达“四海春”，她与李世民一行已悄然离去。他们请高俭以雍州治中的身份暗中知会万年县，说明情况。

县衙勘验了林润润的遗体，除了坠地形成的伤，并未发现其他伤痕，也没有饮过酒的迹象。另查明，预订事发雅间的是一名男子，预付了费用，要求“四海春”的伙计按他指定的时间把苏子饮、橙子、“贵妃红”送进去，之后不奉召唤，不得入内。然而，案发后，男子并不在室内，围观者也不曾看见可疑人物逃离。关于那名男子的外貌，“四海春”的人记得是一个各方面都很普通的人，二十多岁，没有出奇之处，反而记不清相貌，无法描述特征。唯一可确定的是，那人有喉结，不是给使阿胜。县衙据此推测，林润润有可能是自尽。

但是，当胥吏将遗物清单交给阿胜、白苏和谷氏核对时，三人一致指出，亡人当天插戴有一支翠羽簪，却不在遗物之列，其中必定有误。

阿胜回忆："林氏、谷氏和白女史都是我带出来的。出宫后，我因有采买事务要办，还要去拜望一个亲友，就与她们分道了。这也是事先说好的。往日，我每去'四海春'，最爱用中心庭院南楼顶层的一个雅间。此次也提前预订了那间，教她们三人午间先去那里，我自会去汇合，一同用午餐，再回弘义宫。万万想不到，我到了'四海春'，刚走进庭院，便听见众顾客、伙计议论，说南楼有女子坠亡。我仍当是别人的事，跑去围观，想看个热闹。谁知，死者竟是林氏！那一刻，我震骇非常，未能留心死者的穿戴。如今回想，林氏离宫时，螺髻上确实插着一支翠羽簪。如今去哪里了呢？"

白苏和谷氏说，林润润的确戴着一支翠羽簪离宫。她们与林润润结伴游玩，到"四海春"进了阿胜预订的雅间。方一落座，林润润去厕所，因她称自己有些迷糊，不辨方位，担心走错路，要白苏陪她同往。到了那里，林润润直嚷腹痛，去了好一阵子。出来表示自己认识路了，要逛逛园林再回房。白苏行了一上午的路，有些疲劳，就独自回去。她记得，此时翠羽簪仍插在林润润发髻上。白苏回房坐了一会儿，因为要点菜了，她又去找林润润，却没有找到。她向伙计打听，然而上元节过后，顾客盈门，"四海春"人手不足，伙计们顾此失彼，哪有余力留意一个客人的行踪？一问三不知。白苏只得跑回雅间，告知谷氏说没找到。

谷氏并不在意，方欲答话，楼下骤然人声鼎沸，吵嚷有女客坠亡。二人好奇，揭开帷幔，凭窗俯瞰，尽管看不清容貌，但坠楼那人赫然穿着林润润的衣裳，那服色再错不了，就明白十之八九是林润润出了事。白苏、谷氏既惊愕，又惶惑，也不敢去看遗体，进退失措。雅间的客人如烧沸的水，咕噜咕噜地涌出各自的房门，原本清静如荒径的走廊顿时雀喧鸠聚。人们交换各种传言，闹得沸沸扬扬。白苏、谷氏听见有人议论亡者坠楼的房间，与她们所在的雅间居然仅相隔一个房间，十分惊讶。她们奔去那间屋子，不料已经塞满不相干的旁人。两人呆立片刻，李世民和瑾琋来了。剩下的事无须白苏、谷氏讲述，瑾琋已经知悉，疑问只在林润润的翠羽簪。

万年县衙重复核查，盘问曾围观遗体、出入事发房间的伙计、顾客，并再次搜索“四海春”，均未能找到翠羽簪。万年县尉登门访问距离事发地最近的陆钲及其友人，两人竭力回忆，都不记得死者发髻上戴有翠羽簪。

瑾琋闻讯，抬手拂一拂悬浮于阳光中的浅金色灰尘，仿佛受到尘粒的感染，用一种琐细的声音说道：“翠羽簪，以蓝、青、绿等颜色出挑的羽毛制成，阿胜、白苏、谷氏，三个人、六双眼睛，不可能同时看错，我相信阿林出事前必定戴着翠羽簪。然而，我陆家表兄和他的友人，以及县衙胥吏、仵作以及众多围观者均不曾看见翠羽簪，也不会有误。所以，翠羽簪必是在阿林坠楼前遗失的。具体时段，可上溯至她与白苏在厕所门口分别的时刻为止。”

“林氏坠楼那间屋子里有两个瓷盏，皆盛有饮品，证明她支开白苏，与另一个人在那房中密会。”李世民的语气里只有肤浅的悲悯，如同谈论毫不相干的外人，“那人与林氏之死定然有不可分割的关系。”他换作诡秘的口吻，问道：“观音婢，你说，林氏有无可能私会宫外的男子？”

瑾琋有些错愕。林润润在李世民心目中的地位，委实比刘燕婉、韦珪等媵妾低贱许多。他早已忘却武德四年在洛阳一度宠幸林润润的往事，根本不把她视为自己的女人，可以任意揣测林润润私通外男，而丝毫不以为耻。不过，他待林润润冷漠至此，林润润又有机会外游，有时还奉命去别家府邸献艺，的确有结交外男的可能。

“假如你的推测不错，那个男子与阿林之死有何关联呢？”瑾琋反问，“莫非是他将阿林推下楼？可是，阿林坠楼后，那间屋子片刻就挤满围观的人，楼下也有许多人围着遗体指点议论。这些人众口一词，都说未曾见到可疑人物出入。再者，那人为何杀害阿林？”

李世民继续猜测：“谋财害命？不对，万年县验明林氏遗体犹戴有一串水晶项链，数十颗白水晶珠子，配四枚金扣子，并有紫水晶、蓝宝石、玛瑙和绿松石吊坠各一，是我武德四年在洛阳赏给她的。比翠羽簪贵重。何况她手腕还戴着一只银镯。那人放着这两件首饰不取，单单拿走那支翠羽簪，目的绝非谋财。”

他提及那串水晶项链，勾起瑾琋对于旧日时光的回忆。她与林润润并未结下深厚情谊，林润润之于她当然不是重要人物。但是，润润在她的生命中走过，对她无害，甚至有过助益。她也不止一次在林润润曼妙的舞姿中得到享受。林润润外出游玩——或许真的要私会爱恋的男子，特地戴上平日舍不得戴的水晶项链，却在顷刻间从所有相识的人生命中消失。好比瑾琋妆奁里的那个伎乐飞天纹金栉，设若缺了一齿，也说不得有多么痛彻心扉，可是每天早晚梳头时，一定会若有所失。

瑾琋禁不住落下几滴珠泪：“那是为何？难道真如万年县衙猜度的那样，是自寻短见？也许，阿林结束了短促的密会，将翠羽簪赠予那个男子，送他离开。尔后形单影只，怅惘苦楚，一时糊涂，挪了一个坐榻到窗洞前，踩上去跳楼自尽？”

“不无可能。”李世民拿绢帕为她拭泪，“唉，林氏死生有命，你何必如此伤感？我们只要依礼安葬她，尽力查明真相，也就对得起亡灵了。”

瑾琋稍稍平复了心情，问道：“二郎，你认为阿林有可能自尽，不光因万年县衙有此猜想，也缘于阿林生前与谷氏、白苏说的那些话吧？”

李世民答：“正是……”

◑ 3 ◐

据阿胜、白苏和谷氏禀告，事发当天，他们一行四人出了弘义宫，三个女子就开始谈论宫闱琐事。阿胜照例闭口不言，假装没有听见。

当时，林润润对白苏说：“杨孺人生下六郎，已经有两个儿子了，你跟随她可是走了鸿运。大王每去看望杨孺人和三郎、六郎，你就能混个眼缘，指不定哪天就重得前隋义宁年间的恩宠了。倒是不用想东想西的。”

白苏摇头道：“那是杨孺人的福气，并不是我的。现今大王要什么美色不能？杨孺人贵为前朝帝女，而我不过樗栎庸才一流，怎么敢攀附？倒是指望你有宠于大王，拉拔拉拔我呢！”

林润润撇撇嘴：“我自武德四年跟随大王从洛阳回到长安，也就如此了。原来是舞伎，如今还是舞伎。大王如何能指望？王妃有意举荐我去太常寺内教坊做乐舞教习，却是一条出路。只是终究脱不了贱籍的身份，怎及你良家出身，还有女史位份。”

谷氏问：“虽说你是贱籍，日子比贫苦庶民不知舒服多少。真要你放良回乡，嫁个田舍汉，男耕女织，或者学汉朝卓文君当垆卖酒，你可愿意？只怕三五日就嫌劳苦。”

林润润酸苦地一笑：“呵呵，阿谷说得我这般不堪。实不相瞒，织布纺绩我不干，当垆卖酒却是愿意的。倘若得遇良人，开一间小酒肆过活也是快活的。但我身在贱籍，纵然想学卓文君，也不得自主。细细思忖，有何意趣？这么窝在深宫里不如一死！白女史就不同了。”

谷氏由白苏联想杨陆离，啧啧称羡：“杨孺人的福气真是极好的。先前我们说她生了三郎又怎样？大王待她平常。谁知澹台承衣去世后，大王双份儿的怜爱一并给了她。她又会生养，两次怀孕都生男。韦孺人的福气就不如她，好几年勉勉强强生了一个十二娘；郑承衣和死了的申孺人只会生女儿；我们阴刀人，只有一个五郎；姜刀人，不得意有七八年了，且仅有阿二这一个女儿；高刀人，我们说她比别的媵妾娘子更得大王欢心，大王待别人冷一阵、热一阵，不称意的时节，狠声恶气也是有的，对高刀人却一直以礼相待。可是她福薄，不生养啊！杨贵人、燕贵人更不必说，还是童女。嘿嘿。”

林润润看着白苏，笑道：“任谁都比我强就是了……”

照此看来，林润润确实有可能流露过轻生厌世之意。但是，不少人在不顺心的时节，都随口说些觅死寻活的话，实则是发泄，甚至开玩笑带出个“死”字也不少见，大多不能当真。不足以断定林润润有求死之志，只能说是一种可能。

李世民无心深究，劝瑾琋道：“许多大事等我决断，委实没有余暇过问此案。人是在宫外出事的，依我的意思，你也不必操心，由着万年县侦办即可。”

瑾琋强颜欢笑：“呵呵，事情出在宫外不假，出事的却是弘义宫的女子啊！你不必管，而我身为主母，弘义宫女眷迭遭不幸，我岂能置若罔闻？阿林、白苏背后倾吐的这些苦水，也是因阿林身亡，同行者为避嫌疑，只能知无不言，若不然，断不肯告诉我。或者，那些灾祸竟是我的过失所致，也未可知……”

“观音婢，你不要胡思乱想。”李世民制止她说下去，“与你有何相干？我还要去戢武殿与属官议事，快传膳来吃了吧——对了，今晚长兄设宴，召我和四郎在京宗室诸王聚饮，是要表明兄弟亲睦，用以宽慰大人。你夜里不用等我……”言毕，一双黑白分明的星目幽深地看她。

今非昔比，明知李建成的宴会有可能是鸿门宴，李世民仍然非去不可。浓密的忧虑在瑾琋的睫毛间浮动，转瞬被她强压下去，柔声道："二郎，珍重。"李世民抬手轻抚她的鬓发，安慰道："不必太担心。"

瑾琋的眼睛被什么东西烙了一下，凝神细看，原是他左手食指有一道伤口，新鲜的。

"怎么？"瑾琋捉住他的手问。

"这个么……"李世民被她关切的目光烫得面色微红，难为情地笑笑，"呵呵。不记得在哪里剐着的。皮肉小伤，不足挂齿。"

瑾琋蛾眉轻挑，合拢了丹唇，嘴角处绽开隐隐约约的嘲笑，默然瞅着他。果然，宫闱传闻都不是空穴来风。

今早，李世民练武回来，途经素馨殿，巧遇孺人韦珪带着女儿萝摩在廊下的小庭院中玩耍，忽然心动，同她母女说了一会儿话，又进殿待了大半个时辰才走。随后，一条香艳旖旎的新闻便插上了翅膀，飞遍弘义宫："韦孺人堵着路诱惑大王，一大清早，两人就黏到卧榻上去啦！韦孺人戴的一只四龙戏珠鎏金双鞘臂钏起了豁儿，不留神刮伤了大王的左手食指。韦孺人吓得白脸乌嘴的，亲自取药油为大王敷伤。大王却未曾发怒！哎哟，你听说了吧？昨晚大王回翠华殿之前，先在淇奥殿召幸了杨孺人！未知他是否还记得武德二年的旧事？那年在长春宫，杨孺人不小心泼了半盏水，大王可是大发雷霆啊！啧啧啧……"

李世民心知瞒不住，讪笑着支支吾吾："呵呵，观音婢……林氏坠亡那天，从'四海春'回宫，你就来了月信。因此，咳咳……"

"唉，在你抱虎枕蛟的危难关头，我不会纠结那种事。"瑾琋敛容，轻轻放开他的手。

李世民反手抓住她，温言道："堂叔淮安王[1]也出席东宫晚宴，会关

1 堂叔淮安王：指李神通。

照我的。你放心。宽儿今日回弘义宫看望父母，你可召他也来翠华殿。有孩子们陪你，晚间一晃眼也就过去了。”

他用葵菜汤泡了一大碗胡麻粟米饭，就着羊皮花丝、腌蔓菁根，狼吞虎咽地吃尽，一阵风出去了。

瑾瑶的食欲不大好，羊皮花丝极缓极慢地吃下去，缠在胃上。李世民一走，她也搁了碗，饭菜剩大半，赐给外面的两个粗使宫婢分食。繁缕忧心地问：“娘子玉体可有不适？奴婢去请典医丞安排医事。”

“不用。我没有病。”瑾瑶说罢，披了斗篷出门散步。刚才，她恍惚看见一个男子的身影隐隐约约在眼前浮沉，这才是她食难下咽的真正原因。

翠华殿后花园，杨柳尚未青，松柏呈现黯沉端俨的黑青色，忧伤铺满枝干，令人感觉这里应该垒一座坟墓。瑾瑶心想，这就是“景随心动”了，太平无事的日子里，同样的风景看在她眼中，有的只是质朴端庄之美。

她折回翠华殿，给使秦五谷出来通报：“上党夫人至。”

是同母兄、上党县公长孙无忌委托夫人颜穆清来了，带给妹妹瑾瑶一道口信：“陆家表弟有话，托我转达你……”

日前，修德坊陆宅新得一宠物——五彩鹦鹉，女主人朱氏爱之如宝，立在廊下，拈了一小撮菰米喂食，几个孩子笑逐颜开围随在侧，争先恐后教鹦鹉说话。

陆钰不喜豢养宠物，心里嘀咕：“菰米捡拾起来，可供山居农家做一顿待客的雕胡饭，这帮不懂稼穑艰难的妇孺却拿来养鸟玩乐。”因问朱氏：“娘子素来节俭，今日如何舍得花钱买鹦鹉？”

朱氏把菰米递给儿子，笑迎上来：“不是买的。鹦鹉价贵，我可舍不得。”

原来，三个多月前，本坊邻居、民部金部司员外郎贺休德新纳的小妾生子，贺休德买了这只鹦鹉给她母子赏玩。新妾十分喜爱，满月后，外出游玩或归宁母家也常常带着鹦鹉同行，炫耀于人。近日，侍婢给鹦鹉洗澡，被爪子抓伤。贺休德的正室夫人煞有介事请来卜者算命，声称那小妾及婴儿的八字与这鹦鹉相冲，留着可能导致家门不幸，借机将鹦鹉挪到自己房里，不几日，又嫌鹦鹉聒噪。适逢陆家今日去给贺家送婴儿百日礼，贺夫人就以鹦鹉回赠。朱氏推脱不过，收了。

陆钲不禁莞尔："鹦鹉也有八字？初次听闻。"

那鹦鹉扯着嗓子回应："贱婢命贱，无福消受。"

众人都笑了，明白它在学贺休德夫人骂小妾的话。鹦鹉以为自己口吐了什么锦绣文章，得意得上蹿下跳，头顶一抹赤金色的羽毛活像戴了顶金冠，又嚷道："郎君风流儒雅，嘎嘎嘎！"

陆钲含笑看了一会，鹦鹉突然在视线里变得迷离起来。

他旋身跑进书房，写了一封信，命家奴长龄送到崇仁坊长孙宅，呈给长孙无忌，信中写道："我亲眼目睹弘义宫舞伎林润润在'四海春'坠楼的惨烈一瞬，只觉那场景犹如鹏鸟落地。及至奔到遗体面前，直觉有异，却不解其中缘故，稍后也就忘却了。今日，邻人馈赠我家一只鹦鹉。当我观赏鹦鹉五彩斑斓的羽毛，突然忆及舞伎如鹏鸟般自窗洞坠下之前，分明有一点杏黄色在窗内飘过。但是，落地的遗体却通身不见杏黄色。听说那间屋子里也没有任何杏黄色物品。殊为怪异……"

随着颜穆清的转述，萦绕于瑾琋脑海的那个男子身影浸入陆钲所描述的那片杏黄色里，染出另一个人的真面目。

瑾琋怔怔地举目四顾，绿窗纱筛进来的白昼亮光给她的脸庞蒙上一笼阴翠。那是真相的阴影。

陆钲看到的"杏黄色羽毛"其实是一点杏黄色的布帛，在林润润坠楼的瞬间，从窗洞帷幔破开处匆匆闪过。那间屋子所有的色彩中也确实没有杏黄色。所以，那杏黄色的布帛属于林润润坠楼时另一个出现在那个房间的人，一个与林润润之死关系密切的人。

在瑾琋所知范围内，当天进入“四海春”的人群中，有一个人身着杏黄色蜡缬染锦缎袄子——白苏。

“四海春”中心庭院南楼每一层都有多个雅间，同一层楼的每间屋子大小、布置几乎完全相同。阿胜预订的雅间所在的那段廊上，共辟有十个房间，如同孪生姐妹。阿胜预订的那一间靠近正中位置，姑且称为“甲间”。林润润一行首先进入甲间落座，随后，白苏陪林润润去厕所。实际上，林润润在厕所耗时并不长。白苏等她出来，利用她不辨方向、不认路的弱点，引她步入与甲间相隔一间房的另一个雅间，暂称为“乙间”。

白苏为了保护自己，不会出面订房，乙间必定是她的同伙预订的——应该是一名男子，因为女子比较容易引人注意。

同伙先于白苏、林润润潜入乙间，点了一些餐前饮食，把一个纤巧低矮的木制漆壶置于桌面，自己躲到那架髹黑漆鸟毛立女屏风后面。空间狭窄，他紧贴着墙壁藏身。

设若林润润察觉走错了房间，白苏就打个哈哈自嘲“昏聩”，陪她回甲间。设若林润润毫无察觉，白苏就继续实施原计划。事实是后者。白苏佯装惊讶：“阿谷这个饿鬼，已经点了糖果饮品。可是她人呢？阿林，你稍坐片刻，我去寻她。”

林润润乐得偷闲，顾自坐下吃喝。白苏关好门，折往甲间，骗谷氏道：“阿林在厕所耽误得久了些，又贪玩闲逛去了。咱们先喝点热水，吃个果子，等等她。”

稍事休息，白苏以叫林润润回来点菜为名，再度离开甲间，特意找了几个伙计打听，确认润润的行踪尚未引起旁人关注，就放心大胆地实施下一步计划。她假装找人，趁四下无人注意，返回乙间，紧闭房门，邀润润玩“投壶”游戏：“阿谷问酒肆要了这个漆壶，本想玩投壶，嫌屋里闷，出门闲逛去了，要等阿胜来了再吃。咱们玩吧。不过，要互换簪子才公平。哈哈……”

白苏拿了林润润的翠羽簪投壶，玩了一两个回合，假装失手，把簪子掷向帷幔的顶部。白苏常年做盆栽，有这份臂力和巧劲。

翠羽挂在了帷幔上。白苏连连道歉，搬了一个坐榻到帷幔前。但她身长不足，体型比她修长的林润润一边数落，一边登上坐榻，背对白苏，踮起足尖，伸直手臂摘取翠羽簪。窗洞本是由两半帷幔合拢遮挡的，林润润的动作扯动了两幅帷幔的接合处，露出一小段缝隙。白苏悄然走向门口，杏黄色袄子在帷幔破开处闪过，为陆钲所见，产生杏黄色鸟羽的错觉。

白苏浑然不知，轻巧地打开小半扇门，闪身出去，复又关好门，快步奔向谷氏所在的甲间。

埋伏在屏风后的男子随即飞身蹿出，下手去推林润润。润润察觉脑后有风，下意识地转身。男子凶狠地将她掀向窗外。凶手的动作势大力沉，帷幔被润润的身体撞开，人体旋即带着脱落的半幅帷幔坠下楼去。几乎同一时刻，白苏在甲间门口欺骗谷氏，道出“没找到”三个字，表示自己未能寻见林润润，身处乙间的凶手则一把抓起漆壶和翠羽簪，蹿回屏风背后躲藏，再把漆壶和翠羽簪掖进衣襟。

转眼间，林润润坠落身亡。白苏又携谷氏返回乙间察看，并故意卡住屏风通往房门的通道。凶手在她的掩护下，趁着室内围观人群拥挤混乱且注意力集中于楼下遗体，悄无声息从屏风背后钻出，挨着墙壁潜出甲间，装作一名普通的围观者，混在客人中向楼下走去。他发现自己的衣服因躲藏时紧贴粉壁而沾上了白灰，深恐留下线索，边走边弯着腰拍打，顺便也可掩饰怀中的漆壶和翠羽簪。

此时，瑾琋与李世民前往甲间，在顶层廊上碰见一些围观客人，包括凶手。这名男子拍打墙灰的模样落在瑾琋眼中，逐渐成为她思绪中一个挥之不去的影子。而白苏，一直谎称“未曾目击可疑人物”，以保护同伙。

◑ 4 ◐

瑾琋暗想，必须尽快捉拿白苏审问，假如自己推测无误，绝不能坐视白苏这个心蓄阴邪、无可救药的恶女留在贻椒殿，对杨陆离母子不利。武德三年，瑾琋设计将白苏调到杨陆离身边，的确是出于私心，然而只是想让白苏给陆离“帮倒忙”，以压制杨陆离母子，并不允许事态超过这个限度，危及杨陆离母子的安全。她命侍婢玳玳拿了三个碧镂牙筒来，对颜穆清说：“请兄嫂转达陆郎，此事暂且不要对别人提及。另外……”

“咳咳，启禀娘子，大王又回来了！”给使丰登在屏风外扯着嗓子提醒。

瑾琋胸口一窒，窗纱映出武德七年的夏日，绿荧荧的。那个夏季发生了仁智宫之变、杨文干谋反，李世民的布局因执行者杜淹被东宫发现，功败垂成。李世民曾经怀疑自己身边有内鬼，泄露了杜淹的行踪。尽管未能查出，却也由此加强了防范。今天，丰登的一句通报忽然在当年的迷雾中戳出一道孔隙，光亮照了进去。

瑾琋轻捶胸口，咽下了尚未说完的话。

李世民已经听见“转达陆郎”那句话，脸色红了又白，因颜穆清也在，不好说什么，待她告辞离去，便遥对修德坊的方向，笑问瑾琋道：“呵呵，陆家那位江南才子又有什么婆婆妈妈的唠叨了？”心中嘲骂：“陆钲，你无非挨了我一肘，就忙不迭地托辅机向观音婢告状，枉为男儿！”

瑾琋也笑：“呵呵，他并没有什么话带进来。家嫂听朱氏表嫂谈及，表兄在家不时念叨林氏坠亡案，竟是受惊不小。我与家嫂说笑，教家兄抚慰陆家表兄，切勿对外诉苦，省得惹人笑话，又托家嫂带秘制手膏回去，就是那几只碧镂牙筒里装的。给朱氏表嫂也带了一份。呵呵……”

“哈哈哈！”李世民信以为真，兴冲冲将陆钲痛贬一通，“他越活越胆小，究竟难成大器！观音婢，依我看，就连你那朱氏表嫂作配陆钲也是吃了大亏，真不知他当年如何有脸思慕……”眼看说错话，慌忙把“你”字吞了，言归正题，“公事提前办结，我回来瞧瞧你，就真的要去东宫了。长兄要我和四郎早些去，亲兄弟说说体己话……”

瑾琋只默默地向陆钲致歉，又急迫地拉起李世民的手，切切叮嘱：“二郎，饮食、餐具、酒具，凡入口之物均须警惕。但凡有一星半点疑窦，一概作出头疼的模样，不要碰。倘有百戏散乐、歌舞丝竹助兴，还须留心优伶、乐工、舞伎们使用的乐器、道具、饰物。元寿等人须臾不可离你左右！还有，见机行事，或装醉、或托病，早早回家……千万，千万……”

李世民走了。瑾琋单独召李宽来，命他呈上生母澹台徽的一件遗物：“阿娘要看看你可曾悉心保管……”

那是澹台徽去世前托姜澪儿绣的一方锦帕，沿边绣一圈连枝梨叶纹。左上、左下、右上三个角各绣一只金乌，头顶斜立一根羽毛，神气活现。右下角绣一颗梨果，是空心的，正中绣一篆体“书”字，状若果核。另外，间错着在果子周围的梨叶上绣有细小的篆字，“十月辛丑”。

武德七年，澹台徽因使用任城王府叔孙贵人赠予的急面皮胶，染毒血症猝逝，瑾琋初次见到这方锦帕，也曾涓滴不遗地审视。那时，姜澪儿禀告，锦帕图案是依澹台徽画的样子绣的。瑾琋感到一丝难以言喻的异样，可终归不解其故，此事也沉入暗河，今天因林润润坠亡案想了起来。

澹台徽透明的手从锦帕的梨叶纹里伸出，瑾琋握住她哽咽道："阿徽，多谢你留下这个故事。只怪我失察，致有今日的祸患……"幸而李宽已告退，不然要被嫡母哀痛的神情吓坏了。

金乌是太阳的别名，三只金乌指代三个"日"字，金乌头顶的羽毛好似笔画中的一撇，合为一个"晶"字；空心梨的形态为郑州鹅梨，"书"字暗指书信；"十月辛丑"，是武德五年澹台徽随瑾琋赴莲净苑吊唁南阳公主的日子。在那里，澹台徽与太子良娣杨淑慎重逢。这也是二人隋末以来唯一的一次会面。不知她们聊了些什么，言谈间，杨淑慎察觉澹台徽记得前隋时期发生在公主院的某件事。此事，与书信、郑州鹅梨和一个名为"晶"的人有关。

瑾琋用手指在几案上写了五个字，"宇文三郎晶"。宇文晶，行三，人称"宇文三郎"，是隋炀帝的外甥，自幼深得舅舅宠爱，可自由出入宫禁，与宫人、嫔妃乃至公主闹出不少丑声，只是外界不清楚究竟有哪些女子卷入丑闻。萧后察知，愤怒地奏闻隋炀帝。宇文晶极度恐惧，不敢入宫面圣。其兄宇文协上奏称："三郎已成年，不宜留在宫廷。"隋炀帝却不以为然，召回宇文晶，爱护如初。

澹台徽絮语空灵，吹皱瑾琋几案上的一盏茗饮："有一次，妾陪着杨孺人——当年的小茶子，在公主院里闲逛，遇见杨良娣的乳母史氏，手捧三个郑州鹅梨。那一日原是下过雨，砖地湿润，史氏躬身问候杨孺人，足底打滑，失手把一个鹅梨滑落于地。梨子摔碎了，孺人怕脏，退后几步。妾帮史氏收拾地上的碎梨，发现里面竟藏有素色锦缎，折叠成拇指大小的方块，用红线束腰，沾染了一些梨汁和污泥，但还是能窥出印在锦书背面的字迹。妾瞥见'三郎'字样，就明白了。宇文三郎与杨良娣掏空郑州鹅梨，暗藏情书于其中，暗通款曲，偷期密约。妾不敢吱声，佯装未曾看见。史氏回去必定禀报了杨良娣。不过，那是在前隋，后宫不止杨良娣一人与宇文三郎有私，妾撞破他俩的私情也不甚要紧。所以杨良娣主仆并未寻妾的麻烦，渐渐地，彼此也淡忘了此事。隋恭帝义宁二年，当今至尊建元武德前夕，宇文化及发动江都之变，弑杀隋炀帝。宇文三郎率领五十人前去营救舅舅，与兄宇文协一同被宇文叛军杀害。自此杨良娣就更加安全了。入唐之后，她聘入东宫，怀孕生子，一帆风顺。妾猜得到，她初夜必是弄了点鸡鸭血蒙骗了太子……”

“武德五年，杨良娣、史氏与你重逢于莲净苑，由杨孺人之口确认你就是当年撞破良娣丑事的流外女史。可是，我认为她们并不忌惮你，否则，不会在两年之后的武德七年方才杀害你。”瑾琋默念，“一定另有缘故……”

澹台徽染病升仙，杨陆离郁结不乐，杨淑慎接她去东宫散心。杨陆离回弘义宫不久，李世民、李元吉兄弟扈从李渊离京避暑，仁智宫之变、李渊囚禁太子李建成、东宫党羽杨文干谋反次第发生。尔后，秦王部下杜淹策反东宫属官的行迹泄露，李世民的布局崩塌。这一环又一环的变故，与澹台徽之死有无关联？有何关联？

“阿徽，答案就在你登仙后，杨陆离应其姐之邀，去东宫度过的那一日时光里！对吗？”瑾琋嚯的一声起立，问了出来，“隋末，宇文皛买通宫婢或给使，以宇文协夫人之名送一篮郑州鹅梨给你，托你进献于杨陆离。你不知道，他在鹅梨中藏有情书，意欲引诱陆离。然而，陆离或许是不喜鹅梨，抑或有其他缘故，不想接受。她不通人情世故，看也不看，命你转赠别人。你将鹅梨送往杨淑慎的居所。杨淑慎吃出了那封情书，私自藏匿，另以自己的名义回书，按宇文皛情书里写明的通信方法和中间人，也用空心鹅梨送了出去。宇文皛对陆离并无执念，索性因风吹火，私通淑慎。但他最初写给陆离的情书，一直握在淑慎手里，保存至今。宇文皛对陆离的那段单相思，才是淑慎要谋害你的根由！”

早春绵绵的风揉进寝殿，撞着屏风弹回来，低语泠泠，分不清是瑾琋的心声，还是澹台徽的幽魂在诉说:“武德七年急面皮胶、毒血症案，判定为任城王府叔孙贵人所为，只是实施过程中出了差错，贵人自害其身，却误杀澹台徽。实则杨淑慎才是始作俑者。她于武德七年携陆离赴咸阳祭扫隋恭帝陵，得知陵寝附近的乌庄饲养的猪出现毒血症疫情，便派遣乳母史氏、一名给使或伪装给使的宫婢去购买毒血症死猪蹄。史氏就是乌庄戚家女儿所说的‘长安贵家大婶’。为了瞒过众人，史氏特意拣在天未放亮的凌晨进村，被戚家拒绝之后，在乌九娘家达到了目的。回到长安城，杨淑慎秘密请巫医、术士用病猪蹄制作了两筒急面皮胶，洁面、敷脸各一，另按水溱的配方，秘制含有毒血症猪皮胶的澡豆，表面与水溱赠予任城王府诸女眷的澡豆毫无区别。同时，杨淑慎挑唆叔孙贵人设计陷害水溱、打击任城王妃王珀。贵人中计，驱使弟弟叔孙彻的相好、彼时尚是青楼女的妙楚儿去吕家药肆代为订制急面皮胶，言明由‘叔孙娘子’自行取货……”

杨淑慎与杨陆离相约去任城王府那天清晨，叔孙贵人的侍婢杜若、迎春携带食盒去某家知名的糕坊购买新出炉的别致甜点，用以招待客人。而这一点，尽在熟悉她喜好、习惯的杨淑慎掌握之中。杨淑慎事先与杨陆离、叔孙贵人约定，由住在城西北弘义宫的陆离派人顺路去药肆取急面皮胶。至于陆离身边通常是哪两名宫婢负责内外交通和采买，杨淑慎自然也很清楚，又哄骗杨陆离：“咱们要帮叔孙贵人在那府里做好人，你派去的两个人取了急面皮胶先交给我。我装进礼物箱子里带给叔孙贵人。省得那府里的闲人看见是你我拿去的，传出贵人拿别人礼物冒充自己心意、借花献佛糊弄王妃的闲话来。”陆离和叔孙贵人不知是计，都依了她。

杨淑慎曾在吕家药肆购买急面皮胶，拿过去用剩的空竹筒盛装了自己提炼的毒胶。她知道吕家的规矩，竹筒系带颜色浅的，表明内装的急面皮胶更新鲜，接手陆离侍婢取到的新货，立即解下其中两筒的系带，换在两筒毒胶上，如此便完成了偷梁换柱。她选定的系带颜色经过缜密谋划，和预先教给叔孙贵人的计策环环紧扣。

杨氏姐妹抵达任城王府，叔孙贵人依杨淑慎事先的布局行事，命一众仆妇婢女陪伴杨陆离主仆及杨淑慎的侍婢们喝热饮、吃干葡萄消遣，自己一面装模作样说客套话："你怎么又带这一箱吃食玩器给孩子，惯坏她了。"一面带领杨淑慎步入廊屋。史氏抱着礼物箱子跟进去，把竹筒一套、一套地分开码放好。杨淑慎指点道："两筒为一套，一筒净面用，一筒敷面用。这两套有我喜欢的料，给我姐妹用，我就拿这套了，那套给舍妹吧。你记着，系带颜色最浅的一套最新鲜，你给你家王妃，她断无不受之理。剩下的，你假意谦让，水溱那贱人拿腔作调，要装谦恭有礼，必然按位分高低，将新鲜度仅次于王妃那一套的急面皮胶让给你，再次的给孟承衣，最次的才自留。掺有那玩意儿的胶，正是给孟承衣的那个。这些澡豆也含有那玩意儿，部分混在水溱赠你的那匣澡豆里，部分赏给你那粗使婢女豆蔻使用。这几日，你可不能用那些澡豆。切记、切记……"

第六章 被『偷走』的娘子

1

叔孙贵人依计而行，事情果真按杨淑慎的预谋发展。但叔孙贵人并不知道，自己和杨良娣狐唱枭和，后者却是心怀鬼胎，动机全然不是帮她，孟氏、水溱、王珀怎样，杨淑慎毫不挂怀。一筒毒胶已转入杨陆离之手，而另一筒毒胶也根本不在给孟承衣的那一套中，恰恰是在叔孙贵人自用的一套里。

如杨淑慎的预计，叔孙贵人照例与四名贴身侍婢分享急面皮胶，又将有毒的澡豆冒充水溱所赠，给粗使婢女豆蔻去用。随后，叔孙贵人等待承衣孟氏和豆蔻发病，计划趁王府调查病因的机会，向任城王李道宗禀报：“豆蔻曾使用水刀人所制的澡豆。”李道宗必定勘验用剩的澡豆，贵人顺理成章也要将自己的那一匣澡豆交出检验，证实水溱赠她的澡豆含有毒血症之毒，只是她幸运，尚未用到有毒的部分。加之孟氏用过的急面皮胶也经过水溱之手，水溱就成为最大的嫌疑人。选拔水溱进府的王珀也将颜面大失，甚或招致李道宗不满。

另一边，杨淑慎背地里指点素来不用急面皮胶的杨陆离，让她先收下贵人的馈赠，再转赠澹台徽，既成全了贵人的情面，也可加深与澹台徽的故旧情谊。在做人上比以往有所长进的杨陆离却没有全盘照搬。她留下一筒赏给左右侍婢们，另一筒赠予澹台徽。杨淑慎的计划由此面临破局的危险。然而，杨陆离偏偏是把有毒的那筒给了澹台徽。

结果，叔孙贵人的预期落了空，她本人与四名贴身侍婢及粗使婢女豆蔻都染病发作。杨淑慎遣人密嘱杨陆离："务必钳口不提你派人代取急面皮胶之事，以免惹上嫌疑。"依杨陆离的为人，原也不敢说，自此将这个细节永埋心底。她的左右当然也不敢泄露此事。而杨淑慎杀害澹台徽、杀叔孙贵人灭口并以她为替罪羊的阴谋，全部得逞了。

"好在，阿徽对隋末公主院的那段秘事隐隐感到不安，虽未声张，却描好纹样给姜澪儿，绣在锦帕上，以防万一，给了我探悉真相的线索。"瑾琋双肩微颤，七魄恍惚抽去了六魄，喃喃自语，"谁也想不到，武德八年末，我途经乌庄，偶然造访戚家，经由戚家母女之口，盯住了杨淑慎姐妹。杨淑慎，当年如此设局的终极目的，却是……"

杨淑慎最重视的事不外乎两件，一是太子李建成顺利即位，二是自己得到李建成的殊宠。对于她的前程而言，二者皆不可或缺。尽管李建成在内院绝口不提政事，杨淑慎却主动提议，将妹妹杨陆离用作眼线，刺探弘义宫的消息。李建成顺水推舟，乐观其成。杨淑慎为此苦心筹谋，杀害了澹台徽，接杨陆离入东宫，屏退众人，名义为姐妹单独相处，安抚妹妹，实际取出了隋末宇文晶寄给杨陆离的情书，发难道："我问你，你派去吕家药肆取急面皮胶的人究竟做了什么？近来，你是不是发现澹台徽洞悉旧年你与宇文三郎的私情，唯恐她告知秦王，故而杀人灭口，捎带着误杀了叔孙贵人主仆？"

杨陆离惊愕失语。

"阿徽一死，对你很不利啊！众所周知，是你将急面皮胶赠予澹台承衣。倘若秦王得知取货的人是你的宫婢，岂不生疑？你如何说得清？秦王护持你还好，但他可靠吗？”杨淑慎欲擒故纵，暂且缓颊问道。

单纯的杨陆离六神无主，摇头道：“我身边的人追随我日久，是我的腹心。她们也不想卷入麻烦，不会泄密。”

杨淑慎忽然阴笑道：“那我呢？我一定不会说吗？”

“什么？”杨陆离惊惶起身，第一次看见姐姐的真容。

“别怕，别怕，坐下，”杨淑慎将黑脸一抹，温柔地扶她坐好，“阿徽一死，对你也有好处。你可知她对我嚼过什么舌头？说你同宇文三郎有些首尾，初夜以鸡血蒙骗秦王。还拿了宇文三郎写给你的锦书给我。唬得我不敢告诉你。她今亡故，总算可以说了。我猜度着，应该是你对澹台下了手……”

“含血喷人！”陆离反驳，“秦王，秦王最清楚不过了！我也不曾谋害阿徽！”

杨淑慎作出沉痛忧虑的神情：“她说你佯装清高冷漠，实则随时准备着鸡血等秦王临幸，把自以为聪明绝顶的秦王骗得傻眉楞眼的。唉！这些话若秦王听见，兼以你杀澹台徽灭口的嫌疑，依秦王的脾气，会将你如何？须知我既然能教澹台把宇文三郎写给你的情书交给我，也有本事把这情书递到秦王座前。你婚前淫乱一重罪，欺骗、羞辱夫主一重罪，杀害楚王李宽的生母更是罪恶滔天。这三重大罪，妹妹担得起吗？你一倒台，谁来疼爱恪儿？”

杨陆离质问道：“姐姐在威胁我吗？”

杨淑慎立即踢竖娥眉，气势压倒了妹妹：“休要说得这般不堪，我是在救你！当年我劝你承顺秦王，生子自重，是为你好。但如今，秦王谋夺储位，已为至尊、太子所猜忌，亦被齐王憎恨。太子坐镇中枢已近十载，枝繁叶茂，且有至尊及齐王支持，秦王早晚势败，届时，恪儿和你都将受到株连。你不为自己，也要为恪儿留一条退路。你且细想，秦王以谁为重？待你如何？你也对我诉过苦，你不懂他，他冷热无常，脾气暴烈。他值得你们母子为他殉葬吗？”

杨陆离对外事不感兴趣，也不甚了了，当下心乱如麻，口不能言，只是呆呆地坐着。

杨淑慎换了口吻，柔声道：“妹妹，记着我与恪儿才是你的血亲，我不会害你。其实也没什么，目前东宫只希望扑灭秦王的野心，想借重你打听弘义宫的动向。设若日后兄弟相安，善莫大焉。假如不能，东宫宽厚，必记你一功，纵然废黜秦王，诸子连坐，东宫也将独保恪儿，由恪儿继嗣楚王。这是太子殿下面许我的。妹妹，姐姐不逼你，你好好思量……”

瑾琋推测至此，禁不住幽幽自语：“杨陆离暗弱无断、不谙世事，自然不是杨淑慎的对手。可是，她毕竟与二郎育有孩儿，岂无情义？难道杨淑慎威逼利诱一次，杨陆离就能叛卖二郎？不知后来又发生了什么？致使她终究被杨淑慎所掌控……”

杨陆离答应了杨淑慎的条件。李世民随御驾去仁智宫之前，杨陆离求见，哭诉对澹台徽的哀思和自己的孤单。李世民动了怜爱之心，与杨陆离在淇奥殿有了一夕之欢。当晚，杜淹紧急到弘义宫禀报与东宫属官尔朱焕、桥公山密商的结果，给使赵顺在淇奥殿门外通报：“禀大王，兵曹参军杜淹于弘文殿候见……”李世民闻声而起，阻止赵顺继续说话，撇下杨陆离去了弘文殿。会见结束，径直返回翠华殿。陆离无从刺探明晰的讯息，但赵顺那半句话，她是听见了，就拿这件貌似微不足道的小事给杨淑慎交差。她姐妹俩也未必想到，由于杜淹夜访弘义宫发生在尔朱焕、桥公山告发太子李建成阴结庆州都督杨文干谋反前夕，终究引起了东宫及齐王府的关注，瞄准杜淹，沿波寻源，查出杜淹与尔朱焕、桥公山接触的痕迹，奏闻李渊。李世民由此事败。李渊为了息事宁人，各打五十大板，流放杜淹及王珪等东宫高级属官，外放尔朱焕、桥公山离京任职。

“我的推测准确吗？若准，杨淑慎近日断绝与妹妹的往来是过河拆桥还是掩人耳目？白苏又为什么要杀害林润润？两件事有什么关联？还有二郎，他一旦得知武德七年的内奸就在他卧榻之上，将如何面对？迟早会有结果就是了……在那之前，杨陆离和白苏都还有用……”瑾瑞复又召来李宽，亲手交还澹台徽的罗帕，督着他贴身放好，才召承乾、青雀、阿鹋、攸乐、安贞来翠华正殿做伴。

承乾问：“阿娘，耶耶要等我们睡了才回家吗？”

“嗯……”瑾瑞轻握了一把玉龙子，勉力做出欢颜，“不错。你们今晚都跟着阿娘睡，乖乖睡着，耶耶就回来了，看谁的睡相最好……”她向东宫的方向望去，唯见树影横斜，夜的黑渗透了窗纱。红丝绳缀着用于警备的金铃，系在树梢，悬悬地牵扯着人心。

陆离和白苏暗通东宫，意味着逼近李世民的危险超乎寻常。假设感情用事，瑾瑞必定大哭大闹，阻止李世民赴宴。但她知道不能。李建成主动释放善意，假如李世民拒绝，李渊将大失所望，把诸子失和的原因归于李世民，东宫对弘义宫的猜忌也势必加深。

“因此，我只能放你去。”瑾瑞喃喃细语。窗外的夜幕淡淡地映出东宫宴乐的盛大场面。

为避瓜田李下，让李渊和李世民安心，东宫此番行事分外慎重。饮食全部由典膳监任瑔当场验毒，剑舞、柘枝舞之类使剑弄器的刚健舞蹈一概不用，只由一队玉软花柔的绿衣舞伎进献各式软舞。东宫舞阵自然是东宫气派，妙舞清歌，光天殿中漫卷重碧，朵朵欢脱灵逸的碧云变幻无穷。

座上的淮安王李神通全神贯注地观赏，心无二用，酒也少喝。他府里缺少才华风流的乐工伎人。

李元吉笑道：“武德四年在洛阳宫，有一林姓舞伎技艺超凡，我仲兄将她携带入京，今在弘义宫侍奉。仲兄何时也命她舞一曲给叔父赏玩，比比东宫舞伎如何？”

他似乎不知林润润已死。

“我那里的人只懂得雕虫小技，岂能与东宫的舞伎相比？”李世民内心警觉，对李神通说，“叔父若不嫌粗陋，改日侄儿便挑几个为叔父献舞。”

“甚好，甚好！”李神通喜笑颜开。

李建成微笑拍掌，舞阵数十娇娥齐舒广袖，展开成一片巨型的荷叶，翩跹飞旋，浓郁的深绿令人微感晕眩。李世民右手拊心，左手支额，歪在了夹轼上。

“二郎！”李建成立起身，表达对二弟的关怀，目光却不由自主地瞟着另一个弟弟。

李神通的心沉了下去，也唤一声“二郎”，快步抢到李世民身边。

“阿兄、叔父，世民头痛昏重，恐是醉了，万分失礼。”李世民勉强挣起上半身。

“殿下，秦王不胜酒力，臣送他归府。”李神通紧紧抓住李世民的胳膊，感觉他血脉的搏动，自己的心也在加速地跳。

李建成应道：“有劳叔父。”

李神通扶起李世民退下，把他搀上淮安王府的车舆。一出东宫，李神通就命秦王府库直杨台驰赴太医署请医，自己亲送李世民乘车回弘义宫，把他交给安元寿等人。当晚奉瑾琋之命候在弘文殿的给使赵顺、卫仁搀扶他回翠华殿。

刀人阴兰因在淇奥殿阶下目睹众人扶持李世民路过，惊讶地问：“大王何故如此？”

“你为何在此？”李世民反问，话音低沉而不乏中气，一扫李神通在场时的萎靡。

阴兰因答：“五郎睡了，妾却难以成寐，故而带着侍婢出来走走。大王，淇奥殿内备有解酒药和火炉、铜铫，请容妾服侍大王饮解酒汤。”她言语诚恳，并不是露骨的献媚邀宠。李世民有些感动，想起自己确实很长时间没有和兰因、李祐母子单独会面，她母子俩也是怪可怜的，况且时辰不早，瑾琋体弱，便点头应允，只吩咐卫仁：“你去看看，倘若王妃尚未入睡，可禀告她，我已安全抵家，解了酒就回翠华殿。”

阴兰因扶李世民进殿，歪在卧榻上，又命贴身侍婢煮好解酒汤，接过来亲自喂李世民喝了，问道：“大王好些了吗？”殿内蒸腾起一股糖蒸酥酪般蜜软甜糯的味道。李世民却不发一语，只抬起右手轻轻一摆。吴景贤领着太医署医师进来了。阴兰因慌忙噤声，把青瓷盏和瓷勺递还侍婢，依礼避至帘后。

医者正要评脉，李世民突然“啊”地闷叫一声，紧捂胸口，挣扎着坐起身，吐出一口鲜血。

“大王！”吴景贤愕然盯着李世民身穿的秋色地盘绦纹窄袖圆领袍，有红得发黑的血水滴溅在襟上。

“或许是酒水伤胃了。”太医署医师说着安慰的话，动手帮病人把胃中的食物全部呕了出来。

吴景贤用银针取呕血察看，颤声道：“依下官愚见，此乃岭南毒虫汁，取诸蛇虫毒蜇物体液配制而成！”

淇奥殿顿时飞沙走石，暴风骤雨。医师惊骇得眼珠鼓起，低头逃避。秦王喝了太子的酒就中毒，应验了兄弟阋墙的传闻，医师不愿卷入这种敏感而危险的事件中。

殿中灯树上，每一个曲柄灯盏都托举了这一夜的重担，火光层层叠叠，此起彼伏地摇曳，如同在此侍奉的宫人内心的骚动。在众人心目中有伏虎降龙之能的秦王，竟然也会被死神的刀锋砍中。如果大厦倾颓，弘义宫的人们该何去何从？

◑ 2 ◐

“有救吗？”李世民沉声问道，冷静镇定得犹如在谈论别人的事。闻讯赶来的瑾琋坐在榻旁，屏息等待医者答复，已顾不上垂帘回避的礼节。

“下官对此毒知之较深。万幸，依下官来看，大王摄入的岭南毒虫汁调制不精，毒性并非剧烈。”吴景贤一面回禀，一面火速写好药方，命人即刻配好奉上。内含一味药引——童子尿。

这就尴尬了。尤其对于横戈跃马、威风凛凛的秦王而言……太医署医师感觉自己有笑出来的趋势，急忙绷直嘴唇，垂首做思考状，只听秦王妃说：“阴刀人的居所离淇奥殿最近，找五郎就好，请刀人即刻……”

“不，命安元寿、赵顺和留荑三个人同去。”李世民抓住她的手腕，却使不出力，胸口仍然抽痛，说完又吐出一口黑红的血。

“是。元寿、阿顺、留荑，你们快去快回！”瑾琋反握住他的手，强忍眼泪，抬头看了看帘内阴兰因那张煞白模糊的脸。

李世民服下解药，阖目睡了。吴景贤仔细观察他的肤色和脉象，良久，擦干自己额头的汗珠，松口道：“请王妃宽心，下官以为大王当是无妨了。须静心调养数日，今夜不宜移动。下官将率弟子在廊下通宵值守，决不擅离。若大王病况有变，请即召唤。”

太医署医师象征性地开了一张排毒并调理筋血的方子，带着一脑门子官司回署复命。兹事体大，尽管秦王病因如何表述令人犯愁，还是必须上奏的。

淇奥殿安静下来，杂有罗袜磨蹭木地板的声音，寒丝丝，虚浮无力，像霏微的雨。阴兰因从帘后一路走到瑾琋跟前，抱愧道：“娘子，妾驽钝。因大王吐血，妾忧惶无解，六神无主，未能为娘子分忧……”

“拿下她，还有那个熬制解酒汤的婢子！”李世民突然发话。他双目紧闭，但也不像在说梦话。

阴兰因和送解酒汤的侍婢一并拘入翠华殿偏殿的一间屋子，由淡竹、鸢尾负责监守，对外宣称王妃在淇奥殿侍疾，委托阴刀人帮忙照管翠华殿的日常庶务。阴兰因的儿子李祐暂交高惠通抚养。

繁缕和玳玳垂下帷幔，瑾琋挪过一个隐囊倚在卧榻上，半躺半坐，方便察看李世民的脸色。

“观音婢。”他又开口了，“今晚东宫当着我及所有宾客的面验毒，每一道菜、每一壶酒均无遗漏。我仍不敢多饮多食，但很快就有了酒意。我更加警觉，趁着尚未大醉，装病退席。堂叔淮安王也担心东宫的酒菜有异，特意送我回来。我回到弘义宫，除了一些醉意，并无不适，也就放了心。自问连叔父一并蒙骗，暗中负疚。岂料，还是中了毒！”

“可是，东宫敢当众验毒，就证明并非长兄所为吧？”瑾琋问道。然而她的堂兄长孙安世、前隋南阳公主的尸体横亘在记忆里，绕不过去，想下毒总是有办法的。何况李世民的症状是在吃过东宫的饮食酒水之后爆发的，谁能断言李建成清白无辜？

李世民摇摇头，话音涳濛寒凉，恍如秋雨中一枚黄翠透明的梧桐叶：“若在武德六年以前，我敢担保此事与他们无涉。可是，自三姐去世伊始，长兄、四郎接二连三下狠手，由不得我不事事设防。按常理不需在席间试毒，东宫此次刻意为之，就是为了让我放心饮食，让叔父等人做见证。假如他们用旁门左道的手段下毒，便可推脱得干干净净。”

瑾琋的眼泪决堤而出，欺身贴近他的脸：“阴刀人呢？二郎怀疑她……”

“哎，观音婢，你不要难过，我毕竟没有死！”李世民恢复了一些力气，抬手为她拭泪，“我今晚吃的不光有东宫的饮食，还有阴氏及其侍婢经手的解酒汤。况且，她早不失眠，晚不失眠，偏偏今晚失眠，在淇奥殿门口接到我，难道是巧合？她是阴世师之女，也许口蜜腹剑，曲意承顺，实为韬光养晦，今晚寻觅良机，便向我寻仇。我怎么忘了这一层？也许我也有看走眼的时候，为……”他本想说“为美色所惑”，猛然醒悟不该对妻子说这种事，改口道，“武德七年，我利用东宫私赠杨文干甲胄一事，借大人之手发难，结果是谁走漏了风声？是无心之过，还是存心出卖？是家贼，还是外鬼？如今看来，当年难保不是阴氏与东宫勾结，家贼通外鬼，今日他们又借宴饮之机，内外串通，使了邪祟手段，投毒害我！”

瑾琋悄悄叹气，把“杨陆离、白苏”五个字封锁在牙关里，拿衾被盖好李世民的手臂：“有可能。不过，阴氏应该明白，她日后的依靠是五郎祐儿。使孩子失去父亲，对她母子有何好处？莫非太子殿下还能保举五郎承袭秦王爵位不成？这是大案，非同儿戏，不可诛心。且慢慢鞫问阴氏主仆，以免冤枉无辜。”

李世民想到一个棘手的问题，扯扯瑾琋的袖口，难堪地说：“那个、那个，药引的事，也绝不能泄露。尤其不可叫小孩子们知道。”

“喔？呵呵！”瑾琋专注地看着他笑，又调皮地掏出玉龙子来，轻戳他的面颊，“好。你尽管高枕安寝。不过，这可是我一生的把柄了。哈哈。”

因为挨得紧，她说话时温暖的气息拂着李世民的脸。他的嘴角禁不住弯了弯：“明日我即便康复也不起身，就在淇奥殿‘养病’。观音婢，你陪我。咱们权且听任大人把怀疑指向长兄和四郎好了……”

翌日，李渊驾临弘义宫探病，见李世民由赵顺和卫仁两名给使架着跪拜行礼，大为惊骇，问道：“如何一病至此？你就倚着隐囊说话吧，叙家礼，不用勉强挣扎。”

“儿不孝，致君父忧心。”李世民流泪道。

李渊安慰了几句，问跪坐于下首的儿媳：“二郎这一夜病况如何？”

“已经好些了，请大人勿忧。”瑾琋回禀。她的眼周有一圈淡青，薄施脂粉也盖不住，昨夜看护病人必定备极辛劳。

李世民躺在病榻上，在父亲李渊的眼里缩小为七八岁的孩童。童年李世民连续两年生病，父母先后于荥阳大海寺、鄠县草堂寺为子祈福，病愈后造像立碑还愿。这些仿佛都只是昨天的事。李渊心中酸楚，将手轻按在次子的发髻上：“二郎所中之毒从何而来尚无定论。查是当然要严查到底的，我也下了敕，你毋须忧虑。大郎、四郎和你堂叔，我都亲自盘问过了。昨日东宫宴乐，行事敬终慎始，一步不敢有失，也是因大郎想要打消你的顾虑，叙叙手足之情。这是他做兄长的好意，二郎，你不会多心吧？”

李世民稍感悲苦，该说父亲是慈爱还是偏心呢？

“臣，不敢。”他换了称呼，平静地回答。

李渊察觉次子并不完全相信，他自己也并非对另外两个儿子深信不疑，但依然苦口婆心地开导：“二郎，你们母亲大行之前最大的心愿，你可知晓？我今也对大郎、四郎回忆了往事。你们母亲最大的心愿并不是要诸子光宗耀祖，是要你们一生康乐安泰。她去得太早，没能看见李家的今天，已是我极大的遗憾。但凡不到道尽途殚之境地，我不想再有任何恨事！你素不善饮，我已敕令大郎，今后不得再召集你们夜饮。你病愈之后就去洛阳，安安稳稳地做你的陕东道大行台、天策上将。你意如何？”

“陛下！臣若远去东都，如何为君父尽孝？臣实不忍远离膝下，恳请陛下收回成命！”李世民伏在父亲膝上哭泣起来。

李渊叹道：“你就别说这些了！你们兄弟同住京城，难免有小人挑拨鼓噪，致使手足失和，纷争不休。天下一家，东都距长安路程很近，我只要想念你，便可动身前往，不必烦恼悲伤。”

父亲走了，李世民抬起头来。拜别之礼已尽，几颗豆大的泪珠掉在茵褥上。

瑾琋展臂拥住他：“二郎，如何？”

“我想念母亲了。”李世民克制着即将涌出的泪，静默片刻，复又展颜微笑，“观音婢，我们可以去洛阳了。这样也好。我在陕东根深叶茂，至少能够保全属官、麾下将士及阖家大小。”

果然，李建成获悉此事，非但不喜，反而烦恼不堪，召典膳监任瑰严审：“你当真没有在秦王的酒菜中作妖？齐王也未曾撺掇你做什么？”

“当真！殿下，臣不奉太子令，断不敢轻举妄动！”任瑰申辩，“臣亦不解秦王为何中毒。”

“阿兄，弟弟以为他确实不知此事。”李元吉为任瑰说话。

李建成忽有所悟，遣退任瑰，质问元吉道：“目下只有我兄弟二人在此。你说实话，你是不是瞒着我，动用那个人了？”

李元吉躲闪着他责备的目光，笑答：“阿兄，不，太子殿下，弟弟甘心情愿为您负重致远。您不用心疼弟弟，无须为弟弟担忧。”

“你好大胆啊，四郎！”李建成懊丧至极，强忍着没有掀翻几案。

李元吉叩首道：“此事是弟弟我办砸了，误信庸医，未能制成优良的岭南毒虫汁，竟容仲兄苟且活命。弟弟任凭您责罚。但他又能如何呢？大人只是让他去洛阳，并不深究此事。请您想想，假如此次仲兄身死，岂不万事大吉？可见我认准的这条路并没有错，只怪毒药配得不好。”

李建成长叹一声：“四郎啊！远走洛阳正中二郎下怀。你忘了他先已派张亮去洛阳，所为何事？武德四年以来，二郎在陕东投下血本。只要他去了东都，坐拥土地甲兵，朝廷就不易控制他了！当务之急，须将他留在长安，继续削其羽翼。待他沦为一介匹夫，便可轻易将他捉拿。你素与二郎不谐，大抵因你二人性情相生相克之故，屡有龃龉。

你无论多么嫉妒厌恶他，也不该挟私怨而令智昏！”

李渊不愿杀子，李建成也只希望借助父亲的君权消灭李世民的势力，控制其人身自由。待父亲百年之后，自己继位，大可任意处置李世民，流放、诛杀，皆可。何必在李渊眼皮底下冒险杀弟，担一个不孝不友的千古骂名？

“那可如何是好？”李元吉问。

李建成想说四弟实在不是可以与谋大计的股肱之才，出口却是宽慰：“你也不必过于萦怀。我自有妙计……”

言毕，李建成放松身体，倚在隐囊上，缓缓吁出一口气，慨叹道：“四郎，我早前与你谈过，储君，是世上最为艰危的位置。貌似一人之下、万人之上，实则如履薄冰、如临深渊。上要揣摩圣意，先意承旨，亦步亦趋，下要积累资望，凝聚人心，培植自己的人马。还须随时巧妙地平衡二者，既不能引起至尊猜忌，又不可疏离臣下、沦为任人拨弄的孤家寡人。你须体谅我的难处。”

夕阳斜照，把李建成的脸庞镀成一尊铜像，仿佛经历了数百年的岁月洗磨，寒重而斑驳。高处不胜寒，大唐太子释放压力的出口无非是饮酒宴乐，李纲等朝臣还要劝谏。好在有李元吉这个贴心死忠的弟弟，想方设法帮李建成寻些开心。

李元吉不禁有些怜悯自己的长兄，轻声应道：“阿兄勿忧，弟弟知错了……”

李世民在淇奥殿休养了几天，不见李渊颁下敕旨，东迁洛阳的事好像从来不曾提及，就这样不了了之。据太极宫佛光寺管事给使御寇等内线密报，是太子李建成密令数名朝臣密奏李渊，说秦王的左右因要迁往洛阳，无不欢欣雀跃，秦王此去恐如猛虎归山、潜龙入海，一去不返。裴寂并在李渊面前加了一句：“据传秦王将迁东都，臣担心要两分天下啊！”于是，李渊出尔反尔了。

秦王府的幕僚、属官、部将对此莫不忧惧失望。李世民不得不默认一个事实：距离一锤定音的时刻已经不远。长孙无忌、高俭、尉迟恭、车骑将军侯君集等人日夜劝说他诛杀李建成和李元吉。高俭警告："大王以为太子秉性宽仁，就会始终以宽仁对待大王及各位将领吗？实则只要是他难于掌控之人，他就会视为心腹大患而除之。武德四年，太子征讨稽胡酋帅刘仚成，获胜后先放走各稽胡首领，许其返部招降他人。众首领得知，纷纷前去请降，太子见其部族兵马甚众，惧其再乱，便言而无信，要将他们全部杀死。消息泄漏，刘仚成投奔朔方梁师都，稽胡降兵六千余人均被太子处决。请大王深思，在太子心目中，大王及诸将比之稽胡酋首如何？太子对稽胡酋首也要除之而后快；对大王及诸位将领不仅要诛杀，还要诛灭子嗣、籍没妻女，太子方能安心啊！"

然而，李世民还不能做出决定。他每读史书，都觉得那些骨肉相残的故事毕竟是别人的事，只是史籍上一段没有生命的文字。唯有轮到自己，方知抉择之艰难。

瑾琋没有多言，也不向李世民透露自己对杨陆离、白苏的怀疑。只是李世民听取了她的忠告，暗暗强化各种措施，进一步严防奸细。

◑ 3 ◐

李世民待在淇奥殿养病的最后一天，杞国公窦信扶着夫人于斯滢来探病。其实之前窦信已独自来看过一回，这次是有别的话要说。见了面，窦信的牙齿就"咯咯"作响，磨刀霍霍："原来如此，原来如此！"

李世民不知自己哪里又得罪了他，纳闷地问："表兄为何如此气恼？表嫂也尚在调养中，何苦拉着她一道辛苦？"

于斯滢循声推了推窦信："你平心顺气地讲话。无头无脑地咋呼一通，白白惊动了病人。”

“是。”窦信勉从“阃令”，不过肩膀仍气得发抖，脱口按隋朝时的称呼叫道，“二郎，哪里是庐江王李瑗的旧仆篡奴要陷害皮毛商人尚世瞻？分明是李瑗本人！”

李世民伸手稳住他的肩膀：“此话怎讲？”

“近日听闻，李瑗接尚世瞻的遗孀文氏进了幽州都督府，纳为姬妾，嬖幸专房！文氏开化坊娘家的旧邻们议论，本来同情她青春丧偶，可她居然连孝也不守就给贵人做妾去了，也太急了些。”窦信愤怒地说，“文氏是一位方桃譬李的丽人，随其前夫尚世瞻旅居幽州，想必为李瑗所知，垂涎文氏，将篡奴放良，代他出面设计陷害尚世瞻和尉迟敬德，又唆使幽州私铸铜钱案犯冉奕丰出面诬告，企图以私铸铜钱之罪置尚世瞻于死地，以便霸占其妻文氏。此计不成，尚世瞻即将重获自由，李瑗不甘失败，打通大理寺狱的关节，在酒食中投了某种迷药，害尚世瞻犯了癫狂症，袭击狱卒，狱卒假借自卫之名，杀害尚世瞻，遂了李瑗的心意。如今李瑗迫不及待收纳文氏，便是不打自招。真相必是如此！这个李瑗，我视他为友执，从未对不起他分毫，而他为了渔色，竟残害无辜，乃至重伤我家娘子，害死久宁和卜氏！”

瑾琋和李世民恍然大悟，李瑗之所以参与李建成诬告尚世瞻、进而陷害尉迟恭的阴谋，并非完全基于政治利益的考量、单纯地巴结储君；文氏六月奴，必定是李建成用以笼络李瑗的一块诱人鱼饵。虽然构陷尉迟恭未成，李建成仍旧履行前约，通过大理寺狱为李瑗除掉尚世瞻，助他抱得美人归。如此“恩高义重、言而有信”真是无耻至极。只是这层真相却不能向窦信和于斯滢揭露。

李世民只拿“李瑗是宗室郡王，篡奴尚未逮捕归案，无人指证，不足以证明李瑗有罪”这些话来化解，劝说窦信暂时隐忍，等抓获篡奴再作道理。

于斯滢凄然道："纵使篁奴伏法，久宁和阿卜也不会死而复生。何况，如秦王所言，现今也奈何庐江王不得。与其同他作无谓的理论，我倒是想去祭一祭久宁、阿卜的墓。"

李世民请她和窦信定个日子，届时，他也会前往酹酒。武德三年，久宁曾经救助瑾琋。这份恩情，李世民与瑾琋一样深铭肺腑。

几个人谈论久宁、卜醉蝶生前身后的种种，渐渐平静了窦信的盛怒，使他逐渐复归冷静。

"表兄请宽心。从表嫂与我年前遇袭、冉奕丰诬告尉迟恭、尚世瞻私铸铜钱，最后到尚世瞻卒于狱中，全案内情已经明朗，所缺的唯有篁奴这个人证，无非是要忍耐一时。何必气恼？"瑾琋劝慰道，"且看二郎中毒案，何人所为？如何投毒？雾锁重楼，危疑四伏。该烦恼的人应该是他才对。"

窦信和于斯滢双双沉默了。关于李世民中毒，京城王公贵胄背地里多有议论，"太子""齐王"每每被人们闪烁其词地触及，又心照不宣地避开。窦信尽管与李世民更加亲近，毕竟和李建成、李元吉也有表兄弟情谊，目前真相不明，就不好偏向任何一方。

瑾琋却似乎丝毫没有怀疑大伯、小叔的意思，冷笑道："呵呵，虽说家丑不外扬，可是表兄、表嫂并非外人，当着二位的面，我且把话摆到明面上讲，三亲六眷明断，不是我善妒。二郎毒发之前喝的解酒汤，经过阴刀人及其侍婢的手，她主仆二人难逃嫌疑。另外，还有三个人……"她拍拍手，典言女官高嫣、典正女官吴氏和王阿来在廊上齐声应诺，将三名女子押了进来。

李世民看看那三人，大吃一惊。瑾琋刚才公开质疑阴兰因，他并不感到奇怪，知她是故意借窦信夫妇之口，对外散布秦王对兄弟并无猜疑的传言，迷惑东宫一党，但拘捕的另外三个人却是他始料不及的。

"大王、娘子，妾冤枉！"被抓来的一名女子年岁稍长，眼波楚楚，向李世民轻转，啜泣鸣冤，“王娘子说，妾涉嫌投毒谋刺大王。绝无此事啊！”另两名年纪较轻的女子只是木然垂泪。

李世民对瑾琋投去质询的目光。瑾琋视若无睹，微侧过身，饮了一口水，问那年长女子道：“阿韦，大王中毒当日早晨，被你的臂钏钩伤手指，你为大王敷了药油。那药油是你素馨殿之物。小韦氏和王菩提也能接触。可有此事？”

于斯滢听出这三名嫌疑人是孺人韦珪和两名罪籍宫婢，心说：“王妃一气拿下秦王两名有生育的敕封媵妾，捎带两个将来有机会得幸的美婢，难怪要我们做见证。”

“是。”韦珪申辩，“但是，妾岂能谋害大王？妾历尽丧乱，以蒲柳之身，幸承大王恩养，已为大王育有一女。大王待妾，恩同再造。妾无以为报，唯愿大王及娘子寿禄无疆……”

“话虽如此。”瑾琋打断道，“你的臂钏为何偏巧在那日起了豁儿、伤了大王？药油又是你敷的。小韦氏原是前伪郑太子妃，王世充的儿妇，王玄应之妻，王菩提是王世充的侄女、王世伟之女。大王领军覆亡伪郑，王世充国灭身死，王玄应、王世伟被诛，小韦氏和王菩提或许心存执念，蓄意复仇，而她俩也能接触你的药油。因此，你姐妹三人的嫌疑均不能排除。我既已命人鞫审阴氏，就不能偏袒你们。姑念尚无确凿证据，暂不移交法司，由我派人审问……”

韦珪、阴兰因等五名嫌疑人被拘入弘义宫祭酒台附近的下房，由鸢尾、淡竹领衔看守。韦珪之女萝摩和阴兰因之子李祐一并暂交高惠通抚养。

窦信和于斯滢带着这桩新闻告辞离去，李世民若有所思，注视着青瓷盏里喝剩的荠花饮，水波一圈一圈地漾，大小韦、阴、王，四张面孔交替浮现。

瑾琋轻唤：“二郎已康复，搬回翠华殿正寝吧。”

地平线上，暖红的夕阳半浮半沉，殿内开始变暗，瑾瑶那一双光明欢笑的眼睛就是黄昏时分的灯火。李世民闻到一缕她身上特有的幽香——瑾瑶日常使用的薰衣香料不带脂粉气，仿佛庭园里自然飘逸的桂馥兰香。

“怪舒服的。我懒了，今晚仍赖在淇奥殿，明日再回。你还陪着我。”李世民抓起她的手，将她拉近自己，“适才我在想，阴氏、韦氏姐妹三人，谁才是真正的内奸？我竟未留心韦氏姐妹的疑点，也是昏聩……”

韦、阴等人确实有嫌疑，但杨陆离、白苏、杨淑慎的面影也在瑾瑶的思绪中时深时浅地浮动，好像在竭力逃离她的视线。俄而，一张尘封的老面孔又陡地浮现出来，嘴唇微弱地一张一翕，喉咙里飘出四个虚软缥缈的字：“大王，当心……”是李世民少年时代的通房侍婢、前孺人申慜娘。慜娘武德七年自尽时留下这半句遗言，是要李世民当心什么？当心谁？莫非慜娘知晓什么神秘而危险的隐情？

挣扎与迷惑合为一股重压，压迫着瑾瑶的心脏，沉重而寒冷。

“答案迟早会浮出水面的。二郎，明枪暗箭都未能撼动你，今后你也只需裨补阙漏，决断明赡。”她偎进李世民的臂弯，又默念道，“抱歉，二郎，此事，我必须有所隐瞒。”

“嗯。观音婢……”李世民展开自己的虎皮披袍裹住她，“我们好些日子不曾亲昵了，今夕正是美景良辰……”

不一会，梳妆婢为瑾瑶补晚妆的情景朦胧地映在纱幔上，眉黛轻缓地描，看得李世民心里滑过一种温舒的触感，可又痒痒的。

“你们下去。”李世民掀开纱幔走了进来，侍婢们风吹似的飞散，瑾瑶踌躇着，面色微酡如芙蓉，终究没有转身，在镜子里望着他怡然而笑，低眉细语：“二郎，我也是想你的……”

及至约定的日子，李世民夫妇与窦信夫妇各率随从，扮作一般士族男女，出城祭扫久宁、卜醉蝶的坟墓。虽然李渊降敕，禁止瑾琋微服离京私行，但有李世民相伴，自然不在限制之列。

他们早早到了坟地，却发现久宁墓前已有酹酒的痕迹。从泥土湿润程度来看，那几个先来扫墓的人刚走不久，出入墓地的野径上留有马蹄印和人的足印。久宁的兄长佑宁流泪道："不知是在哪户人家侍奉的朋友，还没有忘记他。"

瑾琋猜想是某人，只不方便说。祭扫酹酒时，于斯滢、佑宁和瑾琋又呜咽饮泣。等他们止泪，一行人折往附近的上清观休息。

晋朝司徒魏舒之女、太保掾刘文之妻魏华存著《黄庭内景经》，主张道家清静独修。但盛行于前隋和当今的还是外丹服食之术，无须刻意弃绝红尘繁华。实际上，要想维持宫观的生计，除了因拥护李渊建唐有功而得到朝廷资助的宗圣宫，谁又能真正做到尘外孤标、闲云独步呢？从这一点来看，上清观不占优势。

这座道观背倚一脉连绵起伏的丘陵，地处偏僻，交通不便，尤其不利的是邻近一片墓地，普通百姓少有造访。上清观虽看起来香客无几，门庭冷落，实则财大气粗，富势堪称贯朽粟陈，是一座广厦细旃、碧瓦朱檐的华美宫观。这要归功于住持女道士真元。真元早年在长安城崇业坊玄都观修道，造诣深厚，兼通医理，结交了一批高门贵家娘子。后来迁往上清观，就把这个圈子也带了过去。口碑相传，老施主还引来一些新香客，为上清观撑起一方厚地高天。

瑾琋走在通往后院的鹅卵石路上，靴子似乎踩着残冬的尾巴，丝丝寒意穿透罗袜，侵入足底。观外的丘陵植被多为松柏，观内也大量种植这两种常青树，视野中不见寒荒，反而林木葱茏，树影婆娑，里外浑然一体。鹅卵石路两侧又额外种植梅花，给绵延的深绿镶了两道粉白黄杂错的边。寒风顽劣地在花木间跑来跑去，引得暗香浮动，坠入瑾琋的颈窝。她抬头观望，露水裹着梅蕊、花瓣簌簌而下，润湿了她整张脸，半朵白色落梅沾在抹了紫红口脂的唇上。

李世民见状，心头也落了花蕊粉瓣似的。若不是众目睽睽，他必定亲自为瑾瑶拂去落梅，顺手抚摸芳唇……

“孽障，快回你的窝去！”住持真元迎了出来，呵斥梅树下的一个活物，“我教你如此迎接贵客吗？”

原来是一只壮硕的看家护院狗，磨蹭摇晃梅树，制造了一起美丽的“事故”。李世民喜好狩猎，对犬类素有研究，着意多看了那条狗几眼，暗暗哂笑：“徒有其表，只会憨玩，若遇悍匪，白送别人一大块肉。女冠精通的是炼丹、吐纳之术，终究不懂这些。”

真元年逾四旬，但保养得宜，肌肤光洁细腻，不输青春少妇；上身穿一领紫纱褐袍，臂挽紫纱帔子，下身系一条青纱裙，头戴飞云凤炁之冠。羽衣云袖，不敷脂粉，出尘脱俗，如出岫轻云一般清丽，面带端庄矜持的微笑，不卑不亢地见礼，单请化名“太叔娘子”的瑾瑶、于斯滢及众侍婢进内堂歇息，解释道：“鄙观为方外之地，原不应存男女之防的俗念，但因江国太夫人也在，她最爱清净，故而只能请娘子们入内。诸位郎君少不得在外自便了。”

◑ 4 ◐

江国太夫人是指江国公陈叔达的生母袁氏。陈叔达是南朝陈宣帝陈顼第十七子、陈后主陈叔宝的异母弟，他的生母袁氏原为陈宣帝昭容，不是嫡配。可是陈宣帝的皇后柳敬言已于隋朝末年逝世。入唐后，陈叔达受封江国公，依照嫡母辞世、可封生母的礼法，生母袁氏获得江国太夫人的名分。对于微服私行的瑾瑶、于斯滢而言，遇到袁氏却也无妨。因为袁氏年高多病，极少参与世家大族之间的交际，只喜欢和比丘、道士来往，并不认识瑾瑶和于斯滢。

江国太夫人和武德八年被郗子超杀害的那位袁氏娘子同属汝南袁氏，但血缘关系疏远。此时，安详地坐在瑾瑶眼前的是一位鹤发鸡皮的老妇人，肤色泛着一种陈旧的白皙，如同积年窖藏的残雪，雪地上左一道、右一道，密布着光阴踏过的足迹。老妇人把臂肘搁在紫檀木画夹轼上支撑身体，手指摩挲着夹轼案面上用螺壳、海贝镶嵌而成的螺钿花纹，笑问：“于娘子、太叔娘子莫非是初访上清观？我竟不认得。老迈昏聩，大约记差了也是有的。”

于斯滢的回答真假参半：“老人家并未记错，我妯娌俩的确是初来。我眼睛坏了，故此访道求仙，祈求上仙庇佑，脱灾解厄。”

袁氏太夫人当了真，开始谈自己治病的经历，鼓励于斯滢道：“我年过八旬，多病多痛，还妄想长命百岁呢！于娘子风华正茂，只管耐烦调理将息，时日到了，总能恢复的。”她略说得多些，唇舌就仿佛干枯了，看着贴身侍娘，嘴唇蠕动了一下。

侍娘会意，取出一只仿皮囊青瓷壶，往自带的瓷盏里倒了饮品，奉与太夫人。她一饮而尽，对真元说：“炼师教我的这个方子果然好，喝一盏能管好一阵子。”

瑾瑶想起来，袁氏患有口干症。有一次，李渊宴请群臣，席上有葡萄，陈叔达手执葡萄却不吃。李渊问原因，陈叔达奏道：“家母患有口干病，想吃葡萄却吃不到，臣想拿回家给母亲吃。”这个回答使李渊忆及亡母——元贞皇后独孤氏，流泪叹息：“你还有母亲可以送食物呀！”李世民在场，也回忆起自己的母亲穆皇后窦氏，流了眼泪，回弘义宫与瑾瑶谈论此事，唏嘘良久。

“虽然如此，太夫人还是不宜多言话，就让我们年轻人去说。”真元也不谦虚，直言不讳地劝谏，“您老人家听着就是了，何苦劳动贵体？”

“呵呵。我在你这个年龄的时节，最爱谈笑的。如今也闲不住。”

袁氏并不生气，口吻好像在和自家女儿开玩笑，“我得回去了，吃不成你熬的粳米胡麻粥了。炼师，你也不早些熬好，这会儿来请我，可是虚情假意了。”

“太夫人饮食挑剔，一概自备，几时赏光用过鄙观一盏水、一碗粥？”真元嗔笑道，“我每常说，道家讲究辟谷，粳米是特地为贵客们预备的，吃了平胃气、长肌肉。您素日从不领情，反怪我不诚意招待。”

女道士玄静、玄同各捧一盆热水上来。玄静先匀一些给江国府的随行侍娘洗手，再服侍袁氏洗了手。侍娘打开蚌壳，露出一支柱状凝蜡，这就是袁氏所用的口脂，做成了自然的肉色。年老孀居的她已经很长时间不用鲜艳颜色了。

袁氏伸手蘸取了一点口脂，在唇上匀开，抿一抿，换一小盆水重新清洗手指，敷好自备的手膏，轻轻把夹轼推给玄静收走。真元起身，搀扶袁氏出去。

玄同那盆水给瑾琋、于斯滢用。留荑和王阿来配合，以拎面巾为掩护，偷偷拿小银针试了试，验明玄同送来的热水、面巾无毒，方才奉两位娘子擦净脸上的露水。瑾琋和于斯滢又就着盆中的剩水洗了手，繁缕拿出一个碧镂牙筒，给她俩重新敷涂手膏。

玄同好像是初次见到碧镂牙筒这样穷工极态的精美器物，微露惊讶之色。

于斯滢也没看见，顾自嘀咕：“天气依旧干燥，若不用手膏，手很快就皱了。”

“二位炼师也试试我们这个手膏，比观里炼的如何。”瑾琋向玄同、玄静两个小道姑表达友善之意。

玄同笑答：“娘子好意心领。不过我们一向不用这些。自己调炼的手膏、口脂、唇脂、面脂、急面皮胶、胭脂、香粉也都是奉与施主们的。”上清观兼营脂粉生业，价格不菲。

玄静请客人用粥。瑾琋推说不饿，婉言辞谢。李世民中毒后，两人都不轻易在外进餐饮水。

于斯滢吃了一小碗，又命侍婢请窦信也进来吃，夫妻俩齐声称赞上清观的粳米胡麻粥可称绝品。瑾琋眼馋，未免懊恼，心说：“如今我与二郎昼警夕惕，也是形势所迫。有朝一日，待我们闯过所有险关要隘，博一个四海波静、风清气正，再大快朵颐也不为迟。”

“陆兄，我是杜二郎，不记得了？”李世民在廊下叫了起来，“你切勿擅入内堂——里面有别人家的女眷。”他今天和窦信扮作亲兄弟，伪称姓杜。

陆钲知道李世民是微服私行，瑾琋必在内堂，无奈地应道：“大……杜兄，我无意入内，不过想看看内子是否在此。”他的家奴长龄是机灵人，认出侍立在阶下的安元寿，旋即明白了当前的状况，默不作声，只在手心里捏一把汗：“不会又挨揍吧？车夫在阍室守着牛车和乘马睡觉，就我一个人陪伴郎君，哪里护得了他？”

“尊夫人不在此处。”李世民存心不让他看见瑾琋，“贤伉俪来上清观有何贵干？”

陆钲几乎要翻白眼，心说：“我来不来、因何而来，为什么要向你禀报？”明面上仍耐心回答：“一位于我有救命之恩的故友近日不幸亡故，坟茔距此地不远。我携内子前去祭拜酹酒，转赴此处敬香，为亡友祈冥福。预备午歇之后回城。”

李世民知道他所说的亡友是久宁。司农寺命案，陆钲在开化坊遇刺，救援他的路人中有久宁。久宁遇害同样令陆钲震恸伤怀。如此看来，陆钲也是重情重义、不昧寸心之人。李世民不由得颔首嘉许。

玄静指路道：“陆郎，适才尊夫人及府上侍婢游览了花园，便回客房歇息。我的小师妹送粳米胡麻粥去，她主仆二人在房里吃了，此刻想必还在客房。陆郎可往房里去寻。”

陆钲拱拱手，带着长龄走开。转身的一瞬，看到内堂虚掩的房门后有一道视线，而瑾琋就在那道门后面。在陆钲的想象中，瑾琋走向门口，也想和他说话，她的脚步踩着他的心，顿觉有些酸疼，慌忙逃跑了。

瑾琋也想隔着门与陆钲打个招呼，告诉他："我看见久宁墓前有酹酒的残迹，猜测是你不忘旧恩，特去祭奠，果不其然。"又怕李世民因此忌恨陆钲，要小伎俩给人家下套，就没有动。

玄同问道："请问郎君、娘子，客室如何安排？鄙观来访客人少，空置房间很多。"

李世民推开门，一脚跨进内堂，答道："我与内子同住一间，需有屏风分隔里外。"又指指王阿来和留荑，"贴身侍娘、婢女各一名，就在屏风外伴宿。其余随从共四十人，区分男女，安置在我房间左右的廊屋里。歇了午觉就走。"

他这么安排主要是为了安全考虑，要集中人手。玄同不知情，也不知道他习惯与瑾琋同寝，心中暗笑："光天化日，夫妻在道观里同住一室，这还是贵家富室子弟之所为吗？人家陆郎随从虽少，也与娘子分宿，不肯乱了规矩。"

玄静问窦信一家如何措置。于斯滢吩咐侍娘、婢女都跟着自己住，挤一挤也就罢了，窦信和佑宁各住一间，车夫在牛车里小睡，不用管。

李世民、瑾琋及随从所住的客室位于于东边的一行廊屋。隔着狭长的庭院，对面就是窦信一家入住的西廊屋。但西廊屋的门和走廊开在背面，从东廊屋的廊上只能看到对过那一排帷幔遮蔽的窗户。安元寿警觉，假装随口一问："炼师，那边屋子的门为何不与东边廊屋相向而开？"

玄静解释："鄙观始建于北魏，原为一户巨商的别院。据说原主人采信堪舆风水之说，特意修成这般奇怪的模样。后来贵家高门多在附近建坟造墓，商人奈何不得，就把别院舍为道观。道家笃信清静无为，西廊屋的门一直未做改动。家师迁来之后，也说屋宇格局多年因袭，必有其道理，顺其自然为宜。”

“原来如此。”安元寿点头，“陆郎一家住在何处？还有其他的客人吗？”

玄静指一指西廊屋的两间房：“在那里。除了杜大郎和陆郎两家，没有别的客人歇宿了。”

她的答复与弘义宫随从侦察的结果是一致的。安元寿略微放心，请她自便。

瑾琋躺在卧榻上，耳听松风梅韵，体味陶渊明笔下“结庐在人境，而无车马喧”的心境。远离俗世纷扰的诗意生活不属于她和李世民，也不是他们所追求的，但偶尔偷得半日闲，背诵“山气日夕佳，飞鸟相与还”，又有何妨呢？

“观音婢。”身畔那个人突然压了上来，与她唇舌交缠，低声耳语，“呵呵，这是我刚才就想做的，忍了好久。”

王阿来和留荑其实也都听出了动静。但这种事，她们怎能干预呢？唯有拿衾被蒙着脑袋、捂紧耳朵罢了。

所以，原本按部就班的午休也没能睡多久。将醒未醒时分，两人被“咚”的一声惊得坐起身来。那个声音虚无杳远，仿佛来自灵魂深处，可是瑾琋和李世民都确信它是真实存在的，应该是某件物品落到砖地上发出的声响。

王阿来也听到了。她立即出门察看，廊上只见循声而出的安元寿等人，并无异样。弘义宫随从原是轮班休息，不间断有人凭窗警戒，之前也没有发现可疑迹象。那声音细小轻柔，能注意到它的都是警惕性极高、反应特别敏锐的人，听起来绝不是出自近处。王阿来叮嘱安元寿率众护卫在秦王、王妃身边，自己怀揣利刃，循着声音传来的方向搜索。不一会儿，西廊屋产生了明显的骚动，有人仓皇奔跑，有人慌乱哭喊，还有人焦灼地互相探听着什么。王阿来一路小跑回来，面色阴沉地禀告李世民和瑾瑶：“未曾发现有可能对二位不利的人物出没，但出了一件意外——陆郎家的朱氏娘子不见了。”

陆家侍婢拒霜在朱氏所居客室外间伴宿。她年少嗜睡，朱氏午觉时通常也没有事要叫她，因此睡得很沉。刚才王阿来搜索至西廊屋，望见一只碧镂牙筒躺在朱氏房间与围墙之间的砖地上，地面有两串脚印，一串朝向朱氏房间，另一串朝向围墙，而围墙上也有蹬踏的足印。王阿来心生疑窦，拍门询问，又发现房门虚掩，门闩被挑开，并有刀尖刺入的新鲜刻痕。她当即入内叫醒了迷迷糊糊的拒霜。

拒霜认出那是朱氏放在卧榻旁书几上的碧镂牙筒，装手膏用的，急忙奔向里间禀报，却发现朱氏连同衣物、靴子都不在了。室内也有两行男子出入的脚印。此时，陆钲和家奴长龄过来叫朱氏主仆俩动身返程，惊悉娘子失踪，便开始忙乱寻找。随后，窦信一家被吵醒，听说了情况，也帮忙搜寻朱氏。

李世民和瑾瑶率领随从赶了过去，真元也带着弟子和阉奴抵达，正在分头打开西廊屋的每一间房搜查。

陆钲神情凝霜，自责不已，每说一个字都如同负重千斤一样艰辛：“我住在内子房间左边的客室，长龄住在更左边那一间。午歇醒来，我也听到一声响，可并未在意，如常穿衣着裳、整理衾枕，漱口、理容，再出来叫内子起身，方知内子出事。我实有过错！西廊屋其余房门均已敲遍，无人应声。除了内子和拒霜住的这间，其他客室的门均未开启，也无损坏。内子温文端淑，绝不会闹这种恶作剧，也断无撬锁的本事，恐怕……”

长龄和拒霜一边哭泣，一边告罪：“奴婢贪眠，不曾听见响动，没能看护好娘子。”

李世民愤愤不平：“陆兄，夫妇连枝共冢，尊夫人房外发出响声，你理应火速前去探看。然而你浑不在意，致使尊夫人在你跟前失踪。岂止有过错？简直枉为男儿！”

这话说得就有些苛刻了。瑾琋圆场道：“二郎，你为朱娘子和陆郎担忧着急，我明白。不过，当务之急，是要抓紧时间搜索寻人。我们也快出把力。”

于是，众人逐一搜查女道士们刚刚打开的客室，结果是从失望到绝望。每间客室都不大，草席铺地，陈设简单且如出一辙，自外向内依次是：一张小榻、一具分隔里外间的屏风、一个挂衣服的桁子、一张书几、一张大榻，根本没有可藏人的地方。朱氏消失了，仅在她睡过的卧榻旁留下一个小小的妆奁。

王阿来指着围墙上的足尖印，对瑾琋说：“娘子请看，这些都是男子的足印。依奴婢之见，只怕有歹徒翻墙进观，将刀尖插入门缝，挪动门闩，打开房门，潜入室内，绑架朱娘子，抄走碧镂牙筒，一路在地上踩出足迹。此人以足尖踏墙借力，逾墙逃遁，不小心遗落了牙筒。”

瑾琋点头：“朱娘子的妆奁还在她卧榻之侧那张书几上，歹徒不动其他物品，只拿碧镂牙筒，是因为唯有牙筒价值贵重……”碧镂牙筒连同里面的手膏，是她赠予朱氏的……思及此，瑾琋的心阵阵抽痛。她思索片刻，转身问拒霜：“你先别哭，我问你，朱娘子午歇可曾脱去外衣？”

“那是自然。”拒霜抽噎着回禀，“这个天，不脱外衣睡觉容易着凉。”

李世民叫上窦信、安元寿和一些卫士，徒手攀越围墙，翻到观外察看。这短暂的瞬间，表兄弟俩仿佛回到一起习武玩闹的少年时代，瑾琋止不住微笑，附耳向视线模糊的于斯滢描绘方才的情形，赞道：“他兄弟二人身手是极好的。”

李世民等人在围墙外的松林野径里找到些许脚印和马蹄印，围墙外壁也有蹬踏出的足尖印。根据这些印迹分布的路线，推测歹徒骑马潜至墙外，将马藏在松林中，翻墙作案，后挟持朱氏乘马逃离。驰出荒烟野蔓、人迹罕至的松林，踪迹汇入大路。那是一条坎坷不平的黄土路，沿着丘陵蜿蜒伸展，通往城内，人、车、牲口都较多，各种辙印杂乱叠加，难以辨认。

李世民指挥卫士用石块围起那些可疑的痕迹，逾墙返回。他们在墙外忙碌的时候，观里的人也没有袖手干等，已将观内所有可能藏人的殿阁居室搜遍，仍未查到朱氏的行踪。

两边互通讯息，李世民的脸色变得冷峻："我素来爱马、识马，据我观察残留于松林中的马蹄印，那歹徒的坐骑是名马'青海骢'。前隋时期，西北吐谷浑得到一批波斯草马，放进海子里交配育种，诞育日行千里的骢驹，中原称之为青海骢，售价昂贵。由此可知，歹徒极可能不是普通盗匪，而是出身贵家富室的浪荡子。"

瑾瑜沉吟道："嗯……另外，根据围墙的高度、撬门的技艺，加之歹徒有能力连人带衣履一起劫走的情况，想来作案者应是一名身长力大、武艺超群的男子。"

第七章 断手惊魂

◑ 1 ◐

上清观的女弟子们闻言，纷纷把目光往李世民、窦信、安元寿及弘义宫众随从身上暗戳戳地瞥。李世民没好气地说：“诸位炼师也不必揪着身材高大、佩戴横刀的男子就怀疑。我们挎刀只为防身。我与内子同寝，时刻不离侧。我的随从每五人合宿一间，轮流休息，若有人潜出位于东廊屋的客室，蹿到西边廊屋来，很难瞒过同伴的眼睛。”

瑾琋帮腔：“我家侍娘阿王和家奴元寿等几个人是第一拨走出东廊屋客室探听动静的，他们亲眼目睹其余同伴稍晚出门，一个也不少。依据碧镂牙筒落地声响起的时刻计算，我家若有人绑架朱娘子翻墙逃出、把她藏好，再返回东廊屋，进门之前必然被阿王、元寿等人发现。既然我家并无一人是碧镂牙筒落地后从外面折返的，那就足以证明歹徒绝不在我家的随从之中。诸位炼师可重新察看东廊屋，尤其是我家人用过的客室，务必严加搜查，以证清白。”

真元静观默察，不动声色，淡淡地吩咐弟子们按照瑾琋的要求行事。

结果东廊屋并无疑点。

窦信吁出一口气："此案与我家二郎无关就好。也是，纵然他有贼心，奈何弟妇在侧，他也断无那副贼胆。"

李世民凛然驳斥："我不惧内，也不存邪曲之心。"

真元突然不冷不热地插言："案发后，杜二郎夫妻姗姗来迟。而今案情尚未明朗，令昆仲似乎已认定系采花贼所为。"只说一半，又不言明。

瑾琋的脸烧得粉中带紫，无言以对。总不能答复女道士：她和他起身时，要穿的衣物比一般午睡的人要多……李世民却看着瑾琋，邪气地微笑。瑾琋悄悄冲着他撇嘴，别过脸不理。

窦信索性挑明："炼师依然怀疑我们兄弟？事情非同小可，我也不能讳言了。今日案发之初，众人一同寻找朱娘子，我和舍弟也进过她歇息的那间客室，亲见衾枕褥子乱作一团，还沾有不可言说的水渍。显而易见，采花大盗先入室施暴得逞，后用衣物裹着朱娘子逃跑。诸位炼师不曾婚嫁，所以不知；我们兄弟自然炳若观火，心照不宣……"

他等于把在场成年男女都看破而不忍说破的案情倒了出来。于斯滢听懂事态，偷偷地拽了拽窦信的蹀躞带，阻止他多嘴多舌。杞国府家奴佑宁代为辩解道："阿郎住在奴婢隔壁，奴婢听着阿郎的鼾声入眠。朱娘子失踪，外面大乱，奴婢和阿郎几乎同时被闹醒，相互看着睡眼惺忪地出门。"

"不错。外子随后转进我所在的客室。我们一家，除去歇在车里的车夫，主仆共五人，一道去了陆郎那边。我沿途听见每个人的说话声。彼此也可证明谁也没有独来独往。"于斯滢补充道，"倘若外子做出蔑伦悖理的兽行，我必杀了他，以谢世人！"

真元微微侧身，目光擦着面呈土色的陆钲，同情的柔晖在原本风微浪稳的眼眸里闪过，"如今尚有杜家的车夫二名未曾问话。我为上清观住持，衙司来人之前，由我做主……"

应她的要求，李世民、窦信唤来各自的车夫，真元亲自询问。两个车夫回答，他们没有睡多久，大半时间坐在车里聊天，可互证清白。

真元叹道："自家人互相作证，难以令外人信服。朱娘子在上清观失踪，贫道难辞其咎。瓜田李下，但凡案发时身在观中的人，不分宾主，均有嫌疑，包括我与众女冠。谁正谁邪、真真假假，我也无从察考，只交给衙司处分。"

"歹徒携带女子，骑马经大路逃离，容易给行人留下印象。"瑾琋安慰陆钲道，"只等衙司访查。"

户外刮起了大风，尘土飞扬，万树折腰，草木悲鸣颤抖。听在众人耳中，仿佛朱氏的呼救声。然而，此刻，她究竟身在何方呢？

在此后的七天里，衙司张榜悬赏寻找朱氏，胥吏入驻上清观反复搜索，并沿着大路小径四处寻访，陆钲主仆寝食俱废，携带朱氏画像跟随胥吏行动，却没有查到任何线索。路人的回忆也云里雾里："那天骑马驮着大麻袋、箱笼之类赶路的男子不少，携带女子的？有，可不多吧？啊，不对，好像也多……女子的相貌？人家骑着马，眨眼就跑过去了，记不清。跟这画像里的人比？有点像吧？哎，再看又不大像了……"但有一个问题，路人的回答较为肯定："女子求救或遭到捆绑、堵口？没有这样的事。帝都郊外，大天白日，哪个吃了熊心豹子胆的敢干这种事？"

衙司判断，歹徒击昏了朱氏，捆在大麻袋中劫走，便结合李世民提供的线索——歹徒的坐骑为青海骢，向四个方向展开全面追踪。

长安城内同样在详查。东西两市的大门口张贴有朱氏的画像和悬赏寻人告示。刁染菽从西市购物出来，对丈夫贺洵感慨道："行肆里的人都在议论此案，这位失踪女子出身吴郡朱氏，是太常寺汾祠令陆郎的夫人，宅邸也在修德坊，夫家为吴郡陆氏。若不是遭了大难，慌着寻人，这样的门第，岂肯把娘子的画像满世界悬挂出来给外人看？家人不知如何急痛攻心啊！”

贺洵的心思不在此处，应付道：“嗯嗯？唉，自有衙司和她家人寻找。旁人记下画像特征和告示要点，帮着留意就是了。”

“不过是去一趟修德坊你父母家里，就这般牵肠挂肚。”刁染菽从乳母怀里抱过儿子，钻进牛车。

“不过是？”贺洵用双腿轻轻夹了一下坐骑，伴随牛车缓辔徐行，“大人设家宴，首次召你进修德坊的宅门团聚。你要拜翁姑，此事何等重大？竟如此轻描淡写。”他谋得了天子备身的官职，看来前途光明。父亲贺休德顾虑自己年过半百，新妾所生幼子将来也要倚靠贺洵这个嫡长兄，加上刁染菽诞育儿子，态度逐渐缓和，今天正式承认她为儿媳。

“扑哧！”刁染菽粉面泛红，笑道，“你急什么？我去西市购置这些礼物，婢女两手满满地拎上车，你也看见的。我若不放在心上，就不费这个心了。”

二人隔着车窗帘子相视浅笑。贺洵不能告诉刁染菽，他是因思考如何应对父亲贺休德而心不在焉。贺休德是裴寂的追随者，算是东宫的外围人马，而身为其子的贺洵，却是秦王李世民布置在太极宫中的内线。该怎样与父亲周旋，做到既不辱使命、又尽量无损亲情？贺洵必须熟思慎处。他肩负秦王和尉迟恭赋予的重任，有些话，即便对丹诚相许的刁染菽也不方便说了。

到了修德坊贺宅，也没有什么特别的事，无非例行的套路，刁染菽在贺休德夫妻座前磕头行礼，亲手奉上礼物，拜受公婆赐赠的三件家传首饰；贺休德旧妾生的次子拜见嫂嫂，新妾生的幼子也由乳母抱来见礼。贺母庞氏欢喜不尽，摩弄着孙儿，与贺洵商议：“你们退掉那所小宅，搬回家里可好？蠲免了赁小宅的开销，也省很大一块嚼用。”

刁染菽没有作声。虽说安兴坊的小宅是租的，但是，来修德坊贺家做媳妇，肯定不如在安兴坊做主妇娘子自在，况且那里还有剪秋罗做邻居呢！

贺洵暂时也不想搬回修德坊，在贺休德眼皮底下进进出出，总归不便利，万一父亲发现他暗通弘义宫就麻烦了，因说：“儿身为嫡长子，原没有违离父母、在外别居的道理。只是儿现任天子备身，事奉至尊，公务缠身，暂无暇搬家。况且小宅的租金也付到年末，契约写明反悔不退。阿娘容儿年末再议。”

庞氏重钱财，一听有可能损失租金，不敢勉强，只有些失望地问刁染菽：“当初何必约定一年一付？或三月一付，或半年一付，不想住时也好退房。”刁染菽答：“按年付租金便宜些。节省下来的财帛，我们用于购置家具什物和衾枕被褥。房舍虽是人家的，那些物事总是我们自己的，随时可搬走，能用一辈子呢。”

庞氏无话可说，应允道：“也好。你们年末搬回来，正好全家一起过年。”又斜睨着贺休德，冷笑道，“呵呵。一日里十二个时辰，你们这位大人倒有八个时辰腻在新妾房里，另四个时辰不是在皇城民部官署里处理公务，就是呼朋引伴、串门聚饮。等你们阖家搬回来，子媳视膳，孙儿绕膝，看他还好意思老不正经吗？”贺休德的新妾支氏原是长安南城赤贫人家的女儿，被娘家卖入贺宅为婢，后放良为妾，深受贺休德宠爱，娘家也获赠一大注钱财和田林产业。近日，支家在皇城西边颁政坊的新居落成，支氏于昨天归省娘家，与父母兄弟同庆乔迁之喜，尚未返回。不过，即便她在场，庞氏也照骂不误。

贺休德气得脸红筋胀，吹着胡子抢白道：“我纳个小妾以娱晚景，有何不可？你已人老珠黄，日常主持门户，执掌家政，含饴弄孙，也该心满意足。儿妇初来，你不教她三从四德，却要教她嫉妒吗？”

庞氏倚仗儿子在场，存心想出一场恶气，强硬回击，不管不顾地嚷出乡下的粗话：“咱们原是马邑田舍家小豪族出身，我可不怕什么规矩礼教，也不像宋金刚的原配鲍奉仙那样任男人欺负！想当年，我一心一意陪你奔命，这个家方有今日。现今你嫌我这块地老了、没肥力了，抛荒休耕，换块地种。可也不照照镜子，你这头老牛，犁得动新地吗？我看你被支氏那贱婢迷惑，身子掏空得像筛子似的，五脏漏风、六腑冒烟、印堂发黑、眼皮乌青……”

“啪！”贺休德把一个瓷盏摔到地上，也不顾斯文了，怒喝道：“我不换块地种，你倒是多生两个儿子给我瞧瞧！你每常欺压支氏母子俩，我顾及你的老脸，叫她不与你一般见识。你却不思悔改，今日竟当着儿孙的面辱骂起我来！若不是顾念你生了大郎，我就休了你！”

两个乳母早抱着小孩子躲开了。庞氏和贺休德互相指着鼻子对骂，喜事莫名其妙变成闹剧。贺洵是亲生儿子，真心为父母着急，两头劝架，忙得汗流浃背；刁染菽想笑，却要帮他拉架，忍得好不难受。一直吵到贺休德的旧妾龚氏战战兢兢在窗外禀报：“午宴齐备，请阿郎、娘子、大郎伉俪入席。”贺休德和庞氏的肚子不约而同叫饿，才双双偃旗息鼓，合家入座开饭。

最后一道菜装在一个食盒里，龚氏亲捧进来，吞吞吐吐地禀道：“这是阿支打发娘家人送来的一味通花软牛肠。她亲手用羊油烹的，孝敬郎主、主母并大郎伉俪。”

她话音未落，贺休德就迫不及待地拍手赞叹：“支氏慧心灵性，处世情礼兼到，哪里像贫户女儿出身？依我看，一般的富家千金也不及她。”字字句句都针对庞氏。贺洵深恐母亲发怒，递眼色给坐在母亲下首的刁染菽，暗示她提防着些，随时准备拉架。

谁知庞氏为人最重实际，但凡涉及财帛，哪怕只值半文钱，也要吃光捞尽，绝不意气用事，嗤笑道：“呵呵，好！她花钱费力做的菜，我非吃不可，吃了是我赚她的。传给庖厨，热一热送上来！”

刁染菽急忙喝一口马酪，把即将涌出喉头的笑声冲下去，呛得咳嗽不止。她趁机用罗帕捂着嘴，弯下腰偷笑。想不到的是，她咳嗽尚未止息，就在几案的腿脚间隙里看见龚氏的双足着了火似的飞转进来，颤声惊呼：“要、要命啦！”来不及说清楚，已瘫坐在地，张口结舌，白眼直翻，不能言语了。

尾随龚氏过来的厨娘全身瑟瑟发抖，连哭带嚷：“呜呜……阿郎、娘子啊，呜呜……大郎啊！那个食盒……”

支氏送来的食盒里装的不是通花软牛肠，而是一只人手。

接到贺休德的报案，长安县衙兵分两路，一队奔赴贺宅勘验，另一队由贺家奴婢指路去颁政坊找支氏，贺洵同行，却扑了空。支家人惊诧莫名，一再声言支氏并没有送食物回修德坊贺宅，她早饭后就携贴身侍婢出门，去颁政坊内十字街东北的建法尼寺敬香礼佛了。尼寺离支家近，支氏主仆步行去的，说好中午在寺里用过斋饭、喝了茗饮再回，所以娘家人也不急于去寻人。

建法尼寺的知客尼告诉贺洵和胥吏：“的确有一位支娘子携带侍婢前来敬香，可是并未留下听比丘尼讲经，待了不到一刻即从后门离寺。用饭？并无此事。”

贺洵问她，是否知晓支氏的去向？知客尼答复，自己目送客人步出后门，就关好门返回，只看见支氏主仆沿着坊街往东去了。

众胥吏奉县尉之命搜查支家和建法尼寺。支家是小宅，始建于隋开皇三年的建法尼寺也简陋狭窄，只消一个时辰，两边都翻了个底朝天，哪里有支氏主仆俩的踪影？胥吏直截了当地问住持：“我看也有男子陪伴家中女子来贵寺参禅敬香，支氏往日可曾与男子在贵寺会面？或者，每常到寺礼佛后，多由后门出，往他处去？”

“阿弥陀佛。鄙寺固然允许娘子们由男亲属陪护出入，但是，断然不会放男子单独入寺，遑论在寺内行龌龊之事。”住持明白衙司怀疑支氏与情郎私奔，也不说破，就事论事地回答，“自后门进出的施主不在少数，知客尼并未特别留意。”

建法尼寺别无线索。而据颁政坊东坊门的阍者禀报，他目击支氏主仆模样的两名女子离坊，在东坊门外登上一架牛车，去了城北方向。牛车为常见式样，不容易分辨。车夫的身形和衣着都很普通，一直偏着头仰望天空。如今回想，这恐怕是车夫的阴谋，故意不让旁人看清他的相貌。

另经贺宅阍者逐一辨认，确定那个送食盒去贺宅的男子不是支家的人。支家人口众多，除了支氏的父母、长兄长嫂，旁人不会拜访贺宅，与贺家奴婢素不相识。罪犯利用这一点，冒充支氏娘家人把人手丢给了贺家。贺宅阍者记得，此人络腮胡子，须发浓密，只怕也是乔装改扮，将假胡子一撕，袍服一换，就难以辨认了。

庞氏闻讯，转惊为喜，幸灾乐祸地对贺休德笑："呵呵，你明白了吧？支氏那贱婢嫌你这头老牛疲软不中用，与人勾搭成奸，今日干脆私奔啦！还雇用市井混子，以送食物为名，送一只人手来恶心咱们。"

"胡说！"贺休德恨得心中流血，目眦欲裂，怒吼道，"那只手是右手，无名指戴有一枚金指环，与我赠予支氏的指环相同。我、我怀疑你收买凶徒，将支氏主仆骗上牛车杀害，切下她的一只手，送回来，给我的伤口撒盐，你就高兴了！呜呜……"说着已是声泪俱下，泣不成声。

庞氏怔住了，只默默地注视贺休德一举一动，少顷，滚落两行豆大的泪珠，哽咽道："好、好！想不到你把贱婢看得这般重。年轻贵家女子的手都差不多，那金指环也是寻常式样，是不是她，尚待县衙勘验。你不分青红皂白，怀疑我杀你的……好！"

事态急转直下至此，刁染菽忽然觉得这个五十多岁的妇人可怜之至，不由动容，搀扶她坐下，向贺休德解劝道："大人勿急，且等县衙答复。我赞同阿家的主张，死者未必是支氏。"

贺休德瞪着她，斥责道："轮得着你来教训我？你还做过宫人，岂有翁姑说话、儿妇在旁边插口议论的规矩？"言毕，跌坐在榻上，连声哀叹。

刁染菽忍气吞声地垂下头，心底迸出一个字："呸！"

内堂死气沉沉，更漏间或"嘀嗒"一声，滴下一珠冷寂。贺洵从长安县衙赶回，把活人的热力带回这个坟墓般阴湿的家："阿耶错怪我娘了。经仵作验看，金指环的内壁阴刻有主人的姓氏籍贯，却不是支氏。"

"那是何人？"贺休德疑惑地问。他的话音透出一股怯懦。支氏没有死，意味着大团的"绿云"向他飘来，当着冷眼旁观的老妻，好不难堪。

贺洵念出指环内壁刻的六个字："吴郡、陆门、朱氏。"

"啊！那便是太常寺汾祠令的夫人啊！"刁染菽惊道，"前几日在上清观被贼人劫走的，朱娘子！"

贺休德闻讯，身体微微战栗，仰首凝眸云天，双目竟有些发直。贺洵侍立在侧，看到父亲浑浊的老眼里释放出胆怯的微芒。这般情景是他前所未见的。

雍州治中高俭迅速把长安县衙关于案情的详报传入弘义宫。瑾琋阅毕，沉凝不语，片刻，潸然泪下，深深叹出一口气："唉！仵作验明，创口绽开如纺锤，创缘整齐平滑，创角尖锐，创口周围皮肤无剥脱和出血，凶器在腕骨上划出线状割痕。看来凶手刀功精准，力道甚大，刃口深及骨质。唯一可安慰遗属的是，创口周围未见散点血，皮肉无明显外翻，创口侧面呈白色，间有少许红点——凶手是在死者断气后，以利刃切断其右手的，死者生前免受断手的折磨……"

崇仁坊高家、长孙家，开化坊萧家，以及陆、朱两门其他在京的一众亲友都派人赶去修德坊陆宅，安慰陆钲和孩子们。等别人走得差不多，李世民和瑾琋也去了。留在陆宅的只剩高俭的长子高履行，长孙无忌和妻子颜穆清，宋国公萧瑀的嫡长子萧锐及千光照小夫妻俩。陆家的小孩子们仍然哭着要找母亲，陆钲身体比朱氏失踪前清减了一大圈，面色晦暗，病容憔悴，还要强撑精神，哄孩子们安睡，长孙无忌等人见状，不忍心把他父子抛在那凄风苦雨的宅子里苦捱，特意商量好，一起留下陪陆钲守夜。

◑ 2 ◐

灵堂匆忙搭设，多处暴露粗糙、仓促的痕迹。棺椁临时购置，尺寸与朱氏的身形并不相合。可是，整个人只剩一只断手回家，棺木尺寸大小又有什么关系呢？

陆钲眼中含泪，对长孙无忌诉道："我反躬自省，此生委实有负于亡妻。武德初年，我事萧梁，未能显达，反而连累家眷同受颠沛流离之苦；幸蒙高表叔扶持，出仕圣朝，进京将满三载，也未购置房产，亡妻至死住在这所别人家的房舍里。末了，她惨遭毒手，我近在咫尺，却昏噩无能，未能保护她，以至于此！"

颜穆清深受感动，流泪道："陆家表弟温良恭让，多才多艺，又不纳妾，只与发妻厮守。世间如你一般的士族男子寥若晨星。我想朱氏弟媳虽饮恨九泉，也断然不会衔怨于你。如今你须保重贵体，助衙司破案缉凶，早报杀妻之仇！"

陆钲蠕动了一下嘴唇，终究没有应声，惨淡黯弱的目光里闪烁一丝隐痛。瑾琋默不作声，只垂首盯着自己的一双素手。

李世民目睹这般情景，心中陡然升起一缕怒气，暗骂："不纳妾就是好丈夫了？颜氏真是妇人之见，明褒陆某，暗贬辅机，捎带着也讥讽我，谁还听不懂吗？殊不知，陆钲之所以愧对朱氏，实因他成婚多年，并未倾心于朱氏，却念念不忘观音婢；待发妻虚情假意，背地里思慕他人之妻，实乃伪君子！观音婢如此沉默，想必也是顾忌我的感受。哼。"

"表兄进京三载，可曾与什么人结仇？"瑾琋开口问道。当着李世民的面，就不使用童年即已习惯的称呼“钲兄”了，以免李世民吃醋生气。

“嗯？”陆钲茫然望向星空，“我……不曾。”依他的性情，很难与人结怨；如果“仇人”可解释为“仇视陆钲的人”，大约秦王李世民可算一个。这又怎能说出口？何况秦王少说有十种办法可取陆钲的项上人头，完全不必采用这种手段泄恨，瑾琋在上清观亦已亲口力证丈夫清白。平心而论，陆钲也认为李世民为人堪称磊落坦荡，尽管有时流露纨绔习气，促狭顽劣、爱捉弄人，却能把握好分寸，不离大格；而一旦他认定谁是仇敌，复仇也是摆在台面上公开行事，不屑于使阴招暗算，譬如武德四年杀孔德绍、薛德音，武德六年暴殴陆钲，就是如此。放着仇敌本人不打不杀、拿人家无辜的妻子出气，绝非李世民之所为。

“不是仇人作案。”瑾琋轻轻颔首，“但陆、贺两家比邻而居，凶手杀人断手，冒支氏娘家人之名，送入贺家，可见对陆、贺、支三家的情况均有所了解。支氏失踪也很可能与此人有关。希望表兄尽量回忆表嫂失踪前所见过的人、去过的地方、经历的事。趁我们都在，一起探究真相，倘若寻获线索，也好知会衙司。”

“郎君万福安和！郎君万福安和！”五彩鹦鹉不知好歹，在廊上扯着嗓子叫嚷。傍晚的斜晖投下来，暖黄在陆钲灰暗的脸上虚浮。他苦涩地一笑，看着鹦鹉，回忆道：“这句话是亡妻教它的。姑且从我家得到这只鹦鹉那天说起……”

众人听罢，并不觉得有什么值得深究之处。朱氏日常居家、交际出行，无不秉承吴郡世家门风，雍穆端谨，不染一尘，亲眷融洽，邻里和睦。长孙无忌评论道：“罪犯极可能患有丧心病狂之症。绑架杀人权且不论，既无仇恨，为何损坏亡者遗体，并将断手送给遗属的邻居？完全不可理喻。”

此时，最后一抹残照被灰黑色的屋脊吞没，天色更暗了。陆宅奴婢点燃庭燎、石灯。长龄带领弘义宫给使赵顺慌慌张张地跑了进来，在遮蔽女客的行障外站定，禀道："大王、王妃，有讣闻，江国太夫人，仙逝了……"

江国公陈叔达的母亲袁氏今早照例去上清观与真元闲谈，观看女道士们炼丹，午后启程回家。进家门不多时，老夫人突然口吐黑血。翰林医官抢救无效，老人驾鹤西去。袁氏虽已过耄耋之年，多病多痛，却不是危及性命的重症。她性情乐天达观，常说自己要做了百岁期颐大寿，才会升遐成仙。家人都认为老夫人至少能活到九十鲐背高龄。陈叔达与母亲感情深厚，事母至孝，忽闻噩耗，不啻晴天霹雳，本来也是半百之人，无法承受如此沉重的打击，已经病倒。

"上清观。"瑾琋与李世民同时念出三个字，相视心照。庭燎巨大的火苗在瑾琋眸子里浓缩为两星跳跃的烛光，像两个灵魂在舞蹈："朱氏表嫂访上清观，遇袭失踪；江国太夫人去上清观回来，暴病升仙。上清观，风水并不好啊！江公可曾追究太夫人死因？"

赵顺回禀："是中毒！翰林医官断定死因为中毒，只分辨不清是哪一种毒药。江国府报官，法司命仵作察验，并讯问上清观众女冠。可是江国太夫人素性爱洁，即便去尼寺、道观也是自备饮食和用具，口脂、手膏、澡豆等物都只用自家的。今日，她连上清观的杯盏也不曾沾一沾。况且，太夫人是上清观大施主，双方不曾有任何龃龉，今日，太夫人在观门口与真元道别也是高高兴兴的，众女冠绝无杀人动机。据此，法司判定毒源在江国府，果真在太夫人带去上清观的一只瓷盏里验出毒药！经手者为太夫人贴身侍娘甘氏。衙司便将甘氏拘捕，正在鞫审。至于毒药名称，尚待仵作判断。"至于详情，赵顺不甚了了，答不出来。

瑾琋无言，把视线移向庭燎。熊熊火光里，她和于斯滢在上清观与江国太夫人袁氏会面的场景开始重演。一遍又一遍，至纤至悉。

燃烧的木柴"噼啪"炸了几响，瑾琋心中骤然张开一树火花，将夜幕下的庭院照得雪亮："真相会是那样吗？"她目光熠熠，默默地问自己。

柴火连续发出炸裂声。高履行起身，抄起火箸拨了一下柴火，年轻健硕的身形投映在地上，拉得格外修长。长龄赶上前，接过火箸。高履行微微点头致意，拿起自己的斗篷披上。

五彩鹦鹉突兀地大喊："郎君风流儒雅，嘎嘎嘎！"不合时宜的卖弄看起来非常愚蠢。长龄呵斥道："闭嘴！"鹦鹉不识趣，又叫："贱婢命贱，无福消受。"

"它胡说什么？"瑾琋不解地问。陆钲讲述过鹦鹉的来历，方才这种话看来不是朱氏教的。

"我们猜度，这两句是它在贺家学的。"陆钲挥手命长龄把鹦鹉笼子拎到后院去。

瑾琋想起来，这只五彩鹦鹉为林润润坠亡案提供过线索，尽管饶舌，也算是一只神奇的鹦鹉。她轻转眼波，瞥见庶长女千光照怯怯地望着李世民，欲言又止。这是在丧家，兼有数名长辈在场，动循矩法的千光照比平时更加谨慎，不敢轻易说话。

"一娘有话？但讲无妨。"瑾琋鼓励她道。

"是。不过，大约也不是什么要紧的事。"千光照答道，"两个月前，婆母带儿去过上清观，偶遇一位贵家娘子，突发头痛的病症，面白如纸，抬不起头来，侍婢与观中女冠合力扶她上车。儿的乳母卞媪好奇，多问了些。女冠说，那位是兵部叔孙郎中家的冢妇。儿愚钝，早已淡忘此事。适才，阿娘说上清观风水不好，儿方又忆起，这或许也可算一宗？但头痛脑热也是常有的病症，所以儿犹豫当不当讲。"

千光照的公公——宋国公萧瑀，与江国公陈叔达同为南朝贵族出身，因此宋国夫人独孤氏与江国府女眷颇有来往，去上清观就是受江国太夫人袁氏影响。兵部叔孙郎中家的冢妇，则是兵部职方郎中叔孙闳嫡长子叔孙彻的妻子。李世民启用了叔孙彻，把他安插进北门屯营兵任校尉，所以留意过叔孙家的情况，知道叔孙彻娶了博陵崔氏女，是宫教博士崔斐的族妹，武德八年秋，崔氏生下一对孪生子，在北门屯营兵中传为美谈。而瑾琋还从夏侯紫菀处获悉，叔孙彻对崔氏并无爱意，钟情于出身青楼、艺名“妙楚儿”的邵氏。

“喔。”瑾琋淡然道，“我听说叔孙家的冢妇姓崔。当日她独自去吗？或许有婆母、夫君同行？”

千光照想了想，肯定地说：“她一人，有侍婢、仆妇随行。儿记得女冠告诉卞媪说，叔孙郎中的夫人也是上清观的老施主，因携幼子归宁母家，不能来，特命儿妇来观里敬香布施。”

博陵崔氏的子女以行止端庄守礼著称于世。叔孙家的那位冢妇，在没有丈夫或女性长辈陪伴的情况下，除了女道士宫观、比丘尼寺院，大概也绝不肯去别的地方游玩。瑾琋猜测，崔氏到上清观走走，可能还是排遣内心苦闷的一种途径。她既要忍耐无爱的婚姻，容忍丈夫的外宅，还要维护娘家和夫家的声誉，背负教育叔孙家子嗣成才的责任。除了孤独地负重而行，她恐怕还要因叔孙彻和妙楚儿的风流韵事，遭受某些无聊亲眷的奚落贬抑——崔氏也真是不幸的女子。

“不管怎样，于情于礼，明日要去江国府致祭酹酒。”瑾琋悄声对李世民说，“再设法对崔氏旁敲侧击，问一问上清观的事，看看是否有我们所不知晓的情况……”

翌日在江国府，遗属照例向每一家来吊唁的贵客诉说死者去世经过：仵作验明，袁氏毒发前用过的仿皮囊瓷壶里并无毒药成分，唯独那只瓷盏有。衙司推测，这是由于嫌犯，即袁氏的侍娘也会把瓷壶中的饮品倒进自己的木盏里饮用的缘故，故而不敢冒生命危险往壶中投毒。瓷壶中的饮品是用上清观住持真元开的一个草药方子煎煮的，可缓解口干症，健康的人喝了也可生津止渴，袁氏一向允许贴身奴婢倒少量出来分享。这个凶手所用的是一种前所未见的毒药，以东、西、南、北各地剧毒蛇蝎精炼而成，医典尚无记载，所以翰林医官认不出来。仵作临时给它取了个名字叫“万毒散”。

灵堂前做法事的僧尼道士中，不见真元师徒的身影。上清观虽经衙司查证没有嫌疑，但毕竟被遗属怀疑过，绝不是愉快的经历，陈叔达也对上清观毫无道理地抱有怨气，仿佛母亲不去上清观就不会遇害似的，家人劝不动他。短期内双方不会恢复正常往来了。

这些情况和高俭转达的案卷内容大致没有出入，已在瑾琋掌握之中。只在拿到真元的饮品方子时，她才心中大动，驰思遐想，关于袁氏之死的推测丰富了许多。

尽了对陈叔达一家应尽的礼，李世民转赴皇城处理公务。瑾琋和他分道，告诉他：“我还去修德坊探望陆家表兄。”

“不可。”李世民微蹙眉头，冷峻而坚决地表示反对，“你独自去探望一个新近丧妻的鳏夫，算什么？”

瑾琋无奈地一笑，说明自己先顺道回崇仁坊娘家，陪母亲高氏同去，他才放心，临别还嘱咐秦五谷、留荑等人：“若太夫人不去，你们就赶紧侍奉王妃回弘义宫。”众人笑着答应。

瑾琋支开大队车马和执事仪仗，只带二十多名随从，骑马往崇仁坊去了。途中穿过宣阳坊，有一辆牛车停在坊街旁，一名侍婢正搀扶一位戴帷帽、披幂离的士族女子下车，一个仆妇在旁边捧着手炉。坊街不宽，如此一来，显得有些拥挤。王阿来轻声问：“娘子，要请她们让一让吗？”

“不必。我们原也是慢行。缓缓通过即可。”瑾琋摇头回答，目光随那主仆四人靠近一所小宅，瑾琋记得那是妙楚儿的家。

仆妇敲敲院门，语调温和地向内招呼道：“邵娘子在吧？叔孙家的崔氏娘子来了，不为寻你不是来的，请开门。”

院子里静悄悄的，无人应声。隔壁夏侯紫菀家锁着大门，看来连仆妇荀氏、侍婢木樨都出去了。没有夏侯家的外援可倚仗，妙楚儿不敢轻易开门应战。崔氏的仆妇叫了三遍，墙头冒出一颗脑袋，左眼蒙着黑布，正是妙楚儿雇的仆妇苻氏，左眼负伤失明了。她冲外面问道："娘子有什么事？先跟我讲吧。"又回头对院里的人比手势通报敌情，"三女一车夫，没带兵器。"

崔氏不理睬，保持着端庄的站姿，双眼直愣愣地平视院门。她的仆妇代为答道："来找郎君商议家事。怎能跟你讲？我们娘子秉承博陵崔氏门风，一向蹈矩践墨，如今屈尊莅临……你们这里。正室夫人登门，也不是来吵架的，你们好歹开门说话。"

"叔孙郎不在。"妙楚儿打开院门，立在门槛内，不矜不伐地见礼，"娘子安和好在。"

"不在？他连续三日不曾回家了。"崔氏嶙嶙峭峻的骄傲依然如故，言语淡漠，却无法掩饰内心的失望，"不在……"

"当真不在。"妙楚儿的语气益发和缓，甚至流露出几许怜恤之意，"近日兵营事多，他脱不开身，大前天和昨天都留宿营中。娘子，奴没有骗您。"听话听音，叔孙彻前天晚上是在邵宅住宿的……

崔氏默立片刻，转身走向牛车，罩在幂离下的身体如在雾中。仆妇对妙楚儿说："郎君若来你这里，还望你劝他回府一趟。"

"请娘子放一万个心。奴不存登堂入室的心思，从来不阻挠郎君回府。"妙楚儿满口答应，也不像虚与委蛇的样子。

崔氏好像苦涩地笑了笑。

此情此景，勾得瑾琋心上酸疼，对崔氏的同情不觉又添三分。假设自己处在崔氏的境地，绝不肯含屈忍辱亲临外宅寻夫。不过，在坊街上拉着初次见面的崔氏自报家门、问上清观的事显然不合适。瑾琋瞥了秦五谷一眼。秦五谷会意，点头回禀："布置好了。"暗指已部署人手，向身在北门屯营兵中的叔孙彻传达密信，请他今晚得空回叔孙家，和崔氏说说家常话，顺便探听上清观的情况。

◑ 3 ◐

瑾琋陪同母亲高氏去修德坊探望陆钲及孩子们，母女俩后又一起折返弘义宫。李世民将自己的乳母陇西夫人刘氏也接来了，要留两位长辈住些时日。刘氏和高氏较为投合，正好做伴。晚饭前百无聊赖，两个人与典言女官高嫮互相撺掇，要玩去年流行的叶子戏。

瑾琋不想打这种牌戏，特召贵人杨修能来凑角，自己拣空出去一趟，密令吴景贤速办一件事，才又折返翠华殿观战。

这些年，杨修能读书不成，吃喝玩乐倒是样样在行，一边聚精会神地抹叶子牌，一边嘀嘀咕咕："只有四个人，角逐不够激烈，不过瘾。"

高氏附和道："杨贵人言之有理。再请一个人来吧。"

瑾琋在一旁逗几个孩子嬉闹玩耍，扭头应道："我已命丰登去请高刀人了。她是高典言之外阿娘在弘义宫的另一个远房侄女。可好？"

刘氏笑道："这种事还需要太夫人张口？令嫒自会安排妥帖。"

"惠通自然是好的。"高氏认可，"这一二年来，我见过好几次，同她母亲、嫂嫂、弟媳也时有会面。"

"我也说高刀人好，不比韦孺人、阴刀人那般狐媚。那是老话了。可惜我们那位大王听不得我的唠叨。"刘氏发了一张叶子牌，"如今怎么说？应验了吧？韦、阴二氏，有一个算一个，全牵涉到谋害夫主的滔天大罪里去了！也是王妃慈悲为怀，换作别人，早就奏请把她两个废位，贬入掖庭，哪里还能养在弘义宫里吃闲饭？"

瑾琋只抿嘴微笑。韦珪、阴兰因确实有嫌疑，但瑾琋拘禁韦、阴二氏的首要目的是为了麻痹她怀疑最深的那个人——杨陆离，以及杨陆离背后的东宫。关于这一点，李世民尚且不知情，瑾琋当然不能透露给别人。

高嫣代为解释道："她二人罪嫌证据不足，又都是为秦王生儿育女的敕封媵妾，所以王妃要慢慢查清楚，揪出真凶再作处分。再者，韦孺人和阴刀人监禁在下房里，和武德四年犯事蒙谴的刘承衣做邻居，日子也颇为难过。"

刘氏回想李世民中毒案，又是后怕，又是愤恨，包了两眶泪："大王是我奶大的，在我心里和亲生儿子一样亲。把他从襁褓中一个小不点，养成这么个魁梧奇伟的郎君，不是容易的！他倘或有个万一，我能饶过谁？要加害他，不如先杀我！"

高氏也落了泪。瑾琋一边一个执起母亲和乳母的手，安慰道："事情都过去了。他在鬼门关里走了那一遭，凡事更加谨慎警惕，未始非福。啊，对了！惠通和五郎、十二娘要到了吧？快添一方坐榻，好玩叶子戏……"

翠华殿外，五郎李祐的小身体朝翠华殿偏殿的方向挣着，踢蹬着小腿叫嚷："姨、姨，要我阿姨！"十二娘萝摩受他感染，思念自己的生母韦珪，低头抽泣起来。

高惠通哄道："五郎、十二娘，乳媪说过的，你们亲娘如今不在翠华偏殿，迁到祭酒台旁边的屋子休养呢！她们的病尚未痊愈，待病好了，就能见五郎和十二娘了。"

新进乳母蓝芙蓉拍拍萝摩，拿绫帕给她擦泪："阿娘召唤十二娘去玩喽，快别哭了。"因李祐不听话，影响萝摩，这般哄也不见效。

高惠通灵机一动，拔出发髻上的蜻蜓累丝血珀镂花金钗给两个孩子看，笑道："五郎、十二娘，瞧瞧这个。呼啦，呼啦，蜻蜓飞起来！"

那通明透亮的红蜻蜓欢快地飞进孩子的心里，吸引了他们的注意力。高惠通教李祐拿着金钗，自己弯腰握住他和萝摩的小手，拾阶上殿。承乾、青雀、阿鹞、攸乐、安贞一窝蜂地拥过来，要一起玩红蜻蜓。李祐本性顽皮，不肯把心爱的玩具让给兄弟姐妹，挣脱惠通的手，在殿内绕着柱子乱跑，嘴里不停地吵嚷："不给、不给，就不给！"他的乳母急得跟着乱转，劝阻道："五郎停下！还没脱靴子呢，仔细给地衣踩上污泥！"

刹那间，瑾琋有芒刺在背之感，李祐乳母的话擦亮了记忆中一个不为人注意而蒙尘多日的角落："是那样吗？"

她扶着繁缕的手，快步跑到翠华偏殿，气喘吁吁地密令秦五谷找那天随行去上清观的某几个弘义宫卫士，问了一个问题。得到答复后，她气得跌足："我竟忽略了！当日假如我也去道观墙外松林看看就好了！至不济，也该早日想到这个细节，询问大王才是！"随即向秦五谷下达密令："再通过北门屯营兵内线给叔孙郎送一道急信，请他即刻回府，须臾不能耽搁！因为……"

叔孙彻风驰电掣闯进家门，急切地要找崔氏。这可是前所未有的。崔氏的陪嫁侍娘又惊又喜，连忙引叔孙彻往崔氏卧室走，解释道："娘子身体不适，在夫人跟前告了假，把两位小郎君交由各自乳母照看。娘子已歇下，教奴婢们不得打扰。"

"歇息了？"叔孙彻的心一沉，弘义宫的密信说，崔氏有可能自尽，敦促他尽快赶回家救人，居然是真的吗？他顾不上深究，伸手推门，果然推不动！他连忙飞起一脚，重重地踹向房门，一面高声呼喊："娘子睡了吗？"

门闩断裂，叔孙彻冲进室内，崔氏青白的脸赫然映入眼帘。她躺在卧榻上，用帔子勒住的嘴巴正在抽搐，似乎发病恶心，想吐又吐不出来。卧榻旁的矮几上放置着一只白瓷盏，内有混浊的残汁，无臭无味，灰白与紫红相间，看起来像是浸泡了面粉和枣泥的水。

“服毒！娘子，你！”叔孙彻惊得沉声低喝，一个箭步扑到榻前解开帔子，强制撬开崔氏的嘴，手指探入喉头使劲抠挖。崔氏无力抵抗，“哇哇”地呕吐起来。

侍娘吓得哭天喊地，幸而惊惶混乱中还记得盐水能解毒，跑去兑了一碗稀盐水，给崔氏灌下去，勾起新一轮呕吐，直至吐出黄水。家奴快马请来了翰林医官，医官迅即辨认出崔氏的症状：“砒霜中毒！”

侍娘大哭：“呜呜！娘子近日说，本月有人把疟疾带进京城，尽管还不曾蔓延成灾，也要未雨绸缪，多买些太一神精丹备用……娘子月事不调，在服补品，今日一定是错把太一神精丹认作补药，误服了……”

太一神精丹是孙思邈首创的丸药，含有砒霜，为防止误服中毒，特用枣泥和成，一粒药只有黍米大小，每天用药剂量最多一粒半，绝不能滥用。从服下的药量来看，崔氏求死之志坚定。事到如今，她仍然啜泣挣扎，不肯配合救治。叔孙彻、陪嫁侍娘和婢女三个人一起按着她，方便医官治疗。经过持续地催吐、灌盐水、灌解药，崔氏症状渐渐缓和，性命无忧，人也折腾得精疲力竭，闭目昏睡过去。

翰林医官紧张的神色松弛下来，对侍娘轻笑道：“呵呵，知道吗？你买的太一神精丹炼制不纯，且掺有麦粉，若果真用来治疟疾，恐怕要害人命啊。”

“啊？”侍娘又惊又羞，面红耳赤，“奴婢特去东市的大药肆买的。店主夸口说，他家的太一神精丹最为上乘，比孙思邈亲自炼制的有过之而无不及！”

翰林医官愤慨地说：“此等无良商贩，欺骗不通药理的病患家属。市面上不光有假冒伪劣的太一神精丹，还有用去皮野芋冒充的茯苓！”

叔孙彻笑道：“然则，恰恰是这伪劣药物保住了内子的性命，我倒要向那家药肆致谢才是。”

医官暗暗地审视他。侍娘刚才临时编造了一套崔氏吃错药的说辞，显然是想维护崔氏的名誉，实在太过拙劣。单凭崔氏服药后用帔子勒住嘴、防止自己痛苦呻吟惊动家人这一条，即可断定为服毒自杀。医官猜测，崔氏一时钻牛角尖是夫妻争吵所致，但从叔孙彻的脸上又看不到半分惭色，也不好多问，隐晦地提醒道：“疟疾也好，月事不调也罢，抑或别的事，都没有什么了不得。疾病自有医者治疗；凡事再难，至多不过咬咬牙，使出抽钉拔楔的力气来，终究也能化解。只是尊夫人贵体未愈，还需府上悉心看护。”

叔孙彻没有听懂他的深意，也不忖度，依旧笑容满面，顺口附和：“舍下奴婢自当好生侍奉娘子。”又压低声音请求道，“此事若宣扬开去，只恐外人误会，引发谣诼，有损内子及叔孙氏、崔氏两门声誉，请您对外只说内子染疾。”

“这个自然。”医官点头应允。

叔孙彻命心腹家奴添禄取财帛来，厚赠医官，作为救人和保密的谢礼。

侍娘心头一酸，小心翼翼地把帷帐破开一条缝，钻进去看视，却见崔氏所盖的天青色锦衾新冒出几点怪异的深色。

侍娘有经验，并不惊慌，镇定地用手指摸了摸，触感湿润，抬手观察指尖，果然是淋漓的鲜血。

她轻轻掀起衾被，想要清理，却发现褥子湿得如同血山崩了一般，那血痕也不同于寻常来月信的情形，慌忙唤婢女入内收拾，自己退出去告诉翰林医官：“我们娘子的月信总算来了，可是看那样子恐怕有大症候。奴婢拙见，只怕毒药伤了内脏也未可知。还请您评评脉，处个方子，尽早调治为好。”

医官看过诊，原已松快的脸色复又绷紧，询问崔氏的月信情况。侍娘答道：“一向准时，出血量、颜色、形态皆无异常，也极少腰酸腹痛的。但这一次间隔两个月才来，您也看见了，那血污的模样也不祥。”

“唉！可惜、可惜！为何不及早延医诊断？”医官连连叹气，“待病人醒来，如何以实情相告？唉！”

侍娘颤声问道：“难道娘子病得不轻？娘子说过，月信偶有不调是常事，无须请医，这是女子的隐私事体，不许奴婢张扬，连郎君也不能告诉。”

看来崔氏病情堪忧。叔孙彻有些惊骇，催问医官道：“内子究竟有何病症？需要用哪些药？医官尽管告知，我家当倾力救治。”

叔孙彻虽然与妻子不投缘，但成婚以来也渐渐有了亲情；况且妙楚儿不能生育，崔氏是他孩子的母亲。假如崔氏有什么三长两短，绝不是他乐意见到的。

医官惋惜地说：“尊夫人怀孕约有两月，方才却是小产了。想来是中毒导致的恶果。”

婢女大惊失色，被强自镇定的侍娘一把揪住，两人微垂下头，状似悲伤，实则是在躲避叔孙彻的视线。而叔孙彻也对她们的心思一清二楚：崔氏与叔孙彻有多长时间没有同房，外人不知，贴身奴婢了如指掌。两个月的身孕从何说起？她们无法解释。

哄走医官，叔孙彻勉强做出的笑容瞬间消失，阴沉着脸吩咐添禄请来长安城内的一位妇科名医，趁崔氏昏睡未醒，进行复诊。结果仍是怀孕两月流产。

侍娘和婢女一个感染另一个，相继“嘤嘤”哭泣出声。医者不知内情，一面配药，一面安慰叔孙彻道：“不必过悲。尊夫人年轻，体格健朗，善加调理，一月即可痊愈。日后生儿育女，一如往常。”

叔孙彻心乱如麻，既责怪自己，也忍不住怨责崔氏，表面上必须强颜欢笑着应付外人，过后还要叮嘱奴婢不得胡言乱语，心中苦不堪言。熬到崔氏醒来，喂服了汤药，他屏退下人，在病榻前盘腿坐好，也不知自己是怎样一副神情，咳了几声，清一清嗓子，整理一会儿思绪，又静默片刻，字斟句酌地开口道："咳咳……那个，已没了。我不怪你，毕竟，我不曾好好待你……那孩子，我将咬定是我的，几个知情的奴婢也会保密。你大可放心。我只想知道，你服毒，便是为打掉他吗？还有上清观，两个月前，你去过彼处。那个，与此事有无关系？将实情说与我吧。"

崔氏双手剧烈颤抖，拖起衾被，把自己的脸覆盖得严严实实。俄而，被子里传出瓮瓮的哭诉声："妾为博陵崔氏之女，秉承家训，蹈矩践墨，是妾的本分。岂料居然做出这样的事，当时就该自尽。妾只放不下两个孩儿，又恐双方父母伤心，故而未能早定死志。直至察觉……身怀、孽种……呜呜呜！妾苟且偷生至今，实属罪孽深重……"

瑾瑶接获叔孙彻秘密传来的口信，心里一块石头落地，舒心地一笑："救活了就好。叔孙郎有言，近日将多多陪伴崔氏，奴婢们也会严密看护，多方开导她。我早该想到，崔氏那般清高骄傲，那次叔孙郎负伤，赖在妙楚儿家治疗，她出于自尊心，也绝不肯去看一眼。怎么突然纡尊就卑，跑到妙楚儿家找人？还不是因对叔孙郎已有亲情，想在自尽前见他最后一面，遮遮掩掩地说点善待孩子、孝养父母的话？得亏祐儿无意中点醒了我，否则，岂不误了一条人命！"言及此，忽然忆起往事，敛容叹道，"如叔孙郎这般宽洪笃厚的男子世间少有。换作有些人，只怕就要对妻子暴跳如雷、舞刀弄杖了！"

例如剪秋罗的丈夫虞旦，一旦察知妻子的秘密，将作何反应？委实不敢想象。

◑ 4 ◐

李世民却以为瑾瑶在暗讽自己，辩解道："我绝非那等不通情理、颠倒是非、心胸狭隘的粗鄙之辈！再者，你是说武德六年，我以为你与陆钲……那与崔氏的经历根本是两回事！”

“呵呵！”瑾琋轻揪他的耳朵，“你想到哪里去了？且说正经的，我方才谈的那事，你意下如何？”

李世民顺势用左手捉住她的手，右臂往她后腰一扣，笑骂道：“净出馊主意。换作别人，我早啐他一脸。可谁让这是我家娘子的主张呢？就勉为其难地依了吧……”

几天后，陆钲在郊外购入一小块地，为亡妻朱氏建了衣冠冢。丧事完结的第二天，长孙无逸以暂未解巾出仕的“平原华氏子弟”身份，陪伴爱妾茅氏赴上清观敬香布施。二人自称慕名而来，出手大方，携带数名奴婢在上清观一连吃住三天，享受林籁泉韵、松风水月的清闲日子，顺便大肆购买观中炼制的丹药、脂粉等物。

第三天午后，城中又来几名奴婢，帮忙收拾物品行李，预定次日一道回府。当晚，茅氏与长孙无逸照常吃了观中庖厨供给的粳米胡麻粥及三色精致小菜，分房就寝。

长孙无逸不用家奴或婢女在屏风外值夜，自己单独住宿。只躺下一会儿，便烦躁不安地翻起了烧饼。少顷，门外有女子轻声询问：“华郎要喝点冰饮吗？”

“嗯？”长孙无逸把脸转向房门，似乎在犹豫，俄顷，应声道，“好。”一面起身点燃蜡烛，打开房门。

廊上鸦默雀静，一名年少的女道士用左手握着一只高足瓷杯，蹑手蹑脚地步入客室，右手顺便把房门掩上。帷幔低垂，遮盖了窗户，除非刻意贴着门缝偷窥，外面再不能看见室内的情景。

长孙无逸毫不客气，直接从女道士手里端过瓷盏，喝了一大口，又把目光直勾勾地“钉”在对方身上，越看越深。女道士一直略含羞意地垂着眼帘，此时虽然神情没有变化，却敏捷地转身，闩好了房门。

长孙无逸突然从背后抱住她。女道士娇羞地蠕动，回转身，一双素手伸向无逸的衣襟，与他宽衣解带，耳语调情。长孙无逸憨笑着应付，一手紧扣女道士的腰肢，另一只手悄悄拖起门闩。打开房门的刹那，长孙无逸的脸色陡然变冷，反颜相向，厉声怒斥道："女冠纠缠世俗男子，成何体统！"

仿佛是一种巧合，左边第二间客室中响起茅氏和两名伴宿婢女尖锐的詈骂："哪里冒出来的恶徒！"间有激烈厮打、摔物件的声响。另有两名今天刚来的侍娘歇在长孙无逸隔壁客室，闻声奔出，力气出奇的大，一头撞开茅氏的房门，高呼："捉拿色鬼！"冲了进去。

室内女子又嚷："还有！还有！快砍、砍！"

在两名侍娘奔向茅氏房间的同时，宿于对面西廊屋的五个家奴分别从两间客室破窗跃出，一边拔出暗藏的障刀，大喊："捉拿淫贼！"一边飞奔到东廊屋来。一个直奔茅氏房间增援，第二个从怀里掏出绳索，麻利地绑人、闩门。另三个也是今天来的，其中两人长得须发浓密，满脸络腮胡，可谓"苍髯如戟"，陪同长孙无逸举着烛火赶去茅氏那边。

借着月色和烛光，可以看见"淫贼"及其帮凶被四个人按在地上，正在捆绑，卧榻旁的铺地草席掀开，砖地赫然张开一个大口，地下有几名男子拼命想爬上来救援同伙，茅氏和一名婢女早已取出贴身隐藏的障刀，盯紧他们的头和手，露头的就刺额头，手摸到洞口边缘的便砍手指，几个男子吃痛不住，接二连三坠回地洞，呻吟不起。

为首的淫贼身形魁伟，口中塞进破布，身体也被牢牢捆缚，犹在"咿咿呜呜"地叫嚷，横眉立目，十分猖狂。

两名髯须家奴中那个身材高大的义愤填膺，抢上前狠狠踹了他一脚。另一个髯须家奴脸上有一长条丑陋的疤痕，体型相对矮小些，出言劝道："切勿过激，留活口。"竟然声如珠玉，分明是女子的燕语软言，但喉头故意捏着，掩饰真实的嗓音。

贼首被疤脸家奴的话音吓了一跳，继而面露讶异之色，偏着脑袋死盯着他看，仿佛要钻进他的体内一探究竟。

长身髯须家奴莫名大怒，又飞起一脚，硬生生将贼首的脸踢正，呵斥道："无耻淫贼！你往哪里看！"

贼首听清他的声音，周身一凛，急切地冲着他吭吭哧哧，却不像求饶，倒像是向熟人求援。

长身髯须家奴察觉到什么，拿起室内的灯台，抵近贼首的脸，蹙眉细看。俄而，沉声怒喝："是你！？"旋即拖过卧榻上的衾被，蒙住贼首的脸，只拿刀在他的口鼻部位各破开一个小洞，供他呼吸，复又以目示意疤脸家奴过去，部分奴婢退至屏风外，掩门警戒。

疤脸家奴低头看了贼首一眼，也认了出来，倒抽一口凉气，贴着耳朵与长身髯须家奴低语道："唉！我们推测犯人处尊居显，有恃无恐，只怕衙司忌惮，不敢捉他归案，故而亲来张网以待。若犯人不上钩，明日清晨，大队人马也要带领县衙胥吏杀来，发掘地道，鞫审涉案女冠，追索主犯。但万万不曾想到，主犯是……"

"出了何事？西廊屋的窗户都破了？"庭中有人擎着火把发问，是女道士玄静、玄同，"我二人今晚值宿，被这里的动静吵醒，特来察看。"

疤脸家奴抢先应答："淫贼就擒，供出炼师为帮凶，两位还敢前来，俨然毫不知情。奴婢佩服之至！"

玄静、玄同一怔，旋身就跑。两名婢女挥刀追赶。玄静方寸大乱，将火把投向婢女，反被对方夺去。婢女顺手掷回火把，点燃了玄同的衣服。她失声尖叫，也顾不上逃跑，倒地翻滚灭火，自己手擎的火把也弄熄。另一婢女投出一柄障刀，玄静后腿中招，惨叫摔倒。两个女冠均被生擒活捉，当场捆绑。婢女撩起她俩的裙子，量了双足和鞋履的尺寸，描下形状，入室禀报长孙无逸。

疤脸家奴嗤笑道："呵呵！二位炼师做贼心虚，经不起奴婢一句惊吓，不打自招，可就怪不得奴婢了。玄同，你的双足宽长厚大如同男子，假扮采花贼倒是称职。呵呵！请进来，教我们如何开合这个地道出入口，说明地下暗道布局，如实供述罪行及观中同谋，可从轻发落……”

玄静、玄同供称，上清观的地道由原主人，即那位北魏巨商修建。巨商捐献别院，改为道观时，不知出于什么考虑，并未提及地道之事。直至现任住持真元偶然发现机关。

地道壁以夯土砌成，凿有隐蔽的通风口，顶部为拱券形，路面地砖呈“人”字形铺设。每间客室、住持卧室和少数女冠的居室均建有地道，相互绝不相通，各自直达观外。但唯有住持居室设有可在地面开合地道的机关。这个机关的藏身之处、住持居室下的地道出入口及终点所在也只有真元一人知晓。其他房间的地道出入口则只能在地道内开合。

长孙无逸带领两名家奴滑入地洞，先把倒卧在地道里的帮凶全部五花大绑、堵上嘴，再踩着地道壁上的椭圆形凹槽爬到高处，展臂将室内地上翻卷的草席铺平，遮盖地洞，随后按女道士的供述，探手摸到洞口正下方东壁上的凹槽，用力滑动一颗嵌在凹槽内的石子，一方悬于地道拱券顶的厚实木板无声无息地滑出，瞬间填满地洞口，同时与上面的草席保持着微小的间隙，丝毫不会触动草席。

站在室内的人们掀起草席，惊讶地发现木板向上的一面砌满与居室铺地砖一模一样的青砖，一经关好，即使趴在地上抵近砖缝观察，也看不出半点破绽。

长孙无逸等人返回地面，把那个在室内就擒的淫贼帮凶也扔进地道，只留一名精壮家奴看守，其他人抬起贼首、玄静和玄同，送进长孙无逸家的牛车。今夜上清观没有别的客人留宿，女道士们有的还在酣睡，有的受惊起身，过来探问，长孙无逸一概答复：“法司办案，闲杂人等不得靠近。”但住持真元并未露面。长孙无逸劈开她的房门搜索，室内空无一人，卧榻显然是睡过的，被褥中尚有人的体温，但地面草席平整，找不到逃遁的通道。想要查找开启地道的机关，奈何各种物品、书卷多得堆案盈几，虽然整洁，却无从下手。无逸犯难地说："闹到这般田地，真元妖道还不速逃，更待何时？她必是用室内的机关开启地道入口，如我方才那般，先下到地道里，铺好草席，再滑动地下的机关，关闭洞口，溜之大吉，也不管她那些徒子徒孙了。"

疤脸家奴充耳不闻，顾自扫视室内。真元喜欢古意盎然的东西，遍布全室的俱为有年月的物事，哪怕半新不旧的也看不到一件。长孙无逸漫无目的地走向书案，随手去抓一只古色古香的木匣。疤脸家奴浑身打个激灵，明眸圆睁，飞快地抓住他的手，沉声叫道："好险！"

"为何？"无逸不解。

疤脸家奴轻轻推开他，用手按牢木匣，使之固定在原位，再小心翼翼地揭起盖子。木匣底部手绘北魏陶器常见的"戳压篦点纹"，纹样颜色已褪，浓淡亦不均匀，还有些许自然形成的压痕和磨损。

"此物便是机关所在了吧？"疤脸家奴眉尖似蹙非蹙，轻言细语道，"真元室内窗明几净，纤尘不染，但这只木匣与书案面相触的罅隙里却可见一圈灰尘围成的痕迹。试问一位性喜洁净的女冠为何不时常挪开木匣，擦拭完全？答案只有一个，因为木匣的位置攸关地道的开合，故而不敢轻易移动。"

"言之有理。可是，究竟如何开启？"长身髯须家奴走了进来，拿手指绕着胡须，疑惑地审视那木匣。

疤脸家奴把匣内细致地巡阅一遍，最后聚焦于一点，立即呼唤茅氏的婢女拔下一支细巧的木簪呈上，又教长孙无逸等人把铺地草席全部掀开。

疤脸家奴拿着这支簪子，用簪尾敲击某一点。以不同的力度试了几次之后，一方长宽各三尺的砖地突然沉陷下去，张开一个漆黑的洞口，继而沿着地下的拱券顶平行移向一边，凉气逸出，地道的大门敞开了。

两名婢女当即持火把跳进地道，逐电追风般地撵了上去。

长孙无逸又惊又喜，问道："究竟有何奥妙？居然一猜即中！"

疤脸家奴舒心地微笑，只是脸上的疤痕皱得越发惨不忍睹："阿郎且容奴婢回禀。根据这木匣的尺寸和匣底年深日久磨出的一周压痕的形状，可知它曾用于盛放一只桐鱼。桐鱼，又称木鱼，取蜀中桐材，刻作鱼形，俗家及道家皆可作为击打的乐器，用以召集众人。可是，匣中的桐鱼去哪里了呢？自然是被真元带走了。那么，她要逃亡，若携带"金鱼""银鱼"是顺理成章，单单带个桐木刻的鱼做什么？因为桐鱼是开启地道的钥匙，她以为带走桐鱼，可阻滞我们追捕她的步伐！"

长孙无逸如醍醐灌顶，恍然大悟，连连点头称是，又有些羞赧："您切勿再呼我'阿郎'，自称'奴婢'了。这等玩笑，弟弟我着实消受不起。"

疤脸家奴正是瑾琋，长身髯须家奴则是李世民。长孙无逸的其余随行"家奴"自然也都是秦王卫队中的高手假扮，两名侍娘则是弘义宫校尉男扮女装——这一点，李世民是借鉴李元吉。早年，李元吉任用善扮女装的伏景，做下一系列大案。李世民在震怒之余，也受到启发。

就连所谓"爱妾茅氏"和两名婢女也都由弘义宫的宫婢扮演。她们均为王阿来的得意弟子，两个婢女就是阚棱的女儿阚敏、阚枚。实际上，长孙无逸根本没有姓茅的小妾。

"然而你何以认准匣中那一点敲击？"李世民问。

瑾琋微露得意之色："你们男子豪放粗疏，不会留心这些。我却注意到那一点的磨损比别处更甚，有绳锯木断、水滴石穿的意思。我据此推测，应是真元每每击打桐鱼的某个部位，振动桐鱼内部的机关，譬如铜丝之类。铜丝又牵动桐鱼底部一小根纤细的桐木活塞，触碰匣底的那一点，犹如钥匙插入锁孔开锁，从而开启地道。于是试了几次，竟成功了。”

李世民笑道：“我原不许你来冒险，你非来不可，却是来对了。真元仓皇出逃，只想起桐鱼上经常敲击的那一处比别处光滑，可能被衙司识破机关，揣着桐鱼逃跑，顾不得匣底也有破绽，遇到你这个心细如发的伶俐人，再不放过她的。”

三人步出真元的居室。李世民从牛车底部取出弓箭，检视了包裹在箭镞上的一块浸过油的麻布。长孙无逸用火石把它点燃，李世民迅即引弓，将燃烧的箭射向夜空，指示埋伏于观外的人马封锁上清观、盘查可疑行人。

瑾琋提醒道：“还须仔细搜寻那件物事。”

“我会布置下去，教他们留心查找。”李世民应道，纵身跃入车厢，警告贼首，“我给你蒙头罩脸，是顾全你的体面。我审问这两个女冠，你不许出声作怪。”

那人口中塞有布团，说不出话，重重地“哼”了一声，表示不屑一顾。

第八章 帝王之术

◑ 1 ◐

李世民气得揍他一拳，仍余怒未消，压了压火气，转身摘除玄静嘴里的破布，黑着脸问道：“此人必是给真元撑腰的主谋。你认识他吗？”

玄静抽噎着摇头：“当真不认识。家师命我和玄同做什么，我二人就做什么。我们只知家师仰仗的最大金主是一位神秘人物，家师所做的不法勾当大半也是承顺他的意旨。但家师未曾透露此人身份，也不让我们见他。”

在李世民的逼问下，玄静、玄同依次坦白了自己奉真元之命所做的一切，与瑾琋的推测一般无二。

李世民听得愤慨不已，复又堵好她俩的口，依旧忍不住怒气，抬腿使劲地踹了贼首一下，斥责道：“听听！骂你败俗伤化也毫不为过！幸亏她们不认识你，否则，不光你自己恶名远扬，还要辱门败户，连累父兄！”

原来，此人竟是他的同母弟，当今齐王，李元吉。不必问，作案动机一定是为了寻求刺激。

李世民带弟弟进宫，送到李渊御前，依照与瑾琋商定的口径，从朱氏失踪那天的事起始，一一上奏：“陆钲与儿妇为表亲，儿惊悉他家娘子朱氏惨死，仅剩一只断手送回陆宅。试问人间岂有如此惨事？儿心下恻然，虽然近日与儿妇有些龃龉，仍与她同赴陆宅吊唁亡灵，慰问生者，又向衙司询问此案详情，不觉疑窦丛生。首先，凶手冒民部员外郎贺休德之妾支氏的名义，将朱氏的断手送进贺宅，而支氏及其侍婢也已失踪。若不是仵作在断手所戴的金指环内壁辨认出‘吴郡陆门朱氏’刻字，贺休德还认定亡者为支氏。凶手显然熟知支氏其人及贺家的情况，假如他杀害支氏，斩断其手送还贺家报丧，难道还能弄错她的手？退一步讲，或许凶手将朱氏的金指环戴在支氏的断手上，使陆家误认为亡者为朱氏，以掩盖杀害支氏的罪行，凶手也明知金指环属于朱氏。由此可见，陆钲之妻朱氏、贺休德之妾支氏，实落入同一凶手之手，此人即为在上清观掠走朱氏的采花贼！疑问只在于，他为何要将朱氏的断手送入贺宅？”

“这……”李渊又是羞恼，又是伤心。李世民所指的凶手是李元吉，李渊也听得出来。回忆往昔，李元吉连自己的乳母都杀，在太原带领一帮狐朋狗党夜闯民宅，凌辱民女，纵欲乱性，引以为乐，也不过是七年之前的事。如今发生这种事并不算特别意外。儿子荒淫无道，胡作非为到如此地步，做父亲的实在颜面无光，一声长叹脱口而出：“唉！这孩子自小恣情纵性，现今他思量着，天下都是李家的，除了父兄，谁能奈何他？因此愈加骄奢淫逸，百无禁忌，做出杀人断手这般惨无人道的恶行，还冒名将断手送错宅门，存心捉弄人家取乐。是他的性子，是他的性子！唉！”

果然知子莫若父。李世民不禁心疼起父亲来，便说了些宽心的话。

李渊喝了几口热饮压惊，歪在隐囊上，握着拳头轻敲额头，吩咐道：“还有后情，你一并奏闻。”

“是。”李世民体贴地为父亲捶腿，继续上奏，“由此，儿更加怀疑凶手出身驷马高门之家，为人放纵，无法无天，但丝毫不曾往四郎身上想。偏巧那晚，儿为孺人韦氏之事，特找儿妇商谈，说正事之前，便先告知她衙司侦办朱氏命案的进展。儿琢磨着，她见我如此关切她家亲戚的事，心生感激，对于韦氏之事，就不好忤逆儿的意愿了……”

“这又是什么话？”李渊坐直身体，恨铁不成钢，“四郎为非作歹，已然够我头疼。二郎，连你也不让我省心，才多久不打仗，骨头就软得要惧内了？我的儿子、我的儿子，还要曲意奉承妇人，看妇人脸色行事！这、这、这，叫我如何向你们母亲交代？”

“大人责备的是。儿知罪。”李世民连忙叩首认错，缓缓奏道，“再说那晚的情形，谁知儿妇闻知仵作勘验的结果，便惊愕失色……”

“金指环内壁残存有香附子和葳蕤的成分，指甲缝和指关节皮肤褶皱里残留玉屑真珠、钟乳粉！”瑾琋愕然，“这是两个人！”

“何以见得？”李世民垂首细看雍州署的呈报，“都是澡豆、手膏的残留物罢了。”

“是手膏，不是澡豆。”瑾琋取出自己的碧镂牙筒和几张手抄的配方，“若是澡豆，洗浴时自会用水冲洗干净，仵作难以验出。只有手膏容易残留在那些部位。你和仵作皆为男子，对脂粉、手膏知之甚少。我每常自己查找喜欢的方子，交给医人去调配，故而对不同的配方如数家珍。近来才做了一批手膏，填在碧镂牙筒里分送亲眷，给朱氏表嫂也送了一个，绝不会记错。配方用材有药性，须遵循药理，是不敢混用的。金指环内壁粘黏的是这个方子炼成的手膏，而指甲缝和指关节沾染的膏脂则是由另一种方子调制的。亦即，金指环属于朱氏表嫂，断手，却属于另一个女子！凶手杀害了另一个女子，给她戴上朱氏表嫂的金指环，斫下这只手，经由贺家送官勘验，很容易查明金指环的归属，使人误以为朱氏已死。换言之，朱氏表嫂可能尚在人间！”

李世民质疑道:“朱氏失踪时,盛放手膏的碧镂牙筒遗失在上清观,此后数日,她哪有手膏敷涂?难不成失踪前涂的手膏一直不掉?”

“嗯……”瑾琋神情黯重,“金指环内壁黏附的膏脂并非我赠予她的那种。她被掳走以后,用别人的手膏。”

“那么……”李世民脑中冒出一个不堪的念头,“是朱氏与凶手早有私情,伪装被人掳掠,实则抛夫弃子,随凶手私奔。凶手杀害无辜,伪造朱氏已死的假象,好让陆、朱两家死心不再寻找?朱氏失踪后,衙司访问路人,都说当日上清观外并无行路女子求救,也没有遭到强制或捆绑的迹象,这却说得通,因为朱氏是自愿跟那人走的!”

“若是私奔,怎会先在上清观中肆行苟且之事?应该尽快逃离才是啊!”瑾琋不以为然,“况且依朱氏表嫂的为人,纵然爱恋他人,也不会看上一个杀人恶魔。”

李世民沉思片刻,抬头与瑾琋对视,两人都从对方的眼中看到了深切的担忧。瑾琋微微颔首,满腔话语凝结成几颗弱小的珍珠,从口中轻柔地滑落:“朱氏表嫂落入了魔掌,一个极恶之徒的魔掌……”

“那晚,朱氏一案便说到此处。儿转而对儿妇提及上次中毒之事,对她说道,‘刀人阴氏与我有杀父深仇,你怀疑她,关押、审问,皆由你;只是孺人韦氏,我相信她不会负我,就放她回素馨殿居住吧!’儿妇置若罔闻,捂着心口叫嚷,诉苦说自己胸闷、气喘,担心气疾复发,杂事缓议,随即倒在榻上闭目休息。此类情形已不是第一次发生,每当儿谈及韦氏,儿妇就王顾左右而言他,或者称病装睡。儿怀疑她成心折磨韦氏,因此着实气愤。”李世民的话音中含有委屈。

李渊又好气又好笑,不觉添了几分对儿子的疼爱之心:“你在外面横戈跃马、威风堂堂,回到家,有苦也只能对父亲诉说啊!那是小事,不必萦怀。不过观音婢那孩子素来温良贤德,莫非生了几个孩子,反倒变得刻薄善妒了?恐怕有别的缘故吧!你不懂妇人的心思,也许说了什么刺心的话而不自知，不如托你乳母刘氏去说。”

李世民谢过父亲，又奏道：“不过儿妇关于朱氏一案的推测确有道理。儿在陆宅亲见陆家上下何等哀痛凄绝，几个孩子尤其可怜，心中委实不忍，故此对此案多加留意。不料又出一件小事，彻底将儿唤醒。便是祐儿，那孩子淘气异常，不脱靴就进殿乱跑，给地衣上踩上很多污泥，被他乳母教训。儿听闻此事，蓦然忆起，朱氏遭人掳掠当日，儿携随从逾墙至观外松林中察看，发现了凶手留在外墙上的足印，沾有少许松针，证明此人曾出入松林，但留在上清观内的足印却完全没有松针的痕迹！可见，在观内踩出足迹的那个人，绝非从松林潜入道观！他与在上清观外墙留下足印的人，并非同一人……”

“那人有从犯，且不止一人，里应外合，故意踩踏足印，抛弃碧镂牙筒，制造采花贼经由松林、围墙进出，劫走朱氏表嫂的假象。”那天，瑾瑶懊悔难当，泪珠在目中打转，“我是生孩子生多了，变笨了吧？竟要祐儿提醒，才意识到应当深究这个细节，找了当日随你勘察松林的卫士问状，方勘破真相！可是朱氏表嫂因此多受了多少罪啊！还有贺休德的小妾支氏，生死难料……”

这一幕自然不能奏闻李渊，李世民只把破案之功悉数归于自己一人。李渊居然听入了迷，插言道：“于是你推测，朱氏并未离开上清观，而是被移至观内某个隐秘的处所？”

“大人圣明。”李世民奏道，“然而事发当日，众人搜遍上清观，各处觅迹寻踪，一无所获。随后衙司胥吏入驻上清观，再作搜索， 同样失望而归。又侦骑四出，张贴告示，八方搜寻。结果，漫说朱氏，就是那采花贼的半点犬迹狐踪，也未寻见……”

“嗯？二郎，四郎是你一母同胞的亲弟弟，他即便罪大恶极，你也不要以‘犬’‘狐’之属类比他！”李渊不乐意了，大皱眉头，“何况他既非谋反，又非犯上，也说不上‘罪大恶极’……”

“是。儿知错。”李世民毕恭毕敬地低头应道。关于李渊的态度，他与瑾琋事先议论过，猜测李渊终将袒护李元吉。当时，瑾琋哂笑道：“呵呵！你们兄弟都是大人的心头肉，‘采采花’、杀几个民女，不过是年少荒唐，轻狂放荡。痛骂几顿、囚禁十天半月也就够了。纵然四郎杀的是自己的正妻阿杨，大人亦不会给他伤筋动骨的处罚。瞧着吧！”事实果不其然。

李世民不动声色，奏道：“地上无处藏身，那是藏身何处呢？儿忆及武德三年讨伐刘武周、宋金刚，刘武周经由张堡地下暗道逃亡突厥，猜测上清观有密室、地道之类。朱氏当是被凶手从秘道绑走的。但外人岂能任意使用上清观的秘道？据此，儿怀疑观中女冠即为凶手的帮凶。试问，如朱氏那般三贞九烈的世家女子，凶手施暴、绑架，她怎会不呼救、不反抗？儿猜想，当是女冠在供给的饮食里下了莨菪之类的迷药，致使朱氏及外间值宿的婢女沉睡不醒，任人摆布。对于惯会炼丹制药的上清观来说，真是得天独厚……”

实际上，他的奏报与事实并不完全相符。真相是由叔孙彻之妻崔氏道出的：“两月前，妾在上清观午歇，半梦半醒间，不知怎的，周身燥热不安，更兼绵软无力，又无法呼叫出声。恰在此时，有个人，是男子……压了上来，抱住妾亲吻……起初妾还震悚愤怒，俄而，竟然……呜呜呜……”

“你和侍婢吃了什么吗？”叔孙彻问道。

“只吃了上清观奉给的粳米胡麻粥。”崔氏失神地盯着他的脸，“婆母时常夸奖那观里的粳米胡麻粥甚是美味可口……”

“粳米！”那时，瑾琋咋舌惊叹，“有一种迷药，名唤‘助情花’，状如粳米，有催情、壮阳之功效。上清观为那凶手物色‘猎物’。真正高门大族的女子，他们不敢欺负，譬如江国府、宋国府的女眷，又如千光照这样的宗室女子；他们只在中低阶官员或无品白丁的女眷中寻觅合适的目标，看准了，便在奉与‘猎物’的粥饭里投入助情花，若有侍婢陪伴，便在侍婢的粥中掺进莨菪，使其酣睡一段时间，无法察知室内异常。时机一到，凶手自地下暗道潜入作案，事后复又经地道从容逃走。一般女子吃了这种亏是绝不敢声张的。加之在本案中，貌似‘两厢情愿’，女子有口难辩，益加不敢告知家人。但在朱氏表嫂之前，从未听闻有人在上清观失踪。看来，此前凶手对每一位受害人均是得手即收手，譬如对崔氏。朱氏表嫂有所不同，凶手相中她了，要表嫂供他长久淫乐，因此挟持表嫂，与他一起由地道离开……天哪！当日，玄同目睹我从碧镂牙筒里取手膏敷涂，面露讶异之色，我以为她是没见过碧镂牙筒，有些好奇。其实是因为她们已锁定朱氏表嫂为目标，玄同在表嫂那里见过一个相同的碧镂牙筒，见我也有，心虚吃惊，险些失态。这个疑点，我为何早未想到……”

◑ 2 ◐

为了保护崔氏及叔孙彻的名誉，也为了隐藏叔孙彻与弘义宫的联系，真相不能奏闻李渊。李世民说到此处，李渊也大致推断出后情，问道：“故而，你排兵列阵，派遣你的妻弟布下陷阱。行事者携带解药，及时服下，表面假装中计昏睡，引诱采花贼及涉案女冠落网。不料，却捉住了四郎！”

“正是。他一扑上去，‘猎物’就大声呼救，两名在屏风外伴宿的婢女及守候在其他客室的同伴先后冲进去支援。四郎也在地道里部署了数名卫士，以防万一。可是室内的人居高临下，占据易守难攻之地利，四郎的卫士只跳出来一个。最终寡不敌众，两人一道就擒。”李世民言及此，忽然微露邪魅之色，“另有一件，恐辱大人圣听，儿不敢奏闻。”

李渊瞪他一眼："休要故弄玄虚！助情花、催情、壮阳的言语都说出来了，还有什么说不得？"

其实，李渊对"那种事"也兴趣浓厚。有其父必有其子，在女色方面，三个年长的儿子受李渊影响不可谓不大……

李世民笑道："观中有专事勾引男宾的女冠。倘若'猎物'有丈夫陪伴，也给丈夫的饮食下助情花。当四郎在别的客室迷奸人家妻妾时，那女冠就引诱受害女子的夫君。事毕清醒，女冠反诬男子逼奸，以给付财物为代价私了。据那女冠供述，此计百试不爽，无一失手。那些男子一则占了女冠便宜，乐在其中，二则害怕事情闹出去，身败名裂，无不依从，末了，还不知自家妇人已惨遭他人凌辱！此事原不在儿预料之中，幸而长孙五郎机警，察言观色，勘破玄机，将计就计，方得以毕其功于一役。"

李渊大乐，只恐在儿子面前失了威严，慌忙紧绷面部肌肉，抑制呼之欲出的笑意，咳了两声，亢容正色道："无耻女冠，卑鄙之尤，狗彘不食其余！真元为住持，脱不了干系，捉住了吗？"

"她在地道中就擒，对上述罪行供认不讳，就是不肯供出四郎的身份。"李世民暧昧地笑，"儿观真元那妖道，风韵犹存，熟龄美妇，更有普通女子所没有的仙气，别有一番韵致，想必四郎与她有些首尾。儿适才问四郎，他承认了，洋洋自得地炫耀，说从真元还在长安城中玄都观修道伊始，就与他秘密往来。"

"呃……呵呵！真元待四郎倒是忠心贯日。"李渊忙用苦笑掩饰真笑，"上清观留给那些清白正派的女冠掌管。真元及其从犯罚没为粗使宫婢，就配给四郎、你，还有长孙五郎役使吧。"

李渊显然不打算重罚元吉，甚至要成全他和真元的奸情。李世民忽然恢复了凛然之色，改换称呼，进谏道："陛下，臣以为万万不可。真元之罪，不止于此，江国太夫人袁氏之死，也与她有关……"

去上清观诱捕“淫贼”之前，瑾瑺特别提醒李世民注意搜寻一件物品，是袁氏用过的紫檀木画螺钿夹轼：“朱氏表嫂失踪当日，我在上清观目睹江国太夫人坐在那里，手指摩挲着夹轼案面上镶嵌的螺壳、海贝。离开上清观之前，她洗手，再用手蘸取自己带去的口脂润唇。这是她的习惯，被她视为女儿的真元必定知晓。真元在夹轼的螺钿纹理间涂抹万毒散，由于此毒的特性，太夫人摸着只当是螺钿固有的光滑触感，并且，虽然洗过，但万毒散溶入水中，仍污染了太夫人的手，用布巾擦手也不能除尽。太夫人又用沾有万毒散的手敷涂口脂，毒素随之黏附到唇上。她老人家患有口干症，回府路上命侍娘从瓷壶里倒饮品给她喝，万毒散就被饮品带入体内，瓷盏里的残水及瓷盏边沿口唇碰过的地方也会沾上万毒散。而那饮品又是按真元给的药方配的，内含一种土产甜酒，长安人俗称‘春醪’的。万毒散遇酒，毒性剧烈发作，害死了太夫人。这就是为什么仵作只在瓷盏中验出毒药，瓷壶里却不见投毒迹象的原因。我请典医丞吴景贤用蛇鼠试过，证明我的推测是正确的……”

玄静、玄同供述，紫檀木画螺钿夹轼贵重，真元轻易不给人用。但每次江国太夫人来，都用这个夹轼。太夫人中毒去世那天，真元提前叮嘱在旁服侍的玄静、玄同，教她俩避免用手触碰自己的面部五官；等送走太夫人，真元又取出一包特制的细丸，状若澡豆，私下命玄静、玄同将其化在水中，反复擦洗夹轼，再仔细清洗双手。她俩猜到其中有秘密，但真元只字不提，她二人也习惯按真元的意志行事，不敢多问。

李世民将上述情况奏闻君父，只是隐去了瑾瑺的作用。李渊听罢，脸上的细纹也如结了霜一般，问李世民究竟找到那个紫檀木画螺钿夹轼没有？可查到物证？

“夹轼在。物证却是没有。玄静、玄同并未说谎，江国太夫人亡故当日，真元已清除所有罪证。”李世民奏道，“不过，凭借玄静、玄同的供词，足可佐证臣的推测。”

“真元为何杀害江国太夫人？可曾招供？”李渊严厉地追问。

“她不承认这项罪行。”李世民凝视父亲片刻，垂下眼帘，低声奏道，“臣有一猜想，只不敢奏闻陛下。”

李渊轻轻将凭几一拍，责备道：“你为何变得优柔寡断，犹如妇人？袁氏为一品国公太夫人、陈子聪的生母，她的死因，理应彻查！”

“是。”李世民的语气依然谨慎，“臣担心，真元会不会受四郎指使？四郎对臣素有猜忌，屡次在御前进言，指摘臣的不是，闹得内外咸知。江公偏要与他唱反调，谏阻陛下处置臣。”言及此，李世民声音哽咽，眼眶潮润。不是演戏，是真实的伤感。兄弟离心，几近水火不容，绝非他的本愿。但他的命运不仅属于自己，还关乎众多追随他出生入死的将士、谋臣的命运。他们是一个整体，可称为“军功集团”，有自强图存的共同诉求，奉李世民为共主。因此，李世民作出的任何抉择都不可能只考虑个人情感。何况，他与瑾琋还有“济世安民”的崇高理想，不容放弃。

“二郎切勿伤怀。”李渊动容，身手抚摩儿子的发髻，如同他中毒那次一样，温言宽慰道，“你弟弟性子暴躁，言辞激烈，实则口不对心。他心里仍然是爱敬你这个兄长的。”话虽如此，其实李渊也缺乏底气，天知道李元吉对李世民还存有多少亲情？

因陈叔达维护李世民、与自己立场相反而怀恨在心，毒杀其敬爱至深的老母作为报复——的确符合李元吉的心性。

“四郎那孩子的性情就是有些偏狭，唉……”李渊默然叹惋，良久，唇际重新浮起和蔼的微笑，“二郎，你与四郎毕竟是亲兄弟，三郎早夭，你娘也只剩三个儿子在世，个个都是我的爱子。谋杀江国太夫人是大罪，并无物证，或许玄静、玄同为了将功赎罪，乱咬他人，做不得准。若教陈子聪知晓，他必定疑惑四郎，与我君臣之间也不免产生嫌猜，有碍大局。此案，就不必再提了。江国府那个侍娘也许确有冤情，我为天下主，也绝不允许子民冤死，你放心。四郎淫乱，欺凌士民，我定要严加训斥管束。有我管教，他必定不敢再犯！你，也要维护你弟弟的名声和天家的威德才是。”说最后一句话时，李渊加重了语气，收敛了笑意，与命令无异。“断手”来自何方？看来也不想追究了……

“臣，奉敕。”李世民叩首应诺，复又满面雍肃，目光炯炯地直视父亲，以上朝议政的口吻，郑重地提出请求，“但，朱氏、支氏、贺家侍婢，此三人何在？齐王生生拆散人家夫妻母子，陆、贺、朱、支四门愁云惨雾，男子食不下咽，形容憔悴，稚儿幼女昼哭夜啼，寝不安席。陛下仁德，岂忍坐视如此人伦惨剧而不加挽救？齐王告知臣，他并未向朱氏等人透露真实身份。朱氏只是低品秩的外命妇，支氏及其侍婢更不足道，料必无缘再见齐王，不致损害齐王名德。臣请陛下降敕，严令齐王将朱氏等三名妇人放归其家，与亲人团圆。”

“那是自然。”李渊衷心赞同，“那三个女子幽囚于何处？待我亲自审讯四郎，他敢不如实招来！”

李世民低头不语。他已经查到朱氏的囚系之所，并命人秘密监控。进宫觐见君父之前，瑾琋告诉他：“太极宫后苑佛光寺的管事给使御寇密报，尹德妃、张婕妤等人近来私下议论谈笑，说齐王近日常去护军宇文宝在万年县乡下的别院，把齐王妃及众媵妾打入冷宫不理，准是宇文宝给他寻了新鲜乐子。齐王妃等人无可奈何，唯有背地里吞声饮泣。照此看来，四郎极有可能将朱氏表嫂囚禁于宇文宝的别院。你快安排人手，暗中监视。”

“支氏呢？”李世民追问。

“她却未必。”瑾琋看看他，忽然嘟起嘴，娇嗔道，“二郎装糊涂呢？男子喜新厌旧的德性，你岂能不知？于四郎而言，朱氏表嫂是‘新鲜乐子’，要时常相见。而从支氏失踪的情形来看，其当为‘旧人’，依四郎的性子，不会那般热络。另据贺洵之妻刁染菽密报，经她暗查，确认支氏从未去过上清观，也不曾谈及彼处。故此，支氏与四郎到底有何瓜葛？后者为何要接支氏私奔尚为未解之谜。唯一可欣慰的是，四郎对朱氏表嫂尚在爱不释手的时期，宇文宝未奉四郎之命，虽不肯放她，也绝不会伤害她……”

以上情况，李世民当然不能向李渊奏明。就由天子亲自出面做好人吧！

李渊足足责骂了李元吉一个时辰，又亲手拿了荆条，抽了他几十下，好像回到李元吉的童年，因顽劣闯祸而挨打，臂膀、脊背俱是一道道红色的瘀痕。李建成抱着弟弟求情，不惜以肉身替他挡了几大荆条，也一如过去。李渊不觉有些心灰，李世民轻轻夺下荆条，搀扶父亲坐下。

李元吉倒是唯唯诺诺地认罪，痛哭流涕，拜求父兄宽恕，又说些思念母亲、乳母，满心愧疚之类动情的话，说得李渊也撑不住落了几滴泪，又告诫道：“今非昔比。你若只是唐国府第四子，做出此等失德无行之事，无非是令父兄蒙羞；但你身为皇子，如此胡作非为，将失民心，不可不防微杜渐！”

“儿必将洗心革面，痛改前非！”李元吉泣道，“朱氏拘禁在宇文宝的别院。她蒙着双目，绑在牛车内送进去，不知自己身在何方。是儿威逼宇文宝收容的，恳请大人切勿降罪于他。”

李渊问他支氏及其侍婢在哪里？李元吉深埋下头，吞吞吐吐不敢言语。经李建成催促，他又向父亲磕下头去，带着哭腔奏道：“儿万死！儿原将支氏安置在齐王府护军薛实的乡间别业里，但因近日痴迷朱氏，鲜有理会支氏。偶尔去了一次，支氏口吐怨言，儿偏巧饮多了酒，醉酒误事，竟挥刀劈倒支氏和侍婢，还砍断支氏一只手。待酒醒，悔之晚矣，支氏已死！”

“你！”李渊恨得又操起荆条打了他几下，“你的乳母、慈训夫人陈善意，便是因劝谏你，被你酒后误杀的。教训还嫌不大？今又草菅人命！我叫你滥酒、我叫你滥酒！”

李世民一面拦劝，一面严厉地逼问李元吉：“支氏主仆遗体何在？”

李元吉举目与他对视，答道：“支氏信佛，我也想掩盖支氏之死，并长久留朱氏在身边陪伴。可巧支氏的手，大小肥瘦恰与朱氏相当。我就命薛实火化支氏主仆遗体，把朱氏的金指环戴在支氏断手上送回去，使她们家人认为死者为朱氏。支氏主仆的骨灰由薛实借公务之便，携带出城，偷偷撒入沣水。支家的祖坟就在沣水之滨，我是送她魂归故土。”

◑ 3 ◐

“大人，人死不能复生。可趁夜深人静，朱氏熟睡，将她移送至城郊废庙，部署人手，暗地里保护，翌日装作旅人进庙歇息，将朱氏护送至衙司。前些时日，衙司搜寻朱氏，有她的画像，自然能认出来，送还陆家。”李建成拱手上奏，“朱氏对支氏主仆一无所知，不会误事。外人无非猜测那采花贼行事悖于常理，喜好恶作剧，对‘猎物’是放、是留，全凭心情罢了。儿愿亲身督促四郎，妥善了结此事。朱氏生还，肢体完好，衙司自然将会认定断手来自另外某个为采花贼掳掠、诱拐的女子，也许是支氏，也许是支氏之婢，也可能是旁人……此案势必成为悬案。待过些时日，风平浪静，可拔擢朱氏的丈夫陆钲升任正六品上太学博士，贺休德升任从五品上金部司郎中，聊作补偿……”

“依父兄之意，朱氏回家后，该如何面对家人，如何启齿，诉说近日的遭遇，就是她自己的事了……四郎，着实伤天害理！”李世民暗想，忍不住向李元吉投去冰冷锋利的一瞥。

“仲兄瞪弟弟做什么？”李元吉不服，“弟弟尚未及请教，昨夜，有个不阴不阳的怪物随仲兄同赴上清观，与仲兄交头接耳，窃窃私语，状似亲密，那是何人？”

“不阴不阳？”李渊一阵头晕目眩，以手支额，哭笑不得地质问李世民，“二郎，这是何意？”

“那人髯须疤面，分明是个糙汉，一张口却是女子的娇声。若不是女扮男装，便是不阴不阳的怪物！”李元吉抢着告状。

“那人……”李世民假装难为情，“是女扮男装。儿近日对儿妇有些不满。妻弟长孙五郎察知，暗中引荐了几个百戏女伎给儿认识，算是替他姐姐赔不是。髯须疤面者即为其中之一，余者为昨夜在上清观参与抓捕的几个女子。”自从定下此计，李世民与瑾琋就隔三岔五在弘义宫上演拌拌嘴、赌赌气的好戏，别有一番情趣，当然也不乏辛苦。

“呵呵！练百戏的，难怪身手不俗。”李元吉冷笑，“倘若是普通女子，纵然十个八个齐上阵，又岂是弟弟我的对手？阿兄您不拘三教九流，但凡讨得您欢心，一概弄上卧榻去，比弟弟也强不了多少。呵呵！只是您与这等卑贱女子胡混，将二嫂撇在一边，也休要抱怨二嫂不以柔顺相待。”

“你住口！四郎，你不痛切反省自己的罪行，却揭兄长的短！”李渊喝止李元吉，对李世民的事略微放心，缓和了语气，“二郎所为并无大过。可是二郎，你身为皇子，宠幸民间女伎总归不妥。”

“是。儿将赏些财帛给她们，断绝往来。”李世民恭谨应答。这一刻，他忽然感到，此案还有一个疑问没有解开，须回弘义宫询问瑾琋。

“好。”李渊颔首，表示满意。

回家后，李世民欣喜地告诉瑾琋，他们议定的“自污求存、迷惑对手”之计成功了。说起来还是效仿李渊当年故意酗酒、受贿以逃脱隋炀帝屠刀的谋略。只是李渊已淡忘了往事。

“如此一来，总能稍微缓解二郎的重压吧。”瑾琋嫣然一笑，卧榻上的七宝枕摆得有些歪了，她动手把它摆正。

“观音婢，你对我是否有所隐瞒？”李世民面色峻重，按住她的手，陡然发问。

瑾琋脊背一寒，莫非李世民已察觉她对杨陆离姐妹的怀疑？

她有一个推测，关于真元。前些日子，李世民所中“岭南毒虫汁”之毒有可能是真元为李元吉调制的。毒虫、毒蛇，“岭南毒虫汁”与“万毒散”无论原材料或者炼制手法，都有相通之处。由于“万毒散”是前所未有的新毒药，李元吉不愿冒险尝试，所以选择“岭南毒虫汁”，献与李建成，用作铲除李世民的利器，务求马到功成，另在江国太夫人袁氏身上试验“万毒散”效力，死、伤、病皆可达到报复陈叔达的目的。然而事与愿违，真元新制的“万毒散”明效大验，“岭南毒虫汁”却马失前蹄。

至于“岭南毒虫汁”侵入李世民身体的途径，瑾琋在破解江国太夫人袁氏遇害之谜时已有猜测。李世民中毒前夜，在淇奥殿召幸杨陆离；中毒当天早晨又在素馨殿临幸韦珪，被韦珪臂钏上的豁儿划伤，涂了素馨殿的药油。经由以上接触，李世民必定摄入陆离和韦珪所用的口脂、脂粉、手膏，药油也是一条可能的渠道。真元有能力在螺钿及水、粥等物中投入“万毒散”“助情花”而不露马脚，自然也有办法在脂粉、药油中掺入“岭南毒虫汁”。因此，李世民在赴宴东宫之前，体内已有“岭南毒虫汁”，宴乐之中或多或少都须饮酒，酒力便催发了“岭南毒虫汁”的毒性，与真元毒杀江国太夫人的手段如出一辙。

李世民赴东宫饮宴的行程，并未预先知会陆离和韦珪，但赴宴前夜召幸杨陆离，却是提前几日决定的，并循例告知杨陆离。假如杨陆离身体不方便，可以说明情由，取消侍寝的安排。但她没有推辞，事情便确定下来。此后，东宫方才发出宴乐邀请。所以杨陆离和韦珪两人之间，自然是与东宫颇有渊源、武德七年已有内奸之嫌的杨陆离了。杨陆离把侍寝的日子密告东宫，东宫遂与元吉商定以“岭南毒虫汁”谋害李世民，将毒药交付陆离，操纵她如此这般行事。而充当中间人的，最有可能是有条件外出的白苏。作为女史，她的行动实际比身为孺人的杨陆离更为自由。

瑾琋眼下仍要留着杨陆离和白苏。她在冥冥中有一种预感，在不久的将来，此二人能派上某种用场。但此事尚不能告知李世民。

“嗯？”瑾琋凝神看着枕上的宝石，平静了心神，转头望向他，镇定地微笑。

“你好像在派人通知叔孙彻回府救崔氏之前，即已察知上清观使用助情花害人吧？”李世民卸去伪装，促狭地笑，“观音婢啊，你平日背着我读些什么书？外人每常夸你端庄贞顺，呵呵，我只能笑而不答。”

“你……”瑾琋双颊羞开两朵粉红的桃花，“你忘了，朱氏表嫂失踪当日，真元养的一条看家狗摇动梅树，露水湿了我的脸，也包括嘴唇。殊不知，这是真元的诡计。狗是她驯养的，听她指令，所谓‘露水’也是她命人泼上去的，掺有助情花煎出的汁水。我也是她选定的‘猎物’。后来，我用观中的水净面洗手，那水里也有助情花汁。此事也证明，不光四郎，他的随从也参与采花案，应为四郎给予左右亲信的‘犒劳’。但是，真元未曾算到我与你同寝，只得罢手。而你我歇下以后，便闹了那一出……”

“白昼宣淫。”李世民肃然危坐，认真地补上她不肯说出的四个字，“是我耐不住亲吻你，致使你嘴唇和面部肌肤濡染的助情花成分进入口腔。我们就此双双中招，在那上清观中，好一场云雨高唐。而于氏表嫂因目盲，真元并未将她列为目标，加之她与表兄分房就寝，没有肌肤接触，自然无事。唉！观音婢，你为何不早些知会我？”

瑾琋听他直白露骨地侃侃而谈，实在撑持不住，笑倒在榻上，佯怒道：“哼，我早早告诉你做什么？好叫你在父兄面前口无遮拦地宣扬出去吗？秦王与妃误中催情药，在道观中行不可告人之事，又不是什么脸上有光的懿行。”

“哈哈！”李世民扶着她的双肩，倚了过去，“瞧你的小脸儿，怎这般红彤彤的？难道吃了助情花不成……”

朱氏回家了。一切都按李建成的计划进行，毫无纰漏。

瑾琋想去看望，又觉得不妥，只怕朱氏暂时不想见人，去了反而增添她的苦痛，便只托舅母鲜于氏给修德坊陆宅捎去几样补品。过了几天，听说朱氏回家与任何人都不交流，且执意搬到颁政坊建法尼寺小住，要持斋做一个月居士。

待了一个月，鸟语花香的季节来临，薰风仿佛把融融的春光吹进朱氏的心里。她总算愿意与亲友交谈了，但选择的第一个倾诉对象是瑾琋。

两人在建法尼寺会面。朱氏一袭白衣，素绾螺髻，不施脂粉，气色倒是比得救之初好多了，然而眼神空茫，话音如同乌云一般晦暗混沌：“王妃也许能猜到，妾来此，是因为担心自己怀上那人的孽种。倘若在家，陆郎必然知情，如何是好？前几日，妾月信至，心中悬悬巨石方才落地。只是那段经历堵在胸口，对任何人都不曾提及。如今越发如鲠在喉，必得觅一个可信的人倾吐……当日，妾恢复清醒之时，已身在地道中。地下构造甚是巧妙，地道壁凿有通风透气的孔洞，人处身其中，呼吸自如，外面却难以发现。妾能听见陆郎和他人焦灼交谈、奔跑寻找的声音。妾想呼救，无奈被那人捂着嘴、钳制着肢体。那人又威胁道……”

“你叫啊，叫啊！教外人和你的夫君目睹你一丝不挂，发髻散乱，遍体狼藉，倚在我怀中的模样。好吗？”李元吉沉声奸笑，热气喷在朱氏耳廓上，“你讨得我的欢心，是你的福分，就随我去过神仙般的日子吧……”

朱氏羞愤交加，心乱如麻，又不敢出声。李元吉用罗帕塞住朱氏的口，以帔子蒙上她的眼睛，把她捆在斗篷里，带去一所田庄。朱氏不知道李元吉的身份，也不认得那座田庄就是齐王府护军将军宇文宝的别院。在那里，日夜有二十名侍婢、仆妇服侍朱氏左右，看守异常严密。

她寸步难行，有过寻死的念头，却终究没有自尽的勇气和机会；她拒绝梳妆打扮，但侍婢们总是在她熟睡时为她梳洗熏香、敷涂面脂和手膏。李元吉频繁来访，嬉笑道：“我就爱你这不愿浓妆艳抹的模样，雨打梨花，清雅绝尘。听口音，你是吴郡人？江南娇娃，名不虚传。哈哈！”

“妾不从，那人就扬言要把妾卖进秦州的青楼，再修书与陆、朱两家，教他们去青楼寻人。妾万分恐惧，体力也敌不过他，更兼有那帮婢女助他……”朱氏居然露出一丝凄苦的笑，如同一朵霜打的秋菊，“妾俨然做了他的禁脔……某日，妾早晨醒来，手上的金指环不见了。那人说，要觅个与妾长相厮守的良方。妾不解其意……后来，妾又毫无预兆地被他送到破庙里，得救了。陆郎什么也不问，只说妾回来就好。可是妾又岂能若无其事，遽然与他重回往昔的日子呢？现今确认未曾做下孽种，妾就回去好了。毕竟还有那几个孩子待抚养，妾舍不得。况且在吴郡故里，两家父母健在，妾不能伤老人的心……”

早前，长安县衙已将金指环归还陆家。陆钲没有把此事告知朱氏，以免对她造成刺激。瑾琋也不想提及，只轻柔地呼吸着禅房内淡雅的青木味，安静地聆听。每听到揪心处，也不过悄悄地捏一捏挂在腰间的山玄玉组佩，唯恐惊扰了朱氏，其实内里义愤填膺，心说：“这个四郎，拿准了表嫂的痛处，百般胁迫欺辱！”末了，她安慰朱氏道：“譬如行路之人被狗咬了一口，只要不染疫病，不出半月，伤口愈合也就好了。表嫂无须介怀。表嫂对我诉说的每一句话，我也绝不告诉任何人……”言及此，感到自己的言语中某个地方有些奇怪，也不知是什么缘故，连累得空气里弥漫的青木香味也恍惚生出一种特别的感觉。

◑ 4 ◐

朱氏归府，蛰伏一月的李元吉也“重出江湖”，参与宗室国戚每年例行的游春赏花。奉李渊敕旨，武德九年的赏春就在禁苑中举行，照常区分男女，各自游玩。园圃中搭设了帐篷，供男子宴乐聚饮；另辟殿宇供与会的内外命妇更衣补妆，并在种有名花异草的花圃旁挑选合适的草地，插上竹竿为梁柱，预备搭设“裙幄”，供女子宴饮。

依照礼秩，皇太子妃郑观音地位最高，主持命妇游春行事。近年来，李建成、李元吉兄弟与李世民的裂缝日益加深，暗流汹涌。郑观音及齐王妃杨静闲虽不与闻政事，也隐隐约约听说他们手足之间的争斗，不知不觉也对瑾琋有所疏远，相应地，郑观音与杨静闲两妯娌变得更加亲密。不过，郑观音毕竟为人淳厚谨慎，不愿违背长幼顺序，在公开场合尤其顾念情面，便笑问瑾琋：“依你看，今日如何安排为好？”

瑾琋心知自己处境微妙，务须低调，因赔笑谦让道：“且看嫂嫂、诸位姐姐、阿杨和万贵妃的主意罢了。”

高密、长广等公主只请郑观音做主，万贵妃摄六宫事，但究其实质是李渊的媵妾，位次更低于李渊的儿媳和女儿，所以也很谦逊，不肯多言。杨静闲提议道：“四郎提醒我，今日天象有雨，不必一味遵循往年的成例。依我之见，可先更衣，搭好裙幄，盖好油幕，先游园斗花，再入裙幄饮宴。万一雨在游园时节落下来，也有地方可供就近避雨。”

“呵呵，是四郎担心他家娘子淋雨受寒，我们少不得要遵命才是。”郑观音莞尔一笑，吩咐女官道，“至尊、太子殿下、秦王、齐王及诸郡王、驸马的宴帐也须预先覆上油幕，务求风雨无阻，尽欢而归。”

众人随之发出轻笑。杨静闲脸泛羞色，融进了禁苑盛放的桃花林那片粉白的雾中。

大家脱下宽袖衫裙和部分金银珠玉饰品，换穿窄袖襦裙，在发髻上插戴各色鲜花。换下来的裙子由宫婢抱去搭在竹竿上，连接成“裙幄”备用。

杨静闲率先更衣、妆饰完毕，携侍婢、仆妇转进瑾琋所在的隔间，拈起一枝杏花插在瑾琋的半翻髻上，亲热地笑道：“二嫂只需戴些寻常的花儿，便已风致嫣然了。”

瑾琋看看杨静闲映在镜中的姣容，思量她应该是有别的话要讲，便解下山玄玉组佩交给留荑收进妆奁，也拿一个花枝轻敲镜面，笑答：“前隋薛玄卿所作《昭君辞》有‘莲脸’一词，说的可不就是阿闲你吗？我算什么？你却来取笑我不成？”

“二嫂说哪里话？”静闲略微赧颜，稍停片刻，又笑道，“二嫂，实不相瞒，是您那个不成器的小郎叫我来此，有话禀告二嫂。前些日子，他在外面做了些不该做的事，详情他也不肯告诉我，只说惹动兄长大怒。他愧悔得无地自容，又说仲兄至今也不大理睬他，因此想请二嫂在他仲兄面前替他讨个饶。他赌咒发誓，保证今后再不犯了。”

外面花簇簇人来人往，宫婢、给使们出出进进，忙乱着收拾物品、布置裙幄、铺盖油幕。杨静闲特意压低了音量。

瑾琋观察她的神情，感觉她的确不知情，暗想：“四郎不敢让妻子知悉他的所作所为，总算还存有些许廉耻之心。”因答应道：“能有多大的事？二郎待弟弟也未免太过严厉。唉！你们有所不知，二郎近来因一些缘故，对我有些嫌弃。不过你放心，不管他是否还能听我一言，我必定把话带到。”

静闲已从李元吉口中获悉瑾琋与李世民失和的事，但并不十分相信，现今听见瑾琋亲口坦承，不得不信，暗自叹惋道：“他们曾经何等恩爱，只为一两个媵妾就生分了。男子的心，果然易变。”明面上却故作轻松，做出微笑来安慰瑾琋。

妯娌俩相携外出，汇入游园的人流。一众贵妇竞相展示所戴的鲜花，比赛谁戴的花更为艳美。一时间，禁苑中万紫千红，莺歌燕语，百啭千声，热闹非凡。可惜只游了一半，就下起雨来，众人不无遗憾地避入裙幄。

宴毕，各人回殿更衣。高密公主一入内，身边的侍娘、婢女就不约而同地吵起来：“啊！这要从何说起？”俄顷，长广公主那边也有人叫嚷：“怎会如此！”

瑾琋尚未抵达自己使用的隔间，闻声过去察看，询问从室内慌忙走出的婢女：“出了何事？”

长广公主听到她的声音，叫道：“观音婢，你请进我这边来瞧瞧，岂有这等怪事？”

高密公主、长广公主的妆奁俱被掀开，钗环玉佩失窃。禁苑平时允许百姓通行、砍柴，但不能接近离宫，况且今天因李渊携太子李建成驾临，还有太子妃等内外命妇同来游春，禁军早早在禁苑周边及大小路口严密布防，禁绝闲杂人等出入，只有经过严格筛选的宫人侍奉。每逢此类行事，就是禁苑最为安全的时候，殿阁、妆奁多不上锁。此次居然发生公主首饰被盗的案件，真是不可思议。

瑾琋来回扫视高密、长广二公主所用的隔间，这是在殿内隔出的两间相对精致的屋子。自殿门起，到每间隔间，一色的江南蔺草席铺地，人们都把鞋履脱在殿外，殿中并无足印可循。

高密公主心有余悸，拊着胸口叹道：“窃贼若不在宫人之中，便是鬼魂作怪。为何偏生教我姐妹二人撞上？”

“四姐勿忧。光天化日，鬼魂必不敢出没。”长广公主转向瑾琋，“定是宫人所为，对吗？”

“五姐所言极是。不过，”瑾琋微微地蹙一蹙眉头，“今日离宫地狭人稠，出入此殿的人众多，侍立于殿门内外的宫人恐怕也记不真切，想要破案却不轻松……”

“速去禀报太子妃，提醒众人查验自家首饰财物。”长广公主对自己的几个亲信侍娘下令，“另须知会禁军当值将领，请他们加强戒备。”

秦王刀人高惠通、姜漻儿赶来回禀：“妾等幸未丢失物品。只是娘子及众侍婢均不在，妾等不便擅入娘子的燕息之所窥探。”从姜漻儿所用的隔间再往里，依次是高惠通、承衣郑蔚、贵人燕芃、贵人杨修能和瑾琋的更衣间。而郑、杨、燕三人尚未回殿。

瑾琋也惦记起李世民赠送的三件饰品来：武德四年在洛阳定制的迦陵鞶伽双鸟衔牡丹镂花金钗和嵌红珊瑚珠金簪，武德六年在并州做的山玄玉组佩。若丢失别的财物不要紧，这三件万万舍不得，瑾琋吩咐道：“由侍婢们去查看即可。”随即命玳玳等宫婢回去检视妆奁等物。

等候玳玳等人音信的短暂时间里，各处陆续传来消息：任城王李道宗妃王珀、渤海王李奉慈妃、范阳王李孝协的贵人、长乐王李幼良的刀人四人均有首饰失窃。

瑾琋稍加思索，微笑道：“这行窃的路径倒有意思。两位姐姐，雨已停歇，我们且出去，绕殿走一遭，权当消食……”

她带领高密、长广二公主步出殿门，穿过回廊，走下台阶，踏着园圃与殿阁之间的鹅卵石小径步行至殿阁转角处，没有发现异常，最后被一脉碧溪拦住了去路。

小溪为人工挖掘，清浅平缓，犹如天女的玉指在禁苑中轻按出一抹水痕。溪水中放养鱼虾螺蟹，铺有石块通行，另建一拱装饰意义大于实用价值的木桥连通两岸。有三位身披油衣的命妇各携仆妇、侍婢立于溪畔，其中两人激动得脸泛红光，正在热议着什么，是郑蔚和杨修能。另一人略显胆怯，独自立在一旁，离溪水稍远，却是燕芃。原在附近穿梭忙碌的给使、宫婢有得了空闲的，也逐渐聚拢到她们身边，发出不安的惊叹声。

燕芃看见瑾琋和高密、长广二公主来了，连忙趋步上前行礼："启禀公主、娘子，妾与杨贵人、郑刀人回殿途经此地，惊见溪中有异状，正要禀报……"

溪水浮漾着十几条鱼，肚白朝天，眼珠外凸，鱼体僵硬，正随波逐流。

鱼已死。

乌云渐散，艳阳露出，鱼鳞闪烁着银色的死光。瑾琋眯缝着眼睛，在死鱼下方捕捉到一个莹润的物体，沉在浅浅的溪底，周身释放着柔晖。

"山玄玉组佩，我的。"瑾琋认出它来，旋即闻到一股足以摧心裂胆的奇异气味，眼前金星乱溅，继而沉入窈深的黑暗里。

她苏醒时，察觉自己躺在更衣间的小榻上。李世民刚刚入内，见她醒了，脸上的忧虑之色瞬间有一半转为明快的喜悦："观音婢，你好了。大人敕令侍御医为你诊脉，你啊，又有孕了！两个月……"

瑾琋下意识地抚摸小腹，责怪自己粗心。欣喜只是淡淡的，并不鲜明，也许是因为已经育有二子二女，对过去三年多没有怀孕、产育的那份自在非常享受；更多的，则是因为此次怀孕前不久被银环蛇咬伤，中过蛇毒，用了各种解毒药，担心有损胎儿的健康。

可李世民为什么也是一副喜忧参半的神情？他应该不会考虑这些细节才是。瑾琋向他投去探询的目光。

"观音婢。"李世民开口，徐徐叙说，"窃贼偷走了你的嵌红珊瑚珠金簪、山玄玉组佩，又将山玄玉组佩抛入溪水。据推测，是由于此人拿不了那许多赃物，只得放弃你的玉佩。但，侍御医在溪水里验出'岭南毒虫汁'，正是那些鱼死亡的原因。而在山玄玉组佩的琉璃珠子里，验出较多‘岭南毒虫汁’的残留……”

最初的惊讶在须臾之间淡去，瑾琋苦笑着讲述晕厥前的见闻，转而粲然一笑，问道：“二郎猜着真相了吗？”

“你是指……”李世民平静地道出自己的想法。两人相顾浅笑，俄而，又不约而同地倍感心绪沉重：纵然想要息事宁人，亦已不可得；情势使然，早就不以他们的意志为转移。

“不过，我们也正可做戏，借力打力……”瑾琋宽慰李世民道，“二郎，我们首先要好好地活下去……”

李世民端着一张冷若冰霜的面孔，携瑾琋同去面圣。李建成正在以平和的语调上奏：“想不到，山玄玉组佩的琉璃珠子中空，顶端嵌有一同色的琉璃圆盖，将圆盖旋开，琉璃珠即变作一个细巧的器皿，可倒入毒虫汁；再将圆盖旋上，便可密闭。只因窃贼抛弃玉佩时，在溪底石头上摔破了琉璃圆盖，毒虫汁流出，方毒死了那些鱼。”

李渊既困惑，又恼怒，从鼻腔里呼出一股火气：“哼！二郎媳妇随身佩戴毒虫汁做什么？我已命二郎去问她，且听他们如何解释！”

李世民与瑾琋双双跪拜行礼。李渊也不命他们起身，只冷冷地吩咐给使搬一个三足抱腰隐几来，给怀孕的瑾琋撑持身体，随后一言不发，只用刀锋般寒凛尖锐的目光在李世民的脸上划了一下，便将视线移开，望向殿门。

“陛下圣鉴。”李世民依君臣之礼拱手奏道，“臣与妇已谈过今日之事。她答复，并未在琉璃珠中蓄藏岭南毒虫汁，亦不知为何出现这般局面。详情，请容臣妻上奏。”言罢，李世民眼角余光扫向瑾琋，竟流露出些微不耐烦的神色。

第九章 碎尸惨案

◑ 1 ◐

众人见状，莫不讶异，看来李世民与瑾瑜的关系果真大不如前。武德三年瑾瑜蒙冤，李世民为救她脱难，不惜顶撞李渊；如今却俨然要置身事外，任由瑾瑜独自去面对。就连原本对李世民夫妻不和一说存疑的李建成、李元吉也打消了些许疑问。

“秦王妃，你作何解释？”李渊看也不看瑾瑜，沉声质问。

“妾深谢陛下体恤，赐妾抱腰隐几倚靠。”瑾瑜螓首微垂，柔声谢恩，又答非所问地侃侃而谈，“妾十三岁归于李氏，作配秦王，迄今正好十三载。妾并无长才，但自问三从无爽，四德有归。孝事翁姑，造次靡违；正色端操，以事夫主；谦顺恭和，善待诸娣姒、亲眷。至于抚育幼儿，妾虽年少无知，却也尽力而为；对待庶出儿女，也一视同仁……”

“二嫂是在给自己撰写墓志不成？”李元吉奚落道，“尚且不至于此吧？莫非，我仲兄前些时日中的‘岭南毒虫汁’之毒是您投的？您因谋杀亲夫未遂案发，自知难免一死，先交代后事？”

他言辞逾分，李世民尚未表态，李建成先听不下去了，低声喝止："四郎噤声！轮不到你对嫂嫂数短论长！"

李元吉低头应道："弟弟不过说句玩笑话。现今的情形，表面看来的确像是二嫂上次投毒无果，故而贴身携带毒药，伺机再次下手。不是很有趣吗？"

"秦王妃，你说的这些，我也知晓。你究竟想说什么？"李渊回忆瑾琋过门之后的点点滴滴，想起前几天弘义宫进献的一双缎面履，那是瑾琋与姜澪儿亲手缝制的，不觉柔化了语气。

"陛下，妾之嫌疑，其实，秦王业已对妾提及。"瑾琋形容凄楚，端庄持重的姿态却丝毫不改，"妾的玉佩中检出岭南毒虫汁，而秦王前些日子恰好中了此毒；非但如此，妾执意怀疑韦孺人、阴刀人，又有嫁祸他人之嫌。两者相加，纵然秦王不愿怀疑妾，想必心中也难免留存阴影。然而，秦王中毒之际，与妾尚无龃龉。若不然，妾腹中孩儿由何而来？那一次，妾侍秦王疾，衣不解带，昼夜守护。斯情斯景，幸蒙陛下所亲见。妾有何理由谋害亲夫？秦王若有不讳[1]，于妾有何利益？妾委实冤枉，伏乞陛下圣鉴。"

"二嫂言之有理。"李元吉颔首道，"不过，仲兄中毒那时，哈哈，小郎只是说个笑话——嫂嫂您未必没有杀夫的动机。哈哈！"

李建成呵斥道："四郎，兹事体大，容不得你说顽话！"

李渊警觉其中有文章，抬手阻止李建成，质问李元吉道："此话怎讲？你若说不出来，我先治你诬蔑兄嫂之罪！"

"是，臣谨奉敕。"李元吉大大咧咧地拱一拱手，转向李世民，抛出一个肆无忌惮的嘲笑，"阿兄，前太常寺协律郎、现太常博士，便是吴郡陆某，弟弟听闻他与二嫂私下往来，郎情妾意，武德七年曾在泾阳县搂抱过二嫂，可有此事？若此事属实，二嫂为与陆某交往方便，

1　不讳：死亡的委婉表达。

盼着阿兄您早日归西，也不无可能。”

杨静闲大为惊骇，慌忙去扯李元吉的衣袖，被他轻轻甩开手。

李元吉祭出这一手，是李世民和瑾琋始料不及的。李世民震怒异常，幸存的理智尚能迅速反应，意识到如果对这种传言无动于衷，反而显得虚假，便放任自己勃然变色，怒喝道：“住口！”又狠狠地瞪了瑾琋一眼，心说：“都怪你与陆钲做的好事，现今闹得父兄、姐姐、弟弟、嫂嫂、弟媳人尽皆知，害我蒙羞受辱，气煞我也！”

瑾琋明白，他在这一点上是认真动了气，绝非做戏，也只轻咬嘴唇，果断地挪开视线，拒绝与他对视。

李渊又惊又怒，陡地坐直身体，“啪”地一拍御床，转而严审李世民：“此话当真？二郎，莫非你竟如此昏聩无能？”

“陛下，臣与妇近日横生嫌隙属实。”李世民没好气地奏道，“但四郎所言，却是讹传……”

他简明扼要地把瑾琋微服赴泾阳县“游玩”，遭遇火灾，在相互均未认出对方的情况下，陆钲救助瑾琋逃离火场的经过奏闻李渊：“随从当时即已向臣禀报此事，他们不敢欺骗臣。臣妻对臣也不曾隐瞒。不料生出猥琐不堪的谣言，着实可恼！”言罢，又斜睨瑾琋一眼，传达怨责之意：“哼，我还替你遮掩！”

李渊犹在担心儿子是顾忌名誉而忍辱负重，便又将责备的目光射向瑾琋，好像在无声地质问她。

“陛下，秦王所言不虚。”瑾琋抬起头，坦然应答：“依他的性子，若有那等丑事，登时就冲出去将陆某格杀，回来再杀妾，岂容妾苟活至今？即或他今日方知此事，陆某及妾也活不到明日。纵令不死，也必受严惩。陛下无妨静观其变，真相不言自明。”

“嗯。”李渊宽下心来，重新倚回隐囊，冷笑道，“呵呵，在理。穆皇后与我所生诸子，岂有软弱可欺之辈？”

瑾琋又言："陛下，请允许妾请教四郎一语，这个谣言从何而来？此事关乎天家荣辱，也关乎妾之本宗长孙氏的家声，妾须与造谣者理论，分证明白，令其公开澄清，还妾清白。"言语掷地有声，说话间，双目也是炯炯有神，坚定不移。

"二嫂，小郎也不知始作俑者是谁。"李元吉搪塞道，"世上流言飞语多了去了，大半查不出源头……"

李建成暗自向他递个眼色："谁叫你东拉西扯，说这无关紧要的闲事，白白转移话题？且按原计划行事！"

李渊哪里知道儿子们各怀"鬼胎"？郑重其事地训斥李元吉："四郎，你须给我好生修修口德。外人造谣侮辱你兄，你不驳斥，反倒传播谣言。岂有此理！"

"臣知罪，谨奉圣敕。"如同条件反射，李元吉毫无缝隙地接上父亲的话。然而他因上清观之事，对于帮他向外人掩饰罪行的李世民非但毫无感恩，反而愈加忌恨，存心借这个机会羞辱李世民以泄愤，又假装失言，咕哝道："嗯嗯，臣不智，竟为谣言所惑。当初仲兄的刘承衣获谴，臣亦有所耳闻，据说便是因犯通奸大罪。想来仲兄'绿帽子'戴一次也就罢了，哪有这般不幸，复又戴第二次的？且是为原配发妻所欺！旁的不说，假如谣言属实，仲兄必然怀疑二嫂腹中胎儿……"

话音未落，李世民已奋身跃起，挥拳直扑弟弟。

"四郎住口！"李建成大喝一声，展臂挡住已经纵身跳到李元吉面前的二弟，"二郎，至尊在上，你且息怒！"

另一边，郑观音、杨静闲已是花容失色，高密公主和长广公主原本不便置喙娘家的事，此时也忍不住出声劝阻，一个骂道："四郎，休要放肆！"另一个求情："二郎暂且饶了他吧！"

李渊气得在几案上擂了一拳："放肆！放肆！二郎、四郎，你兄弟二人意欲何为？"

见父亲动怒，李元吉麻利地叩首认罪，李世民也勉强松开拳头，跪坐下来。

瑾琋低眉不语，心中哂笑道："呵呵呵，李元吉，我谅你不敢说出自己所传谣言源自贺兰茂！你小事精明，大事糊涂，为图一时之快，说些不着调的话，不经意间做了二郎的助力，实乃愚不可及。"

消停了一会儿，李建成察言观色，感觉李渊神情缓和，复又奏道："陛下，所谓长孙氏弟媳谋害亲夫，业已证实纯属四郎之臆想，绝非事实。臣请陛下圣断。"

一语提醒了李渊，回过头来审理今天的案子："财物失窃事小，秦王妃的山玄玉组佩琉璃珠子里为何蓄藏岭南毒虫汁？禁苑之中，是哪个宫人胆敢行窃？尽速查清此案，才是重中之重。"话犹未了，一大团疑云在他那一半属于"天子"而非"父亲"的心中升起："这岭南毒虫汁不为杀二郎，那是为杀谁？啊……"

李建成留意着父亲的眼神，感到火候已到，垂首轻轻咳嗽。

李元吉得令，顿时煞白了面色，脸上那块胎记的颜色也变深了，眼底泛起泪光，口舌哆嗦着接过话头："陛下，臣有一揣测，并非适才那等不正经的玩笑话，只不敢奏闻天听！"

李渊的心沉沉坠落，口头却不听使唤地逼问："讲！你身为臣子，自当效忠输诚，以事君父，有什么话说不得？"

"陛下……"李元吉滚动几下喉结，哽咽道，"东汉外戚梁冀骄横跋扈，专擅朝政，汉质帝幼而敏慧，曾于朝会之上面斥梁冀为'跋扈将军'。梁冀愤恨，指使亲信宦官在质帝所食汤饼中加入毒酒，犯上弑君；更早还有赵武灵王，武灵王天纵英明，胡服骑射，强兵富国，称雄一时，晚年却被叔父公子成围城逼宫，断水断粮，活活饿死！臣设想，假如公子成伪装为武灵王的忠臣，操纵女眷，暗藏毒酒，借进献御膳之机，投毒弑君，则赵武灵王驾崩真相，未必为后世所知！"

此话一出，举座震惊。李元吉几乎在明示自己对李世民的怀疑：李世民伪装与瑾琋失和，实际指使瑾琋携带“岭南毒虫汁”，趁禁苑游春的机会，伺机弑杀君父李渊或太子李建成，以达到不可告人的罪恶目的，只是半路杀出一个窃贼，无意中粉碎了李世民的阴谋而已。

李建成做出目瞪口呆的模样，半晌才结结巴巴地挤出几个字：“四郎，何、何出此言？”

李渊原已发白的面容涨鼓起瘆人的青色，举目逼视着李世民，眼神似乎也变得混浊，是因为混杂了来自“父亲”的悲怆与来自“天子”的恼怒之故。

李世民并不逃避父亲的目光，以铿锵有力的回应还以颜色：“四郎意有所指。然则，臣之忠心，可昭日月；儿之孝心，天地可鉴。世民，问心无愧。”

李渊不言，紧盯次子的双目，要将利如羽箭的视线钻进他的体内，努力窥察他的内心，看清那颗既属于“臣子”，也属于“儿子”的心究竟是红还是黑。

双方僵持一刻，瑾琋出言打破了沉默：“妾原也有一猜想，本不想上奏。事已至此，须得将此猜测达于天听，伏乞陛下恩准。”

李渊仿佛被人从半梦状态中唤醒，厉声应允：“准！可是，在我面前，谁也不要妄想以谎言蒙混过关！”

“妾奉敕。”瑾琋怆然奏道，“陛下威加四海，举凡宇内之事，圣聪备闻。妾深信在座诸位，绝无一人胆敢欺君罔上。陛下已洞悉，秦王中毒病愈后，因妾囚禁孺人韦氏，疑心妾公报私仇，嫉妒行恶，渐渐与妾有了裂隙。实则妾对韦氏的怀疑虽无确凿证据，却也并非平白无故。妾为一家之主母，既不忍冤枉无辜，也不肯放过任何有可能戕害夫君的可疑人物，故而做主拘禁、鞫审韦氏。原定半年之期，届时若查无实据，漫说韦氏，即使是秦王亲自下令监禁的刀人阴氏，妾也将予以释放。可惜，妾未曾料到，秦王甚为怜爱韦氏，把妾的一片丹心误当作歹意。今日禁苑游春，原为每年春季的一宗大喜事，妾却莫名陷入万劫不复之境地，更有何话可说？”

李渊听出她话中有话，立即催促道：“直言无妨。”

“是。”瑾琋缓缓奏道，“陛下、太子殿下、太子妃，二位公主，还有万贵妃，在妾心目中，均为妾的尊长。幸有尊长在，妾斗胆道出自己的怀疑。适才，妾曾胡思乱想，对这块山玄玉组佩的构造最为熟悉的，除了妾，就是秦王。或许是秦王对妾憎厌已极，使人在山玄玉组佩的琉璃珠子里做了手脚，又伪装禁苑内贼行窃，抛弃、损坏玉佩，故意暴露其中蓄藏的岭南毒虫汁，并与四郎通谋，弟唱兄和，制造妾携带毒药、蓄意谋杀亲夫的冤案，以便将妾休废回母家，甚或置妾于死地？妾既作此想，甚是绝望，也深感委屈，就想质问秦王一句——‘李二郎，十三年的姻缘竟无半分情义可言吗？你不想与我生活在同一屋檐下，大可奏闻至尊，请敕和离，何苦陷害我？’然而，四郎的奏报却表明，妾的疑虑与事实大相径庭。妾一方面洗清了杀夫之嫌疑，见弃于夫君的忧虑也可暂时缓解；另一方面，却又与秦王双双陷于十恶不赦的大罪。妾真不知该哭，还是该笑！”

◑ 2 ◐

李世民趁势做戏，嫌厌地瞟着她，斥责道：“妇人之见，一派胡言！我顾忌你身怀有孕，也懒怠与你计较。你还嫌我麻烦不够多，颜面丢得不够大？竟在御前疯疯癫癫，说些蠢话！”

他们两人的谈话把本已错综复杂的事态搅得更如浑水一般。香炉中腾起的香雾从李渊眼前袅袅飘过，他厌烦地挥一挥手，愠怒地问道：

“任凭旁人说千道万，秦王妃，岭南毒虫汁总归是从你的琉璃珠子里流出来。此事才是最要紧的。你作何解释？”

瑾琋默然，一双明眸在殿中往复扫视，待殿内外的沉静积蓄到几近窒息的程度，突然扬声喝问：“陷我于不忠、不孝、不仁、不义之地的奸贼就在此处，还不俯首认罪，从实招来？”

“啊！”殿中众人哗然。长广公主算是较为敢言的，又是担忧又是疑惑地凝望瑾琋，试探着问道：“弟妹，你所指的，究竟是何许人？”

瑾琋抽出罗帕拭泪，凄然笑答：“让五姐见笑了。”忽然指一指公主的侍婢，淡然提了一句，“窃贼是用食盒将赃物带走的。就是五姐侍婢手捧的那一种食盒。”

“什么？秦王妃，奴婢冤枉啊！”那侍婢吓得身子一晃，话音中已有哭腔。

长广公主不满地问：“这……她是我的侍婢。弟妹，你有何凭据？”

李渊听见这边的动静，不急于干预，只拿冷眼觑着儿媳，看她作何道理。

“请五姐恕我未曾把话讲明。”瑾琋抱歉地说，“我的意思是，那窃贼出入禁苑，不可能赤手空拳拿走赃物。从赃物数量、大小来看，衣裳里也藏不下那许多。因此，我断定此人是运送食盒的宫人，借职务之便，以食盒藏匿、搬运赃物，并非指控五姐的侍婢为嫌犯。”

“那到底是谁？”长广公主稍微努一努嘴，示意侍婢退下，又追问瑾琋道。

李渊也开了金口：“秦王妃，这不是玩笑，也不是妇人童子好奇尚异、谈说逸闻趣事的场合。你不要卖关子。”

“是。陛下，妾已认准那人，但在禁苑之中，犹须有理有据、勿枉勿纵。故而在揪出此人之前，妾先得罗列证据，谨防那人不服。”瑾琋不紧不慢地奏道，“论理，漫说今日天子及太子殿下游幸此地，纵然在平时，于禁苑、宫城中侍奉的宫人岂敢大肆行窃？如今又不是前隋末年的混乱时节。因此，妾先已存疑。但转念一想，那人所窃首饰价值昂贵，不是涓滴微利可比。世象万千，人心不一，不能排除有人利令智昏。然而，此人行窃的路径终究又引起妾的怀疑。”

在她的叙述中，高密公主不知不觉安下心来，问道：“路径上有何玄机？”

瑾琋答道：“失主包括两位公主、任城王妃、渤海王妃、范阳王贵人及长乐王刀人，大致分布于中、东、南、西、北各方位。这就怪了。今日于殿中燕息的众命妇，谁卸下的首饰不是翠羽明珰？宫人贪财行窃，而食盒容量也有限，理应求快、求稳。对窃贼而言，不贵尺之璧，而重寸之阴，方为正常。那么，此人应当在自己依职分可行经的沿途，尽快捞上几笔即退。却为何非要蹿遍每个方向不可？那是因为，窃贼真正的目标，是妾的山玄玉组佩；而盗窃他人的首饰，只为掩饰其真实的用意罢了。窃贼故布疑阵，但做作太过，所谓过犹不及，反而暴露出刻意为之的痕迹……”

还另有一个原因瑾琋不能挑明：失主有太子追随者的女眷，如长乐王李幼良的刀人；有中立者，如两位公主；也有人的丈夫与李世民较为亲近，如任城王李道宗的妻子王珀。这不是巧合，而是有意识混淆视听，掩护身份特殊的幕后主谋，令众人深信这是一起单纯的盗窃案，“无意”中地牵扯出瑾琋私藏“岭南毒虫汁”的罪行而已……

“秦王妃，这可算不得证据充分。”李渊有些不耐烦，“无非是推测合理而已。”

“陛下圣明。”瑾琋扶着抱腰隐几，略微加快节奏，“侍御医适才已呈上妾的山玄玉组佩，请陛下寓目。有一证据，正在琉璃珠顶端圆盖的裂纹。”

“嗯？”众人的视线随之聚焦在山玄玉组佩上。成竹在胸的李世民也做出不解的神态，仔细打量那琉璃珠子。

“自然摔出的裂纹形状一般没有一定之规，断裂部位通常较为粗糙，触感不圆润。”瑾瑜凝视山玄玉组佩，“而此处的裂痕却比较直，触感也不同。”

“依你之意……”李渊仔细观察一阵，确认瑾瑜描述无误，也想到了什么，情不自禁地伸手触碰几案上横放的佩刀。

“不错。”瑾瑜朗声奏道，“所谓‘窃贼’将岭南毒虫汁倒入山玄玉组佩的琉璃珠里，布置为盗窃案，再以某种利刃击破琉璃珠的圆盖，掷入溪水中，制造琉璃珠盖子摔裂、毒液流出的假象，毒死柔弱无辜的鱼，诱导众人发现山玄玉组佩的‘异常’之处。此人必然有构陷妾入罪之意。至于其是否蓄意对秦王不利，妾无敢妄断，伏望圣裁。”

禁苑中的这一池浑水沸腾起来。人们碍于李渊在上，不能畅所欲言，但也用目光和低语进行了热烈的交流，殿内外洋溢着一种压抑的纷乱，共同关切的问题只有一个：“那人是谁？”

“那人是女子，就在宫人当中。案犯深知，盗窃案发后，自众命妇游园斗花起，至宴毕返回殿内为止，凡在这段时间内离开禁苑的宫人必将被列为重点嫌疑人。因此，她尚在禁苑之中，逃避侦缉。”瑾瑜撑着抱腰隐几，略微躬身行礼，“请陛下恩准妾起身，指认窃贼。”

李渊惊讶不已，点头应允。瑾瑜示意留荑、繁缕、玳玳等侍婢搀扶自己起身，一面款款走向殿门，一面朗声笑道：“呵呵，她是女子，却也不是普通的女子。她做贼心虚，经过妾这一番指南打北的恐吓，心情越发紧张，额角、鼻尖渗出汗珠，脊背湿凉。在这阳春三月，也未免早了些。更为重要的是，她曾回到溪畔，混在围观死鱼的宫人中，进一步制造自己‘清白坦荡’的假象，避免遭到怀疑。然而，她所熏香料有别于其他宫人，却被我识别出来……”

瑾瑜行至廊上一名宫人面前，抬手抚摸她头上梳的双鬟髻，悠然微笑道："这三千烦恼丝，还是不要为好。"言毕，手上使劲一掀，竟将发髻连根拔起，一颗寸草不生、滑不溜手的头颅赫然暴露于阳光之下。

"哎哟！这不是今日新由新丰县武功宫调入禁苑打杂的那个名唤'浮萍'的粗使宫婢吗？"有给使嚷道，"还有个叫'浮石'的，跟她结伴来的，二人持有门籍、符信、文牒，一个不少啊！此刻，浮石尚在园圃里守卫娘子们的裙幄，预备伺候晚宴呢！"

太子妃郑观音栗栗危惧，颤声下令道："速速捉拿'浮石'。"又回身面向李渊叩拜谢罪，"妾为国之储妃、家之冢妇，遵奉圣敕，主理游春行事。孰料妾内治失职，竟至于此。伏请陛下降罪。"

李建成也连忙跪拜请罪。

"你们贵为储君、储妃，竟管不了粗使宫人！"李渊大发雷霆，愤然起身，"真相昭然若揭，我可断言，这两名妖女绝非来自武功宫，而是持文牒、门籍、符信等物，径直混入禁苑。是谁给她们造了那些要害信物？务必追查到底！先审问妖女，她们的巢穴何在？"

瑾琋面向李渊答道："启奏陛下，'浮萍'的真实身份，应为建法尼寺的比丘尼。妾今日晕倒前，在溪畔围观人群中辨别出的香料气味，与早前在建法尼寺会见亲戚时，闻到的青木香是一样的……"

话音未落，迎面传来"扑"的一声闷响，一口黑血喷溅到瑾琋的侧脸上。她慌忙紧闭双目和嘴唇，防止摄入血污，危害胎儿。

"浮萍"原已吓得面无人色，噤若寒蝉，此时吐出污血，愈加口不能言，茫然地努一努空洞的眸子，蠕动着青紫的嘴唇，栽倒在地。几位侍御医疾步赶来，七手八脚将她抬至庭中。

几个人轮流评脉诊断，商讨出一个结论，上奏道："陛下，该妖女因惊吓，心疾发作而亡。此亦是咎由自取。"

"心疾？"瑾琋洗过脸，把长而密的眼睫毛轻轻地抬了一下，眼角余光碰上李世民的视线，彼此已是心照不宣，"侍御医……"

“浮石”未作任何反抗，束手就擒，全身筛糠似的发抖，乖乖招供说，自己本为市井贫家孤女，居无定所，成天与街头地痞们鬼混，干些偷鸡摸狗、坑蒙拐骗的勾当。“浮萍”时常拿一些小甜头接济她。“浮萍”每次出来都戴假髻，穿着简朴陈旧的俗家衣裙，自称南城大杂院贫户出身，来城北给富户做杂事的，能挣粮米贴补家用云云，因此“浮石”不知“浮萍”为建法尼寺的比丘尼。前几日，“浮萍”兴冲冲地告诉她：“姐姐替你寻了一个好去处。那里吃得饱、穿得暖，旱涝保收，活计稀松。住的也好，至少一般寒素人家比不上。只是你我都要隐姓埋名，你改名叫作‘浮石’，一辈子不要吐露原来的身份。我送你进去，就是……听懂了吗？你待在那里，除了皇帝家有行事的日子，别的时候，我姐妹俩见面是容易的。你可愿意？不乐意的话，这机会我就给别人了啊！”

“乐意、乐意！我原来的身份有什么舍不得的？我巴望不得世人都忘记我才好！”“浮石”毫不犹豫地答应了。她不知“浮萍”从哪里弄来那种改换身份、进入禁苑离宫所需的文书凭证，自然更不清楚“浮萍”此行的真正目的。

“傻女子，‘浮萍’待你并非善意，是要抛下你在禁苑中做替罪羊啊！”瑾瑶怜悯地说，“她躲回建法尼寺，变身比丘尼，你上哪里指认‘浮萍’其人？纵然寻到她，法司也难相信你的一面之词。”

“都怪我，贪图有口安稳饭吃，犯下大错。”“浮石”号啕大哭，后悔莫及。

瑾瑶心中殊为不忍，复又在御前跪拜，为民女“浮石”乞命。李世民目睹此情此景，不由得产生一股冲动，想要搀扶瑾瑶起身。但是，看见她眨动眼睫毛，传来一个无声的“忍”字，李世民又勉力克制自己，硬起心肠讥笑：“哼哼，妇人之仁！”弄得李渊也看不下去，觉得儿子不该如此对待怀孕的儿媳，特意改叙家礼，温言劝阻道：“二郎，你做得有些过分了。观音婢方才说得明明白白，一切皆是为你着想。你须得领情才是。她心地慈和，现今怀着孩儿，自是更加心软，不愿再见血光，也情有可原。我只当为那尚未出世的孙儿积福，也就罢了。”遂敕令法司只问“浮石”私闯禁苑之罪，留她一命，同时追索死者“浮萍”所持各种文书凭证的来源，并彻查建法尼寺是否涉案。

部署完毕，李渊意味深长的目光在李建成、李世民和李元吉身上缓缓滑过。未几，他长叹道：“唉，散了吧……”

当晚在弘义宫翠华殿，李世民问瑾琋：“观音婢，与元吉私通的支氏失踪前出没于建法尼寺，如今潜入禁苑、陷害你我的‘浮萍’也是建法尼寺的比丘尼。建法尼寺恐怕与东宫、齐王府有很深的瓜葛，你意如何？”

瑾琋的心猛地一颤。她联想的更多、更可怖，而且，如果要她正视，还会于心不忍。

“有可能。大人已敕令法司追查，且静候结果吧。”瑾琋勉力做出微笑。

李世民没有察觉到她的异样，又问道：“观音婢，据我看，大人对长兄和四郎有所怀疑。你以为如何？”

“对。”瑾琋微微挪动身体，使后腰完全压在一个丝帛包裹的瓷枕上借力，“有动机陷害你，又有能力在禁苑设局的人，就是你的两位同母兄弟。四郎先命身边术士观察天象，预测今日有雨，教阿杨鼓动大嫂先设裙幄、搭油幕。若在游园斗花期间下雨，众人不至于因无处避雨而提前返回离宫殿中，妨碍‘浮萍’作案。四郎还教阿杨来找我，请我在你面前为他求情，实则是来试探你所谓与我失和之说是否属实，并做出冰释前嫌、诚心悔过的姿态以迷惑我。这些事休想蒙蔽大人圣聪。不过，另有一件利害相关的事，大人却蒙在鼓里，即几位侍御医。他们众口一词，咬定比丘尼‘浮萍’系病殁，极有可能已归附你的长兄。此举应该不是四郎所为，他并无能力撬动大人的左右，人家不会信服他。

大人有时过于自信，做梦也想不到儿子在他身边布置‘奸细’，因此为侍御医们所欺骗。”

李世民开始挂心父亲的安全，面色阴沉下来，低语道：“若真如此，大人岂不是身处险境？设若此番追查至东宫，坐实长兄之罪，大人或许将处置长兄。届时，长兄该不会操纵侍御医们在大人的药膳、补品中投毒，弑杀君父？！”

◑ 3 ◐

对于这个可怕的假设，瑾琋也是无能为力，一壁[2]轻柔地摩挲小腹，一壁黯然应答：“二郎还记得吧？‘浮萍’死时，我恰好面圣上奏，未能目击她发作的情形。几位侍御医旋即将她搬到阶下诊脉。嗣后，大人又敕令他们处置尸首。我没有机会近观，加之顾念胎儿，也不便靠近死者。须得谨记，天威难测，现无真凭实据，你若凭空指控长兄阴结侍御医，刻意掩盖真相，欺瞒至尊，反而将加深大人对你的猜忌，疑你居心不良，毁谤长兄，谋夺储位。”

李世民苦恼地合上了双目。他既希望法司侦破此案，让李建成及李元吉原形毕露，促成李渊出手处分，以终结兄弟间的纠葛，自己也得一偿夙愿；但又深恐李建成为自保而谋害父亲。左右为难地思忖了一刻，忽又释然，霁颜微笑道：“无须忧虑。一者，长兄虽有杀弟之狠心，但我相信他还不忍弑父；再者，按长兄之智，绝不会让法司抓住他的把柄。况且，法司之中也有他的人马，呵呵。”

“这样就好。”瑾琋展露欢颜，握住李世民的手甩了一甩，“大人今日当众命你善待我。正好，我们省得每隔三五日就要挖空心思，找

2 一壁：一边，一旁，一方面。表示一个动作跟另一个动作同时进行。

由头拌嘴做戏。你只需时常在淇奥殿或翠华偏殿宿夜即可。我日常在翠华殿养胎，弘义宫的内治大权交给典言女官高嫮、典闱女官南宫氏及典正女官吴氏三人协理。”

“哦？观音婢这般大度？”李世民搂着她调笑，“分明是要我多与诸媵妾同寝的意思。”

瑾瑶嗔怪着抽打他的手背：“不知羞！我既然有孕，理应与你隔房。也好教外人以为我们尚未完全和好，之前做的戏方不显突兀。再者，纵然我不言语，你就清心寡欲了吗？”

“倘若我清心寡欲，我们五个孩儿从何而来？”李世民凑近她的腹部，隔着肚子与胎儿说话，“哈哈，我儿，你听见了吗？阿娘是不是傻？”

“呵呵，应该是你的‘二十个孩儿从何而来’才对。”瑾瑶半是挖苦，半是玩笑，“这些年来，你们兄弟三人在生育上也是并驱争先，不甘落后。二郎现有六子十四女，儿子们倒还好些，你在人群里能认出自己的每一个女儿吗？”

“这……”李世民并不感到羞赧或可耻，反而自鸣得意，露齿一笑，埋下头，把嘴唇在瑾瑶额头上碾来碾去，“我能认清你亲生的儿女，还不够吗？观音婢无分嫡庶，待儿女们视如己出。我铭感五内，无以为报，只这一生一世，绝不让你受委屈就是了……”

末尾一句话把成婚前的光景带回瑾瑶眼前。瑾瑶又是否真的对弘义宫的所有子女都“视如己出”呢？瑾瑶感慨良多，一时却无以言表，只轻轻拍着李世民的背，半晌才笑道：“这话，你在隋末说过的。”

“嗯？”李世民抬起头，捧着她的脸，正色问道，“听话听音，不太对劲啊！你不信我？”言语间，神情雍肃，语调中威压隐隐。

瑾瑶也敛容，一本正经地注视他片刻，忽地嫣然一笑：“呵呵，二郎还当自己身在军营，审问斥候抓来的俘虏吗？”

“不许顾左右而言他！”李世民穷追不舍。

瑾琋凝眸看他，抬起手轻抚他的脸庞，微笑着回答："二郎，我一直都相信你的。"

李世民的神色渐渐和缓，终于破颜为欢，腾身起立，透过窗纱向东方眺望，坚定地说："观音婢，不唯如此，有朝一日，我定要普天下所有女子都尊崇你、歆羡你……"

瑾琋若有所思地凝视他。夕阳为他遮上了一件暖金色的袍子，像纱袍，也像战衣。犹如武德四年，他自洛阳凯旋，领军入城时所穿的那一身黄金甲。她不自觉地绽露恬静的微笑，对着他的背影默念："我绝不允许你成为第二个兰陵王高长恭，因功高盖主而落得一个含恨冤死的下场。那不公平……"

翌日起，李世民密遣人手，暗中窥伺建法尼寺的动静。但建法尼寺闭门谢客七天，接受法司搜查鞫审，此后一切如常，没有任何可疑的迹象。据法司上奏，建法尼寺住持已认领尸首，承认"浮萍"为本寺比丘，法号"慈义"。同时，住持泰然自若地申辩："鄙寺地狭人少，每人身兼数职。慈义常有机会外出办理各种事务，其在外的行动，贫尼委实无法监控。而往来鄙寺的香客施主却较多，假如其中有道貌岸然、心怀叵测之辈，引诱慈义与其同恶相济、朋比为奸，旁人也无从察知。自然，贫尼识人不善、用人失察、驭下失严，致使鄙寺比丘尼慈义在外兴妖作乱，皆是贫尼之罪……"

修德坊贺家的主母庞氏闻讯，幸灾乐祸地与儿媳刁染葹议论："事情是秃子头上的虱子，明摆着的。洵儿他耶耶顾着脸面，死不承认罢了。建法尼寺的慈义私下与市井奴、地痞混混打成一片，别的坏事也一定能做。尼寺所在的颁政坊离我们家又不远，支氏那贱婢每回托故外出，去尼寺都很便利。她一准是与慈义投契，经慈义介绍，认得奸夫，又由慈义暗助，随奸夫私奔。现如今，我冷眼看着洵儿他耶耶整日抱着支氏生的那个灏儿的样子，就想大笑！没准儿是贱婢跟外面奸夫生的野种啊。你说他蠢不蠢？”

庞氏这番话就是信口雌黄了。明眼人都能看出，灏儿有五分似贺休德，另有五分是生母的影子。刁染菽忍笑解劝：“阿家，支氏已去，一了百了。眼不见、心为净！何苦念叨她？她不配被您惦记。”

“呵呵，我越骂她，心里越痛快。”庞氏把怀抱的孙儿交给乳母，起身察看廊上的更漏，拧起眉毛，语含不满地问侍婢，“阿龚还没来？我一早告诉她，大郎媳妇今日要来，教她亲自去采买材料，下庖厨做安胎补汤奉上。这都什么时辰了？连个影子也没有，也不回禀一声。”

侍婢去庖厨催办，很快带着一个厨娘端了食案回来。庞氏指着食案上的一只狩猎纹带盖小银罐，问道：“阿龚呢？她也变得这般放肆，把汤罐扔给你们，也不进来与大郎媳妇见礼？”

厨娘禀道：“龚娘子与她贴身侍娘的确遵命去了西市采买。只是她回来说有急事，教奴婢如何料理，又回她居室去了。奴婢第一次按她的法子做，手脚迟钝些，来晚了，还请娘子恕罪。”

“奴婢去龚娘子居室外敲门呼唤，没有人应答，房门也是掩好的。”侍婢补充道，“奴婢折往宅门寻找，阍者说，龚娘子携侍娘挎着个篮子出去了，形色匆匆，也说是有急事。”

“阿龚在外面能有什么急事？她在长安也没有亲戚啊！”庞氏狐疑地嘀咕嘀咕，吩咐侍婢取一个绿琉璃碗来，盛给刁染菽吃。

补汤喝到银罐见底，终于有两个人回来了。庞氏方欲出言责问，却发现那两人并不是贺休德旧妾龚氏主仆，而是儿子贺洵及龚氏所生庶子贺潇。贺洵禀告母亲：“儿明日在家休沐，今晚也不当值。适才从宫城出来，想着二弟也到下学的点了，便去‘四门学’里接他一起过来，顺道接刁染菽母子回去。”

庞氏立即转怒为喜，把龚氏忘到爪哇国去了，打发厨娘回庖厨预备晚饭，拉着贺洵笑道：“明日既然休沐，你同媳妇、孙儿今夜就宿在家里，不用回小宅了。等你阿耶从皇城民部官署里回来，全家一道用饭。”

“儿原也去民部迎接大人。可是他们官署里今日公务繁忙，大人将要晚归，命儿先回了。”贺洵补充道，“大人的晚饭自有官奴增吉料理。不过，阿娘，官署里也没有什么好的吃。请您吩咐庖厨，留一些酒菜给大人做宵夜。”

“有我儿发话，自然不能委屈他。”庞氏喜得合不拢嘴。

母子几个说笑一阵，另一边贺潇逗着小侄儿，忽然问道：“阿娘，奴婢说阿姨有急事出去了。她可曾向您禀报是何急事？为何还不回家？”

“不曾。你这孩子怎么说话的？你姨不回家，你倒来问着娘？”庞氏伸出食指戳他的额头，“怪道四门博士向你耶耶告状，说你脑子不好使，还不学好！”

乳母抱走孩子。贺潇揉着头，咕哝道：“因阿姨今早叮嘱，下了学不可去邻居家贪玩，回家等她，有正经事谈。儿听话，跟着阿兄回家，她却没影儿了……”

至晚饭时分，龚氏主仆依然不见踪影。贺潇带领奴婢出门找了一遍，失望而归。宣告宵禁即将开始的街鼓声响起，武候卫徼巡骑卒、里正和坊门阍者的呼叫，一声更比一声紧迫。贺潇有点慌了，吸着鼻涕诉说：“阿姨倘若在外住宿，必得禀报阿娘。她从来不曾如此。”

“或许那件事特别重大，绊住她了？”

“不，什么事也不至于不给家里捎句话吧？”转瞬，庞氏又否认了自己方才的假设，问贺潇去了哪些地方寻找？有无遗漏？

贺潇答，他能想到的无非西市、几户街坊邻居、几家里坊小肆，全部寻遍，主人都说龚氏主仆没有去过。坊门阍者记得她们出坊往南去了。更远的地方，贺潇来不及赶去。

“那些地方也差不多了啊。”庞氏焦灼地搓搓手，无计可施。贺洵有夜行符信，可是偌大的长安城，该上哪里寻人呢？如果漫无目的地寻找，找到天亮也无济于事。

贺洵有主意，去坊外告知街角武候铺，拜托徼巡骑卒留意龚氏主仆二人的踪迹。然而，直至深夜，贺休德持民部颁给的夜行符信回到家，贺宅仍然没有收到关于龚氏主仆的任何音信。贺洵、贺潇两兄弟进入龚氏的居室查看过，发现龚氏的贵重首饰大多不见了。兄弟俩心知不妙，又跑到门口询问，阍者回忆道："龚娘子那个篮子有一块麻布盖着，看不见里面装着什么物事……"

论私情，贺休德对龚氏早已兴趣索然，但尚有亲情和主仆情分在。加之他经历了爱妾支氏失踪的惨剧，比别人更容易往最坏处想，当下气得胡须乱颤，瞪着庞氏骂道："之前被你气跑一个，如今又被你累跑一个。我命犯夜叉，以致家宅不宁，愧对先人！"

庞氏一愣，"啪"地拍案而起，回骂道："我们正在商议如何寻人，你回来不谈正事，张口就乱咬！当着二郎的面，你是要挑拨我母子成仇啊！我哪里对不起你？对不起贺家？还是我虐待二郎和阿龚啦？你要如此害我？"

贺休德满腔邪火无处发泄，随手抓起一个银盏，"哐啷"一声摔到铺地草席上："我扶龚氏为妾二十年，你使唤她二十年；而她，则是委曲求全二十年！如今她难以忍受，因而携侍娘、财物出走，不是吗？"

老夫妻俩各执一端，怒目相向，唇枪舌剑，把最应当关注的"龚氏主仆去向何方"的疑问抛诸脑后。

贺潇见父亲和嫡母对自己生母的下落不管不顾，悲从中来，抽泣着恳求："呜呜，阿姨不会抛下儿出走。还请二老设法寻人为要……"

贺休德与庞氏肝火正旺，哪里听得进庶子的话？贺休德喘着粗气，恨不能掴庞氏一掌，骂道："二郎有言，他阿姨原定今晚与他谈一件正经事。何事？只怕就是商议出走之计。又恐二郎阻拦，故而改变主意，提前出奔！"

“难道不是你年老体虚，人家阿龚也弃嫌你，所以才逃跑的吗？”庞氏誓不低头，言辞尖刻，犹如针尖对麦芒。

两人吵得不可开交。还是贺洵看弟弟可怜，拿出自己的夜行符信，策马外出，随徼巡骑卒一起在城内各处搜寻。

是夜，贺宅上下彻夜难眠，闹到宵禁解除，龚氏主仆依然踪影全无，各路搜索均无结果。唯有邻居陆钲家的家奴长龄禀报：“大前日，吴郡亲友进京，奴婢奉郎君、娘子之命送些江南土产去贺宅。龚娘子远远看见奴婢，还问了一句，‘那只彩色鹦鹉还好吗？’奴婢答，‘托您福，还好。’当时是黄昏，半个太阳浮在天际，龚娘子笼罩在红彤彤的光里……如今想来，不吉利啊！那是血光、血光……”

◑ 4 ◐

自此，龚氏及侍娘二人如同日出后的露珠，蒸发得干干净净。贺休德由此深恨庞氏，叫嚣要以“嫉妒”的罪名休妻，儿子贺洵及亲戚朋友好说歹说，勉强劝阻下来。但贺休德夫妻间的裂痕已经无可弥合，三日一小吵，五日一大吵，奴婢悄悄藏起一些瓷器、琉璃器，家中的易碎品才不至于全军覆没。不得已，贺休德命贺洵接庞氏去小宅长住，自己另外买了一个新妾，与庞氏隔绝。

此时已是四月。长安城中，以黑、灰、琉璃三色屋脊为线，画出一幅弘大、规整的长图。槐树、榆树、柳树……烟绿色晕染了纹理间的空白，绣上蔷薇、海棠、月季的花边。这幅一望无垠的锦绣汇集到瑾瑶的眼里，就只是车窗框出的两幅小小的画。

“可惜身怀六甲，不能下车骑马行路。”瑾瑶遗憾地怨念着，戴好帷帽和幂离，命人掀开一扇窗帘，教五岁女儿阿鹞扶着窗框，指点花草风物给她观赏。

“阿娘，儿到了阿婆阿舅家，要画那条小溪和溪畔的花、树、房舍。”阿鹞的话音娇嫩婉转，胜似梁间春燕的呢喃。她喜欢画画，已开始师从名师学画。

“好的。”瑾瑛不愿破坏女儿美丽的想象——那所谓“小溪”其实是一条排污渠。

阿鹞闻到花和树的清香之中混杂着一种怪味，吸了吸小鼻子，疑惑地问：“阿娘，为什么臭臭的？”

“因为，有垃圾落入小溪里了……你看，街子们正要清理呢！”瑾瑛笑答，心说：“这一带的排污渠原是盖有石板盖，不似别处为明沟。看来是堵塞了，方才起开石板，加以疏浚的。流水不腐，户枢不蠹，本来就是排污渠，一旦堵塞，能不臭吗？”

她正想命人放下窗帘，那几个街子骤然惊呼起来：“哎呀！天哪！”叫声撕心裂肺，仿佛撞上了恶鬼。行人闻声来看，一个个也都鬼哭狼嚎起来，女人们拖着孩子就跑。

“妇孺也就罢了，是什么把那些孔武有力的粗犷男子吓成这般模样？”瑾瑛感到一阵阴风迎面拍来，放下窗帘的念头随之打消。

她此行是归宁崇仁坊长孙家，没有使用王妃厌翟车和全套仪仗执事，只乘坐士族高门常见的牛车。随行校尉、卫士并不少，察觉有异，人人都将刀柄握住，进入高度戒备状态。王阿来叮嘱留荑、繁缕、玳玳等人骑马围在牛车四周，严密守护，自己拨转马头，去排污渠那边察看究竟。

一个街子跌跌撞撞奔向武候铺报警，冲着她大喊：“不要过去，妇人更看不得！”

“煌煌帝都，大天白日，怕什么？”王阿来嗤之以鼻，雄赳赳地抵近排污渠。俄顷，她的身子似乎被什么东西弹了一下，微微后仰，但依旧面不改色，只轻吁一口气，向领队保护牛车的弘义宫校尉挥了挥手。

堵塞排污渠的垃圾中，有一颗梳乌蛮髻的女子头颅和一块人体。只是一块，约摸两斤左右的方墩。长安县衙根据腐烂程度，推测死亡时间迄今约为二十天左右。衣物、首饰都不见了，一方染血的肮脏麻布黏在发髻上，推测凶手为谋财害命，并残忍分尸、抛尸，抛尸前以麻布包裹头颅、尸块。后来在污水、垃圾日复一日的冲击下，麻布逐渐脱落。其中，包裹尸块的麻布不知被冲去了什么角落。以上均不难理解。不过，有一点比较奇怪，尸块正面有拇指大小一块皮肤缺损，创口边缘整齐，是用刀具割下来的。

县衙想起半个多月前，修德坊贺宅小妾龚氏及侍娘走失的案子，当时贺家人提供的龚氏体貌特征包括“发梳乌蛮髻”，特请贺休德、贺潇父子到署辨认。不多时就有了结果，贺氏父子一致确认：那正是龚氏的首级。至于尸块，则无法判定来源。

贺休德当场病倒，告假在家休养。实际上，不只是他，在现场听见人们尖叫、热议的阿鹞也吓得不轻。长孙无忌的嫡长子长孙冲陪伴她玩耍一阵才略微好些。傍晚返回弘义宫，阿鹞不知怎的又想起来，瘪着小嘴害怕，不肯吃饭。

瑾瑶害喜，恶心乏力，倚在隐囊上无奈地望着她。李世民只好亲自抱着女儿，笨拙地安抚道：“阿鹞身体不舒服，就不进肉食了，耶耶依你。可是，庖厨煮了粥，让她们熬得烂烂的，加一点马酪、腌菜，清清淡淡地吃，好吗？”

“呜哇……”阿鹞裂开嘴大哭。

“这是为何？不哭、不哭。”李世民慌了手脚，忙乱地拍抚女儿的背，又狠狠地斥责乳母年氏，“王妃养胎，凡事甩手不管，大约你们也放纵了。阿鹞近身侍奉的总有十个人，照顾不好她一个五岁的孩童！”

瑾瑶轻轻一笑：“呵呵，我听着你也在骂我不管事、致使你的宝贝女儿受惊啊！你且想想，这种事怪得谁？你若要责怪谁，第一责怪你自己。”

“我？”李世民凑近她，正颜厉色地问道，“我吓唬阿鹞做什么？你切莫冤枉我。”

“何曾冤枉你？”瑾琋摩弄着隐囊上绣的宝相花纹样，嘟嘴道，“你是前些时日做戏惯了？弄假成真，待我一日更比一日粗暴。当初我怀承乾的时节，你待我何等体贴！果然生育多了就不稀罕了。”

李世民扪心自问，事实似乎真如瑾琋所言，不免有些惶愧，赶紧温言相劝：“观音婢，你告诉我，我如何惊吓阿鹞了？”

“阿鹞是因为听见‘尸块如一墩案板上的肉’‘尸体腐烂’之类的议论而惊惧不安的。你还提这些字眼，她自然要哭。你当谁都如你一般，在沙场上眠霜卧雪、尸山血海里拼杀出来的，躺在断臂残肢旁边也能进食自如？”言及此，瑾琋胃中也泛起酸水，不可遏制地害起孕吐来。

幸而须臾即止，留荑等侍婢搀扶她坐正身体漱口。李世民难为情地笑笑：“原来如此。我怎及女子细心？观音婢，你好些了吗？”

“嗯。”瑾琋轻捶胸口，“你第二要责怪的，当是杀害龚氏的凶手。你该质问其人何以如此穷凶极恶？仅仅耳闻抛尸现场的片断情景，就足以吓坏孩童！”

“谈及此案，皇城各官署已有传言。”李世民正容道，“都说贺休德之妻庞氏嫉妒成性，欺凌小妾过甚。支氏、龚氏不堪受辱，先后出走。龚氏遭遇强盗，不幸殒命，侍娘不知所终。据我看来，侍娘也断无生机，只是首级尚未被人发现罢了，或许将永远不见天日。”

瑾琋捧起一只圆形六曲玉盏，轻轻一吹，盏中的热饮一圈圈荡开涟漪。她注视着涟漪的中心，黯然叹息：“传言可真快啊。唉！世上果真有此等恶人，人性由‘贪婪’二字而变生出腐臭浓浊的毒泷恶雾，漫溢于心，泯灭了良知！”

李世民察觉她意有所指，必定有下文，便只郑重地看着她。

“不错。”瑾琋喝了两口饮品，缓缓说道，“关于此案，我确已胸有成算。不过，还是不要使衙司知悉为妙……”

翌日，夏侯紫菀在平康坊教习，忙碌了小半天，碰见一位熟人逛赵四家，于是拉着那人躲到一边，低低地好一通调笑私语。

赵四娘子竖着耳朵也听不清，拈酸道：“阿菀和斛斯郎说什么呢？呵呵，倘若阿菀做回老本行，我家就该关门了。”

“休要取笑，奴快三十的人了，纵然想回老行当里来养老，你肯收留吗？”夏侯紫菀不以为意，依旧撩云拨雨，用食指挂着男子腰间蹀躞带上的小环，使力勾了一勾。

男子一壁讪笑：“若无四娘子这方宝地，我斛斯郎也无缘得识夏侯娘子。我心里只当四娘子是她假母，想跟着唤你一声‘阿娘’，可好？”一壁揪住紫菀的上襦，手指灵巧地揉了几揉。

紫菀敏捷地闪开，利索地整理好衣服：“奴得走啦！赵四娘子家里多的是玉石雕成的人儿，斛斯郎连日不来探望，小娘子们已是被风蒙尘了。你拿一匹洁净的绢帛来，给她们擦擦。”

赵四娘子假装羞恼：“啧，你们说得这般动听，又是叫娘，又是绢帛的。可是斛斯郎今日来我这里，只顾与阿菀谈笑，不理睬我家小娘子。我也是白奉承了斛斯郎这二三年。”

夏侯紫菀把姓斛斯的男子朝她跟前一推，笑道：“这可是正经的完璧归‘赵’！你们混去吧，我不叨扰了。”

斛斯郎君顺手塞给赵四娘子一根小银铤：“动听的言语我是没有。四娘子将这物事拿去，给小娘子们打几枚银指环可还好？”

赵四娘子接过来，巧笑着迎他上楼。夏侯紫菀携仆妇荀氏回家，从怀里掏出一枚纸团展开，上书几行小字，仿佛蚯蚓爬出来的。是弘义宫传来的密信。

夏侯紫菀阅毕，将密信扔进香炉里焚化，一面喝荠花饮，一面思索。稍后，便梳洗更衣，换了一身素淡打扮，转赴邻舍妙楚儿家闲聊。几个女人谈谈讲讲，就说到南城贫户的生计上去了。夏侯紫菀顺着妙楚儿家仆妇苻氏的话头问道："既是柴门篷壁，日间家中可有人看守？若进了窃贼，如何是好？"

"穷家破业，一日两餐，怕什么窃贼？"苻氏舀了一瓢井水洗手，絮絮叨叨地诉说，"我们大杂院里，日间不论男女老少，通通在外劳作奔命，挣一家子的衣食。我们那里的妇人也不比中上等人家的娘子们那般娇气，早起做饭、打扫屋子，日间在外做工，日落回家又做饭、浆洗衣裳。即便怀孕，也一直劳碌到分娩，坐月子才得几日偷懒躲闲，还少有坐满月子的……"

夏侯紫菀递布巾给她擦手，笑道："依我说，世间并无所谓'苦乐不均'之事。人人都有难处，也都有可羡之处。在高门娘子们看来，我们这些人随时抛头露面，自由出门入户，里里外外当家做主，完全与男子比肩，没有婢妾之流碍眼扎心，还羡慕我们呢！"

"我贫家小户，怎么好与夏侯娘子并称'我们'？夏侯娘子的日子，比我强百倍不止。"苻氏哂笑道。

"一样是劳作谋生，并没有什么分别。"夏侯紫菀与妙楚儿对视，"倘若深究，只恐你们清白人家还瞧不起我。"

"正是。"妙楚儿爽朗地一笑，拈起一颗"偏桃"送进嘴里，"我和阿菀是同行。世人如何鄙夷我们，我最清楚不过的。"

"没有的事。"苻氏捧起绿釉壶给她们续水，"我在邵娘子家做事，活计不累，钱粮管够，平日也得夏侯娘子不少照顾。就说上次我被周导那死鬼刺瞎一只眼，也是靠邵娘子和夏侯娘子破费，请名医、用好药，把我治好。我们大杂院里的邻居听说，都称颂二位娘子仗义。只有那些心黑的人，才叫人瞧不起呢……”

少顷，又谈论南城贫户的生业，紫菀仿佛随口问道：“阿苻方才提及屠户。在南城，他们是首富吗？”

“呵呵呵。首富？”苻氏笑弯了腰，“大杂院里的人和‘富’字扯上边都这么好笑！富的是东西两市的肉肆主人，家住南城的屠夫只帮别人屠宰，是贱民，收入菲薄。接来家中宰杀的都是小牲口，兼一些家禽雀鸟，也还是主人的，弄好了必得给主人送去，又不能留着自己贩售。反而搞得旁人嫌他们血腥气重，屋子无论怎么打扫也嫌腌臜、有阴气，一般不乐意进他们家。所以屠夫家里无非是经常拿到牲畜、禽鸟的内脏，带毛的肉皮之类，全是主人不要的杂碎。单单这一条比旁人好些。”

“那多没趣，听起来还不及阿苻你。做屠夫不如改行，尤其是尚未成家的。”夏侯紫菀不露形色地应和道，“必定有人做不下去吧？”

“没错！”苻氏一拍手，“我们坊街上，另一座大杂院里有个姓简名增和的屠夫，年轻，还没有婚配，近日离开长安，去别处谋生了……”

“咦？近日？”夏侯紫菀做出吃惊的模样，“奴听闻西市有行肆失窃了家禽鱼羊，传言是屠夫作案，携赃物逃跑。莫非与简增和有关？”

苻氏与她核对了日期，惊叫道：“哎哟哟，还真有可疑啊！他离京前两日，夜间宰杀不少鸡鹅，说是亲戚的货……”

夏侯紫菀将探听到的消息密报至弘义宫。李世民对瑾琋淡淡一笑：“增和。好名字。”

第十章 山雨欲来

◑ 1 ◐

“增吉，民部的官奴，本姓简。原系长安城中市井无赖之徒，日常所为多有不法，因屡犯夜禁，罚没为奴。”瑾琋也笑。在夏侯紫菀访查的同时，李世民按瑾琋的主意，命人暗查官奴增吉的情况，比紫菀那边更早得到答复。

“照此看来，增吉与屠夫简增和应为同宗兄弟。不过观音婢，你何以早早将怀疑的视线瞄准了增吉，而非他人？”李世民敛容问道。

瑾琋抓起一把釉陶算筹理顺，又一枚接一枚地码放在书案上，慢条斯理地叙述道：“我早在长安县衙确认排污渠中发现的首级属于龚氏，并推断出大致死亡日期之时，即已怀疑龚氏之死系熟人作案。理由有二，一是仵作判定龚氏死亡的日期与失踪时间十分接近，而那几日为了寻找龚氏主仆二人，贺家、修德坊里正、武候卫徼巡骑卒、武候铺、长安县衙方方面面都在努力，许多人都获悉了她俩的体貌特征，却不曾找到半条线索，没有任何人目击到可疑迹象。别忘了，龚氏主仆是在白日失踪的，两个大活人，这种情形很不寻常。二是凶手抛尸前割下尸块正面的一小方皮肤。这所为何事？二郎想必记得，那年司农寺命案发生之后，也曾出过类似的事……”

李世民眼睛一亮：“被割掉的是死者的体肤特征，凶手毁损这块皮肤，是为了隐藏死者身份。但又暴露出凶手熟知死者的情况，是熟人作案！”

“对。不过，具体放在本案来看，凶手有其他目的。这一点待我稍后详说。”瑾琋手执一支算筹，往一摞益州白麻纸上戳了两下，“熟人借故诱骗龚氏主仆外出，在修德坊以南接她俩上了一驾车，只是普通的牛车或骡车。此人在车内熏燃迷香，或者备有一个盛水的皮囊，水里投入莨菪一类的迷药，伪装好意请龚氏主仆饮水。不论是以上何种情形，龚氏主仆在车中陷入昏睡。车帘和窗帘遮挡了一切。至此，龚氏主仆从离家伊始，到落入凶手掌控为止，均表现为自愿、正常的行动，未曾发生搏斗、呼救等异常。路人对于一掠而过的寻常陌生人是不会着意关注的。所以，人们均未察觉有异，自然也就没有线索可向衙司提供。”

“嗯，言之有理。”李世民颔首赞许，“你教夏侯紫菀了解南城大杂院居民日间出入及屠户的情况，是因为已推测出凶手迷昏龚氏主仆之后的去向了？”

“正是。分尸刀法娴熟，带有屠夫屠宰、切肉的习惯特征……”言及此，瑾琋又有些害喜，连忙喝一口桂饮压住胃部的翻涌，“啊，好了。分尸者当为屠夫。龚氏出走前，在西市采买，还真有可能路过肉肆。可是，龚氏好歹是官宦家的妾妇，年近不惑，也着实不年轻了，并非缺乏阅历的小娘子。并且，她当日原与儿子贺潇约定，晚间有要事商谈，怎会与屠夫熟识，以至于达到听了屠夫一席话就携大量首饰跟随他出走的地步呢？莫非是与某个屠夫通奸，为虚情假意所蛊惑，受骗遇害？

若是如此，她原定晚间要与贺潇商议的，又是何事？”

“总不会告诉贺潇，娘要出走、私奔？贺潇必定竭力阻拦。”李世民缓缓摇头，“不可能。龚氏决意随屠夫私奔的假设，与母子商谈要事的原计划相互抵触。”

“不错。而后者为事实，有贺潇亲口证实，由此可推知，前者存疑。”瑾琋用算筹在白麻纸上画了两道，“既然龚氏被屠夫诱骗出门的可能性存有疑点，我就考虑其他可能性。除了屠夫，还有什么熟人能诱骗龚氏携财物外出？我蓦然忆起刁染菽此前传来的关于贺休德家事的密报。一者，贺潇在四门学贪玩淘气，风评不佳，四门博士数度向贺父休德告状。再者，龚氏主仆失踪当日，贺洵赴民部迎接父亲，但其父因公务杂冗不能按时回家，贺洵只得先行返回修德坊贺宅，告知其母庞氏，其父的晚饭由官奴增吉料理。据此，我猜测增吉必是贺休德在民部用熟的人，与贺家人熟识，所以贺洵提及他时，口吻顺理成章，贺家也无人追问增吉是谁——今日我已派人秘密联络刁染菽，证实了上述判断。如此一来，便形成了另一种可能性。二郎，你以为如何？”

瑾琋感到口渴，暂停讲述，埋头喝桂饮。李世民恍然大悟，将话头接过去：“你是说，龚氏失踪当日，增吉谎称奉贺休德的派遣，在西市找到龚氏，哄骗她道……”

“龚娘子，贺郎中命奴婢速来禀报，府上二郎又闯祸啦！”增吉一边擦汗，一边焦灼而急促地低语，“和私娼家的女儿有了首尾，肚子大了！二郎尚不知自己种下孽种，全不在意，没有告诉家人。谁知那私娼一家子要财不要脸，光脚的不怕穿鞋的，托人寻到民部，扬言要去四门学给贺二郎没脸！出身这等下贱人家、又不规矩的女儿，贺郎中不肯接纳她进门，便私下与她家说好，破财消灾。但此等事体，贺郎中不敢教庞氏娘子知晓，恐她吝惜财帛，从中作梗，今后龚娘子母子在家日子不好过。因那边催得紧，郎中手头也筹措不及，给奴婢铜钱买了些鸡鹅，送与那女子滋补身子，另请龚娘子拿些首饰去抵债，明日，郎中自会从别处挪来还给您！奴婢雇一辆骡车，在修德坊以南某巷口等候，您取了首饰就来啊……”

“应该是如此。”瑾琋捏紧帔子，愤怒地说，“可怜龚氏主仆，在车里昏迷。增吉驾车，驶到僻静处，假装听从主母召唤，上车帮忙，用准备好的绳索、破布将龚氏主仆捆绑结实、勒住口鼻，尔后，以某种不见血的手段——可能性最大的是勒颈——杀害了龚氏及侍娘。增吉事先买通了同宗兄弟、南城屠夫简增和，趁简家众邻居在外奔波生计，所居大杂院无人在家，驾车进入院子，将两具尸体移入简家，那些鸡鹅也丢在简家。简增和下工回家，吃罢晚饭，谎称是亲戚托他弄的货，趁夜宰杀鸡鹅，顺便分尸，切下那块有独特之处的肌肤……”

瑾琋恶心得说不下去，留荑、繁缕、玳玳等侍婢捧着绿釉唾壶、罍洗、面巾等物冲进殿内，她又缓过来了。摆手命她们暂时退后。

瑾琋已有四度生育，加上众媵妾也频频怀孕，李世民原本见惯不惊，形成一种观念：害喜、孕吐是妇人怀孕的必经之途，人人皆然。观音婢亦不例外而已。无须大惊小怪。但目睹瑾琋在短短一刻钟工夫以内几次恶心晕眩，几乎呕吐，不禁动容，搂住她抚慰道：“观音婢被腹中孩儿害得好生辛苦。”

“我辛苦了半日，总算得你一句慰藉的话。”瑾琋拿罗帕掩着口，娇嗔道。

她稍事歇息，又道：“次日晨，简增和如往常那样，挑着担子、背着背篓。谎称分批将宰杀好的鸡鹅给主人送去。因用麻布盖着，别人也不明就里。殊不知，简增和将尸块混在其中运出，全部搬进了增吉雇来的骡车中。增吉驾车离去，又摇身一变，自称收秽物的小贩，上午出城，沿着排污渠的走向，挑选乡下偏僻无人处，将部分尸块弃置浊臭的污水中，另有部分尸块抛弃在其他不易被察觉的地方。然而，增吉自以为此事已了，却无法预知近日整修排污渠、渗井和饮水渠，城西北边缘那一段排污渠一度倒流，将龚氏的头颅及一块尸身冲回城内。冥冥中天意使然，那排污渠堵塞，街子们加以疏浚，却发现了尸首！”

“然则，增吉为何谋害龚氏主仆？果真是谋财害命？”李世民略加思索，忽觉疑窦丛生，真相远不止于此，不由得抬起双眼，与瑾琋四目相接，俄而，剑眉一挑，沉声道，“观音婢，莫非？”

“咱们可以谈一谈那块被简增和切下的肌肤了。”瑾琋轻轻点头，“既然定好先分尸、再抛弃尸块，增吉还一定要他切下这块肌肤做什么？我感觉无法以隐藏死者身份来解释增吉的动机。更像是增吉要以这块肌肤证明他已经置龚氏主仆于死地。亦即，他拿着那块带有死者特征的肌肤，是要去向幕后主谋复命。而这个主谋，便是……”瑾琋稍作停顿，咬了一下牙，道出那个名字：“龚氏的丈夫，贺休德！”

李世民冷峻地追问道：“还有其他理由吗？”

“龚氏失踪后，贺休德回家的第一反应是什么？是迫不及待地认定龚氏系自愿出走，归咎于正室庞氏嫉妒，是与庞氏吵个沸反盈天！而他正常的做法，应是立即调集人力物力，千方百计寻人。且在龚氏失踪两日前的黄昏，陆宅的家奴长龄去贺宅送吴郡土产，龚氏特地向长龄打听鹦鹉的情况。正是贺休德为爱妾支氏购买，后被夫人庞氏转赠陆宅的那只五彩鹦鹉。”瑾琋一面回忆自己见到那鹦鹉的情景，一面徐徐解释，“支氏一度异常喜爱这只鹦鹉，外出、归宁都要带在身边。只因鹦鹉抓伤她的侍婢，庞氏夫人借口八字不合，夺走鹦鹉，供自己赏玩，却又嫌它聒噪，赠予邻居陆家。二郎可知，鹦鹉抓伤侍婢哪里吗？今日，我秘托刁染菽旁敲侧击，已探问清楚，是左手。而四郎派人送去贺家的那只断手，那只据称属于支氏的断手，也是左手……怪道那一日，我在建法尼寺安慰朱氏表嫂，对她说道，‘譬如行路之人被狗咬了一口，只要不染疫病，不出半月，伤口愈合也就好了’时，我居然莫名其妙感到自己的言语有些奇怪，原来是隐隐联想到鹦鹉抓伤支氏侍婢左手之事而不自知……”

断手送进贺宅当日，龚氏是第一批目击断手惨状的人之一。由于惊吓过度，她的记忆出现了一段时间的空白。近日，龚氏逐渐忆起，断手有疑似鸟啄伤的疤痕，这意味着断手来自与支氏同时出走的侍婢。龚氏想把这条线索报知衙司，以帮助胥吏破案。不过，龚氏不打算自己出面，而是想叫亲生儿子贺潇去说，在师友、亲眷面前为不肖子争个脸面。因此嘱咐贺潇按时回家，好教导他如何言语、如何行事。但她还没有来得及等到贺潇回家商议，就被增吉所骗，护子心切，中了圈套，惨遭杀害、分尸……

而龚氏遇害的原因，恰恰在于那只鹦鹉。

“鹦鹉时常叫嚷两句话，一是骂‘贱婢命贱，无福消受’，是贺休德夫人庞氏教的；二是奉承‘郎君风流儒雅’，应为支氏所教。她曾在外游或归省母家时携带鹦鹉，实则是幽会情郎，带鹦鹉也是为给情郎赏玩。”瑾琋回忆在陆宅耳闻目睹的场景，忍俊不禁，“如今想来，谁当得起这句奉承？已过知天命之龄的贺休德？何况支氏称贺休德应为‘阿郎’，论年龄、身份都不应呼作‘郎君’。此处的‘郎君’，当为支氏的奸夫。再联系支氏、四郎与建法尼寺的瓜葛，支氏与奸夫幽会的地点，想来常在建法尼寺。但这个奸夫一定是四郎吗？”

“他与‘风流儒雅’四个字也颇不相称……”李世民在脑海中描摹弟弟的仪表，想起他脸上那块狰狞的青色胎记，疑惑地问道，“是支氏奉承他吗？”

“若是如此，按四郎的脾气，必定怀疑支氏在讥讽他，非但不会欢喜，反而会发怒。”瑾琋唇际的笑意消散了，嘴角紧抿，愈发显得严肃，竟然有如临大敌之势，“支氏即便说错一次话，也不可能一错再错，犯错次数多到连鹦鹉也熟练掌握那句话。”

“那么，支氏的奸夫究竟是何人？四郎居然包庇他，为他顶罪、遮掩！”李世民开始盘点李元吉的左右亲信，“谢叔方？人品端正，不可能；宇文宝，有可能；薛实……”

“这些人都不够格。”瑾琋幽幽地道出自己的推测，“若为他们，四郎不至于亲自出马做盾牌。比较他在武德四年末宇文鑫案中的作为即可知晓。”

“那是何人？”李世民大惑不解。

“二郎……”瑾琋欲言又止，话音竟不可自控地带上了些许哀伤，“与建法尼寺有瓜葛的，还有东宫啊……”

“你是指！”李世民不敢置信地紧盯瑾琋，一双星目如同流星撞击大地，火星四溅，濒于爆炸，“观音婢，你怀疑我长兄！不，他，不可能！”

无论兄弟间有怎样的纠葛，在李世民的心目中，论私德，长兄李建成、大唐开国太子，始终是一位怀瑾握瑜的高尚之士。

刹那间，瑾琋感到筋疲力尽，歪在隐囊上，拖过锦衾给自己盖好，回答的每一个字都分外沉重：“二郎，我也不信。但综合相关事件，通盘思索，不得不对东宫产生怀疑。”

李世民神情严峻，心中波涛沸荡，迈开与心情一样颓坠的步伐，移步窗畔。户外的风景被窗纱过滤得朦胧混沌。人心、人性——即使那人是他自以为了若指掌的手足，也是如此吗？

◑ 2 ◐

“站在令长兄的立场，储君之路也是一场翻山越岭的长途跋涉，诚所谓百舍重茧，沐雨经霜。”瑾琋尝试走进李建成的内心世界，款款描述所见的景象，时而风调雨顺，天清气朗；时而雨疏风骤，云雾迷蒙。

那是一个晦明晦暗、阴晴不定的世界，“他需要放松，需要释放。而四郎，体贴入微地为他进献他所需要的一切。上清观、建法尼寺皆是四郎选定的淫窟。四郎以上清观为销魂洞，向长兄献上建法尼寺为温柔乡。四郎肆无忌惮，强行凌辱贞淑女子；长兄尚存一念之善，亦有廉耻之心，遂与支氏两厢情愿。支氏，当为建法尼寺推荐与四郎的。四郎将其转荐与长兄。支氏是一个简单、世俗、娇艳、风流的女子，与大嫂她们完全是两个世界的人，可恰好是此等女子能令长兄享受到彻底、纯粹的轻松惬意之感。而在支氏看来，长兄是一位风流儒雅、春秋鼎盛、身强力壮的良伴，胜过贺休德不知多少。于是，长兄挑选适当的时机，微服化名出宫，在建法尼寺或其他隐秘场所与支氏结识，并多次幽会。支氏出走，或许是因为珠胎暗结，长兄特意接她去别处安置待产；或许是因为长兄特别满意她，有意与她做一对长久鸳鸯。”

“支氏的侍婢呢？”李世民蓦然旋身过来，凝望着瑾瑶，自问自答，“她与支氏始终不知我兄的真实身份。当她跟随支氏进入隐居地点之后，发现自己再不能自由进出，不愿留下，请求放她回去。长兄或四郎为了阻止支氏的秘密泄露，杀侍婢灭口，并残忍地斫下一只手，交给四郎使用。四郎将你朱氏表嫂的金指环戴在侍婢的断手上，妄图李代桃僵，制造朱氏已死的假象。然而，终究未能得逞。”

“假道贺宅送还断手，则是意图淆乱视听。但四郎狂妄自负，布局失误，弄巧成拙。”瑾瑶接上他的话。

李世民竟有不甘心之感，希望能证明瑾瑶对李建成的怀疑是错误的。尽管兄弟分裂为对手，他也宁愿是自己印象中的那位长兄作对手。

“你说，贺休德为何杀害龚氏？纵然支氏私通我兄，但行事何等机密，龚氏怎能得知？即或得知，要杀龚氏灭口的也应为我兄、四郎和支氏，不可能是贺休德！你的推论，说不通！”李世民不自觉地换上咄咄逼人的口吻。

瑾琋暂不答话，只沉静地望着他。俄而，他的盛气因两道柔晖温存而衰减下去，懊恼地盘腿坐下，低声道："观音婢，你说。"

"唉，我也觉得不可思议，然而……"瑾琋叹道，"贺休德自始至终都知晓支氏的私情啊！"

"他知情？"李世民大为惊愕，"天下岂有这等男子，对爱妾与外男私通的丑事听之任之？"

"因为贪婪。"瑾琋一字一句地答道，"对功名利禄的贪婪。为了利益，在名缰利索的牵引扭曲下，正常人的性情也可能发生巨大的改变。贺休德追随裴寂，仕途停滞不前，可他欲壑难填。四郎经由裴寂这层关系，无意中得知贺休德爱妾支氏的艳名。经过暗中访查，判断支氏可举荐给长兄享用，且贺休德不足为虑。恰好支氏有时赴建法尼寺礼佛。于是，四郎一面利用建法尼寺为支氏和长兄保媒拉纤，一面经裴寂之介，直截了当与贺休德摊牌……"

贺休德一是忧惧太子、齐王的威权，二是意识到这是一个攀龙附凤、夤缘而上的天赐良机，因而默许支氏与李建成私通。鹦鹉为什么会说"郎君风流儒雅"？贺休德分明知道其中奥妙，却隐忍不发。不仅如此，贺休德对支氏隐瞒真相，佯装不知；对外配合做戏，忠实地保卫太子的秘密。

"据染菽密报，断手送入贺宅后，贺休德曾经面露惊恐之色。"瑾琋继续说道，"彼时，家人只当他是因深受刺激所致。染菽也如此认为。如今再看，我觉得他实为恐惧，对，就是恐惧。因为，他误认为是太子殿下借此警告他守口如瓶，否则，他贺休德的命运也将如断手一般，身首异处。然而，事实却并非如此。太子殿下设法晋升贺休德为民部金部司郎中，作为夺人所爱的补偿。贺休德方从噩梦中醒来，舒了一口长气。但可想而知，他战战兢兢，唯恐秘密外泄，招致杀身之祸，因而对泄密的隐患高度警觉。龚氏失踪前两日，民部公务不多，贺休德按时回家，偶然听见龚氏在特意问陆宅家奴打听鹦鹉的情况，勾起他深深的疑虑……”

贺休德悄然监视龚氏的言行举止，对他的秘密一无所知的龚氏老老实实地向他禀报自己的想法。然而，龚氏的话一出口，贺休德摇摇欲坠的良知便一溃千里。他之所以思虑营营，忍常人所不能忍，屈常人所不能屈，全是为保身家平安，求一个青云直上。他不能容忍龚氏毁灭自己用耻辱和苦心换取的一切，他也要极力向太子示忠。于他而言，一个旧妾的性命何足挂齿？

表面上，贺休德极口称妙，盛赞龚氏细心，思虑周全，爱护儿子，要求龚氏暂且保密，务必在后天下学后告知贺潇。

“嗯，二郎口碑不好，真不知他将会做出怎样有辱家门的事来？早该整饬，改善局面了！你就依我的意思办，以保万全。这两日，我也借助皇城里的人脉，替二郎铺一铺路。你切勿向他人透风，以免娘子获悉线索，抢占功劳……”强装镇定的贺休德如是说。

这番话正中龚氏下怀。她为自己与丈夫不谋而合而沾沾自喜，受宠若惊，却不知贺休德转身就布置杀人灭口的阴谋，刀口正是对准她的。而她携带出门、原计划用于救子的首饰，成为贺休德给予简增吉、简增和这对狼兄狐弟的酬金……

“事上奴颜媚骨，对下狼心狗肺，说的便是贺休德之流。”瑾琋平风静浪地娓娓叙说，“增吉奉上死者的一块肌肤，证明自己完成贺休德的托付。那是谁的肌肤呢？刁染菽告我，龚氏的侍娘年近半百，其貌不扬，与郎主素无纠葛。贺休德应该不知其身体特征。况且，侍娘并非主要目标，增吉理应力证龚氏已死，只取侍娘的肌肤不足以取信于贺休德。因此，那块肌肤更有可能来自龚氏。也许是一颗朱砂痣，也许是一枚胎记，也许是一个疤痕？总之，是女子的私隐，旁人不易知晓。甚至龚氏的亲生子贺潇也很有可能不知。但是，与龚氏育有一子的贺休德岂能不知？换到另一边来看，假设他无辜，他理应由尸块上缺损肌肤的部位、大小、形状，联想到龚氏的体肤特征，向长安县衙提出疑问。然而，他却对长安县衙隐瞒此事，声称自己无法识别尸块的来源，实则等于自承其罪。同时，他在家中、在皇城散布庞氏嫉妒行恶的传言，将世人的怀疑和责难引向发妻！何其恶毒！他又矫情饰诈，称病不出——当然，也有可能是因目睹龚氏头颅、尸身惨状而震骇，承受良心的谴责所致。不过，贺休德也无须过虑。我预料他的仕途即将蒸蒸日上，简增吉也将随之时来运转。”

李世民埋头深思片刻，闷声应道：“涉及东宫，暂且无法追查此案。但我将坦诚告知贺洵。相信他会听从我的劝诫，做出明智的决断。假以时日，上苍自会还人间以公道……”

未几，贺休德补了吏部侍郎的缺，升为正四品上实缺职事官，品秩高于六部其他侍郎。

李元吉问李建成：“那几个卒子如何处置？灭口？”

李建成思考再三，恻然道：“何必杀生过多？”

因此，简增吉获得赦免，出籍放良，离京远走高飞。建法尼寺住持以治寺失职的罪名遭到撤换，还俗归乡，也就罢了。

瑾琋再度归省崇仁坊长孙宅，顺路造访住在附近的舅舅高俭及外祖母陆氏家，陆钲之妻朱氏应邀过来叙谈。

众女眷心照不宣地避免提及朱氏失踪的经历。那件事仿佛滴落几案的一滴水珠，被众人不动声色地拿抹布轻轻擦掉，从此湮灭无痕。众人只讲些不相干的新闻趣事，吃槐叶冷淘，喝冰屑麻节饮。斗转星移，时令进入武德九年六月，暑热袭来了。

返程时，瑾琋盛情邀请朱氏同乘自己的车，小孩子们随各自乳母一律挪到陆家的牛车中。

“由着孩子们自己去热闹。”瑾琋淡静地笑着，却不容朱氏谢绝。

待剩下两人独处，瑾琋打开自己的碧镂牙筒，递给朱氏道："表嫂手部的肌肤略显干燥，敷涂我这个试试。是全新的配方。"

朱氏埋头看看自己的手，苦笑道："多谢王妃。"随即蘸取一些手膏，抹在手上。

"表嫂，我想请教你一件事。你放心，只有天知、地知、你知、我知。"瑾琋怜惜地问，"你在建法尼寺持斋时，请求我去尼寺晤谈。这是那个人要挟你做的吗？"

"啊！"朱氏仓皇抬起头，发出喑哑而骇异的低呼，目光变得错乱，一时竟无法聚焦到瑾琋身上，"此话怎讲？"

瑾琋按住她狂颤的双肩，温言道："表嫂，那个人释放你之前，威胁你必须设法邀我去建法尼寺，否则，就将他与你的……那些细节，修书详告我表兄。是也不是？"

"呜呜……"朱氏抬起右手，掩住口，身子已无法坐直，不由自主地弯下腰去，"王妃，我是……我听从那人摆布，不只因为王妃所说的那个缘故。还因为那人告诉我，陆郎连我的手也认不出，心中分明没有我；陆郎所爱的，是秦王妃……凭据便是，武德七年，陆郎在泾阳县借火灾之机，与王妃私会……他劝我报复王妃一次，只需请王妃去尼寺，其余的事，由他部署，不需我过问……我、我糊涂、昏聩，居然信了他。只是，未知王妃如何得知？"

瑾琋略微有些惊讶，但转瞬又了然于胸，这确实是鲜明的有"李元吉"色彩的所作所为啊！如同书画家在自己作品上加盖的钤记……

她搀扶着朱氏，宽慰道："不要紧、不要紧。表嫂无须知情太多。我也只想解开这个疑问。切勿相信那个坏人血口喷人。忘记整件事吧……"

慈义，也就是"浮萍"，是建法尼寺的比丘尼。建法尼寺是一处狭小的所在。瑾琋只须进出尼寺及朱氏所居禅房，携朱氏在寺内漫步，即可方便慈义窥探，认清瑾琋及其近侍随从的相貌、妆饰，尤其是那块山玄玉组佩的模样，以便下手陷害。这就是李元吉胁迫朱氏邀请瑾琋访问建法尼寺的目的。

一行人抵达修德坊陆宅门口，在家休沐的陆钲已迎至门口。留荑骑在马上施礼，笑道："王妃和孩子们不进去了。请陆郎管自接尊夫人、令郎、令媛他们入内歇息，今日的太阳怪毒辣的。"

热风撩开车帘，瑾琋的双目被天空射下的光焰灼了一下。

但那不是太阳。白昼被阳光晃到眼睛是应当应分，不会给人以任何惊奇之感。

人们不约而同手搭凉棚，抬首遥望天空。蔚蓝的天幕明净如洗，正南方，诡异地悬挂着一颗明亮的星——太白金星。阳光破云而出，霎时间，人们均已不能仰视。

瑾琋登时感到心惊胆战，脱口念道："太白经天！"

对于她和李世民而言，如此罕见的天象绝不是一个可喜的消息。

近来，突厥郁射设率领数万骑犯边，包围了乌城。中原军民企盼秦王李世民领兵出征，驱逐突厥，保境安民。长安城士民议论蜂起，猜测秦王启程的日期。尚书左仆射、司空、魏国公裴寂陪李渊闲谈时，啧啧称羡道："臣的儿子们无一克绍父裘，而陛下有子若此，诚为真命天子之洪福，臣唯有高山仰止，徒然艳羡。如今，天下士民有口皆碑，赞颂秦王为国之干城，内乱外侮，尽皆仰仗秦王平定；若缺了秦王坐镇，则兵无士气，将无斗志，犹如马无粮草啊……"

"砰！"李渊将握在手中的鎏金团花纹高足银杯重重地砸在凭几上，水花泼溅出来，濡湿了铺地草席，但天子的龙颜依旧保持着镇静，并没有怒形于色。

身为李渊密友、宠臣的裴寂洞若观火：李渊对李世民积蓄数年的猜忌已被自己挖了出来。在这个非常之夏的烈日灼烤下，"猜忌"终将引燃幽蓝色的毒火，烧向弘义宫里那位年方二十七岁的秦王李世民。

尹德妃、张婕妤衔李建成、李元吉之命向李渊进言："宫城内外流传一个令人毛骨悚然的流言飞语，说建法尼寺妖尼慈义趁禁苑游春犯下的岭南毒虫汁案实为秦王主谋，利用毫不知情的秦王妃，炮制有人栽赃陷害秦王的假象。实则是一出苦肉计，诱导陛下怀疑东宫储君谋害二弟，借机取太子殿下而代之！若此计不成，还可牺牲秦王妃做替罪羔羊……对待同甘共苦的结发妻子也如此肆意摆弄，秦王该是何等狠辣恶毒、多么深不可测的一个人……妾等自然是不相信此类荒唐透顶的奇谈怪论的。"

李渊当然也不相信这些光怪陆离的说法——或者说，不完全相信。但毕竟众口铄金，关于李世民"不臣之心"的负面言论听多了，李世民在李渊心目中的面貌也在潜移默化间有了微妙的变化。

"的确，二郎早已不仅仅是我的爱子。不再是过去那个二郎。"每当在夜深人静时思量此事，李渊难免阵阵心悸，恼恨地掀开身边嫔妃的玉臂，望月默叹，"他还是天策府麾下诸骄兵悍将拥戴的秦王、天策上将，许多将士唯他马首是瞻！不，不可！"

◑ 3 ◐

最终，天子李渊采纳太子李建成的进言，敕令齐王代替秦王都督各路军马北征御寇，并应齐王之请，敕令尉迟恭、程知节、段志玄及秦琼等秦王麾下强将跟随齐王出兵，驰援乌城。

照此趋势，秦王的命运将遭遇怎样的变数，朝中谁还看不出来？包括太常寺那一班管理礼乐仪制的职官们都在叽叽喳喳，窃窃私语道："至尊和太子殿下利用齐王制衡秦王，削弱秦王在军中的实力，后话如何，秦王是生是死，是软禁还是废黜流放，就要看秦王是否坦然交权、抛弃部将属官，至尊及太子又是否顾念亲情和秦王的功劳了……”

“将会发生什么？”陆钲听见这些议论，虽不参与，手中的紫毫笔却沉甸甸地重压着手腕——也压迫着心房。他唯愿自己默默关心的那个女子一世长安，如此而已。

另一边，李世民退朝返回弘义宫，在弘文殿与部将、属官密议已毕，转赴翠华殿。但见瑾琋召集了刀人高惠通、郑蔚、姜漻儿及贵人杨修能、燕芃等人围坐闲聊，女史白苏立于下首，正在禀报：“杨孺人体弱，自小懒怠动的，请娘子宽宥。”

“白女史不必如此。杨孺人与我们做一家人已有八年之久，彼此的性情都是熟悉的。所以我这次也只召你来。”瑾琋娓娓说道，“我舅母鲜于氏夫人今日来看我，送了些从胡商那里购得的水晶珠子，全部打好孔的，我给大家分分，杨孺人的一份由你带回……”

幽禁在弘义宫祭酒台下房中的孺人韦珪、刀人阴兰因，以及李世民不愿提及的承衣刘燕婉自然是无份分享水晶珠子的。李世民漠然走上前，以命令的口吻对瑾琋说道：“娘子跟我去后面。我说两句话就走。”

夫妻二人转到屏风后嘀咕一阵，远远不止“两句话”。李世民的音调逐渐升高，话语中充斥着勉强克制的不满：“原本我就有异议，你囚禁一位孺人，未免草率！萝摩才多大的孩子，吓成什么样了，日夜思念生母，近日又病了！你不是许诺半年为限，查无实据便放人？现今虽未满半年，也差不多了。念在萝摩可怜，这就释放韦孺人！”

瑾琋柔声细语地解释着什么，可是外人听不清她言语的内容。

“观音婢，你是不是对韦珪……好，我也不说穿。限期三日，三日后你若继续这套说辞，关于韦珪的‘罪嫌’说不出子丑寅卯来，就给我放人！”李世民拂袖而出，怒火满腔，也不理睬旁人，径直往淇奥殿去了。

瑾琋随后出来，面色有些发白，沉默少顷，复又绽露微笑，对众人道：“这里没什么事了。大家回去歇息吧……”

李世民奋起向东宫、齐王府乃至天子实施自卫、反击的大戏，就从这一场“秦王与妃再度失和”的短剧起始，拉开帷幕。

六月初二，天象恢复如常，万里无云，穹顶湛蓝，仿佛画师挥毫一蹴而就画出的。

安兴坊贺洵小宅的背阴处有一口水井，刁染菽雇工匠在那旁边搭了一个凉棚，砖地铺着草席，和剪秋罗一起坐着纳凉，看廊上两个两三岁的小男孩儿玩一只小号蹴鞠。婆母庞氏与友人结伴外出散心去了，不在家。她与贺休德势同冰炭的恶劣关系仍无明显改善。之前一段时间，贺休德病了，贺洵每天回修德坊问疾视膳。经贺洵苦劝，贺休德勉为其难与庞氏会面两次。但这对怨偶的两度重逢均以不欢而散告终。

剪秋罗的脸庞蒙着一层灰白色的云。刁染菽问她：“你家虞郎的前妻，那个宗政娘子，还是那样吗？”

“嗯。”剪秋罗答道，“今日是满愿的生辰，我给了那孩子一身新衣，宗政娘子半冷不热地笑，又不明说。有她在面前晃，我简直待不住。”

刁染菽冷笑道：“呵呵，那家的主母究竟是你，还是她宗政氏？你待满愿如何，世人的眼睛都是雪亮的！你和前室不宜久居一处，应该说给你家虞郎，对宗政娘子另作安置才是。”

剪秋罗点点头，脸上的阴云却更深重了。

刁染菽觉得她不会真按自己所支的招数去做。剪秋罗似乎也不肯向虞旦提任何使他为难的要求，一个“不”字也不愿对虞旦说。这种感觉，刁染菽自武德七年和她重聚于长安安兴坊以来就有了。

“还是你好，一切顺遂。”剪秋罗由衷叹道。

染菽暗想：“你不知道我曾经听信某人的挑唆诱骗，为了章守中，稀里糊涂地去谋杀南阳公主！”嘴里却说道：“我也不是事事如意。齐王奉敕北征，至尊调拨天策府诸将，也从诸千牛、备身中挑选得力将校，随同齐王出征，以制衡秦王旧部……贺郎也在此列，近几日照常在太极宫宿卫，时日一到，即刻奔赴沙场。我忧心得紧！”

剪秋罗担心地问：“当真要去？”

“当真。现正在整顿军备，六月初七启程。贺郎说，秦王今日特为治酒，为麾下即将追随齐王出征的将领们壮行。再往后，他们可没空闲了。”刁染菽的眼里起了两团阴霾。

两个男孩跑过来，其中贺洵的儿子一头栽进母亲的怀里。剪秋罗破颜笑道：“仔细别伤了你阿娘肚子里的弟弟妹妹。你俩猜猜，是弟弟还是妹妹啊？”一面把那孩子拉开。

稍晚，各自别过。剪秋罗回到虞家租赁的小宅。仆妇手指书房冲她扭扭嘴。看来宗政氏又在找虞旦说东道西了。

剪秋罗的脸色落了下去，将儿子交给乳母，悄悄走到书房外偷听。

“那套新做的衣裙没有什么不好呀！满愿很高兴。”虞旦的话音里带有一点鲜明的烦躁。

宗政氏答道：“满愿的新衣是什么做的？绞缬菱花纹绢。娘子前些日子给小郎君做的呢，又是什么？是狩猎纹印花纱。郎君也该知晓，这样的天，纱比绢凉爽吧？倘若我不知道，我便不管。但我既知道了，不得不说话！有我这个亲娘在这里，娘子尚且差别对待两个孩儿……”

“唉，这算什么差别？绢也不见得就不如纱凉爽。你这挑剔多疑的小性子一点也没变。”虞旦啼笑两难，“娘子为人安分循理，温柔敦厚，不会薄待满愿的。我南征那年，满愿全靠娘子照料。那孩子也爱敬继母。”

宗政氏赌气道：“我是挑剔，与郎君不和；虞氏宗亲嫌我不生子、宗政家配不上会稽虞氏的门第。当年我在虞家的处境已然如此，还等郎君下休书么？便主动提出和离了。可我仍然是满愿的亲娘。”

虞旦警惕地瞥了一眼门窗：“过去的事还提它做什么？小心家里人

听见，要笑话的。”他走过来查看，剪秋罗慌忙溜了。

“你是先妣为我礼聘的发妻，为先妣侍疾送终，所以我原本没有想过要休你。我思量着，为子嗣计，大可纳妾。再者，世间脾气不合、感情不睦的夫妇不知凡几，难道都要下休书？只因你执意要走，我才同意和离。”虞旦陷入短暂的回忆，俄顷，复又回归现实，还想说：“你改嫁的人谋反败家，总不能怪我。”忍住了。

宗政氏听他回忆往事，明白他在不经意地将后妻与她这个前妻对比。流逝的岁月恍若大梦一场，回首尽是蹉跎。宗政氏心头酸酸地发梗，泪花迷濛了双眼。回想今天早晨，剪秋罗端坐堂上，以母亲的身份接受小寿星满愿的拜谢大礼；而她，亲娘宗政氏看在眼里，只能默默难过……

“我就算是个糊涂人吧！”宗政氏强笑，转身向门外走去。但一只看不见的手抓住了她，让她重新转过身来，掏出贴身保存的一件物事，交给虞旦过目……

山雨欲来风满楼。安兴坊的虞、贺两家如此，弘义宫更是电闪雷鸣。

“人的本性都畏死，而众将士誓死事奉大王，此乃天意！至尊、太子和齐王无不忌惮我们对您的忠心，即使不趁北征之机杀了我们，也会严加钳制。日后太子登基，我们不死也要流放，大王的命运势将比我们更为不堪！”尉迟恭气愤地进言，“如今大祸将至，您依旧神态自若，顾念骨肉之情，不念宗庙社稷大计！我真是……若大王固执己见，不肯先发制人，我就要逃身荒野草泽，绝不留在大王身边，拱手任人宰割！”

这是一场以践行酒宴为幌子的聚会。如果目的真如对外宣称的那样，尉迟恭一定不来。

长孙无忌一改平日的淡定稳重，神色严峻地劝说：“若大王不采纳我们的主张，结局不言而喻。我也要跟随尉迟将军离开，不能再侍奉大王了。大王可即刻请敕废黜王妃，把她休回母家，如此尚能保全她。理由我已为您想好了——长孙氏嫉妒行恶，甚属不妇……”

自童年结交以来，李世民第一次想泼长孙无忌一脸酒。开弓便无回头箭，自己又不是神仙，即将做出的决策关系到许多人的身家性命，必须慎之又慎。

他看看长孙无忌，忍了忍，命人取龟甲卜卦。

“占个鬼啊！”右武候长史张公谨摔了杯子抢上前来，夺过龟壳扔到铺地草席上，“占卜是为了决定疑难之事的，如今事无疑难，占卜什么！难道还有第二条路可选？”

半空里轰隆隆地滚过几个焦雷，闪电劈过，有一个瞬间，每个人都有紫阴阴的冷光扑面劈来。这紫白凛冽的电光将李世民由眼入心，一鼓作气地贯通到底，照得通亮透彻。

翌日，武德九年六月初三。太白金星再次于白昼出现在天空的正南方。

寓居宣阳坊的妙楚儿偷偷摸摸去祭拜了叔孙贵人。两年了，贵人亡故的真相依然没有一个明白的说法。妙楚儿对这未曾谋面的贵妇人稍加怜悯，也记得自己赎身从良靠的是她身后所遗的二百金。

返程途中，所经过的街道乱哄哄的。某坊里一家小货肆想把生意做大，私自打通了坊墙，惊动万年县胥吏来整治，立时唤工匠修复坊墙，责令店家承担费用。

“小本买卖出不起那些绢，就免了吧！”店家软磨硬泡谈条件，“墙都修好了嘛。”

胥吏申饬道：“说话不脸红！你打的坊墙，却要公帑出资修复，像话吗？”

“那就重新打通呗！”

“呸！”胥吏指指天，“看见没有？太白经天！这种时候私开坊墙，你也不怕沾上包藏祸心、阴谋叛乱的嫌疑！”

在围观者和行人的笑声中，两个道士各骑一头驴穿行而去，一个年届五旬，另一人约四十出头年纪。依妙楚儿的眼力，觉得这两人不太像道士。但也不是她所认识的人。

一位俊朗的郎君从背后骑马过来，横在跟前，笑道：“都知娘子，别来无恙啊！”

听到他的声音，旁边一驾牛车里的女子掀开帘子，探头望过来。

妙楚儿想了想，忆起这个拦路的轻薄儿是武德三、四年间常见的面孔。叫什么？对了，姓贺，名洵。

她握紧缰绳，轻拍自己的坐骑，稍稍后退，抛给对方一抹矜持的笑：“是贺郎啊！万福安和！多谢您挂念。妾离开平康坊已有二载，不是都知了。”

妙楚儿雇的侍婢墨莲冲贺洵翻翻白眼，捏着嗓子提醒道：“娘子，郎君在家里等您呢。”

“嗯。贺郎，妾先行一步，烦请借过。”妙楚儿将马鞭换了只手握。

“啊，失礼！恭喜娘子！”贺洵打着哈哈让她走，目光仍跟出去好远一段路。

该走了。他拨转马头，却见街边牛车中的人含酸带怒地瞪着自己。

贺洵心里一惊，强自镇定，策马靠了过去：“娘子！你不在家养胎，动了胎气如何是好？快回去吧！”

“我送母亲去姨母家，这是往安兴坊的小宅返程。”他的妻子刁染菽一瞬不瞬地看他，压抑着怒意滋长的声调，“母亲说你以前的事，比你自己说的坏十倍。原来，你比母亲说的还要坏。”

“坏？！我是怎样的人，订亲前都告诉了你家，并未骗婚、逼婚！”贺洵嚷起来，引得行人注目，已经走过去的人也纷纷回头。

男子果然是会变的。成婚三载，也到时候了。

刁染莪的眼里涌出了泪，怒极反笑：“当街拦堵青楼娘子，越发的出息了。”

“我将于六月初七随齐王出征了，是去搏杀、喋血、拼命！天策府众将校也同行，譬如尉迟将军，你且瞧瞧人家是如何纵情欢乐的！我就是要找点乐子！”贺洵恼羞成怒，拍马跑路，不知去向哪里。

赶牛车的家奴、陪侍刁染莪的侍婢都劝不住他。

对于这种闹剧，路人是天然的驿卒，以日行千里的速度热情洋溢地向四面八方传播八卦，每传一里地，便添一里的佐料，渐渐的佐料变得比主材还多，传到宣阳坊妙楚儿耳里就成了：“秦王部将随齐王出征板上钉钉，尉迟恭部下某君因出征在即，纵情声色，连日眠花卧柳，携妓私游。娘子街头捉奸，某君不顾娘子有孕，当众殴妻，致娘子小产，云云……”

带领青楼娘子来跟妙楚儿学歌舞的龟奴撇撇嘴，表示不稀罕：“我们早知道这个了。嘿嘿，你们听说过吗？昨日弘义宫给众将领的践行酒都吃过了。”

平康坊消息灵通，妙楚儿今不在其中，长目飞耳的本事自然不比从前，微觉失落，却不知龟奴所说的这条庙堂动态竟是夏侯紫菀受李世民及瑾琋的委托散布的……

◑ 3 ◐

“这种人比贺洵更坏！”侍婢墨莲猛然冲口一声喊，吓得龟奴身子一缩。

妙楚儿悠然安抚道：“勿怕。墨莲对军机大事无感，在骂‘某君’不德呢，没说你。墨莲，你也无须义愤，男子啊，心性易变！譬如叔孙郎，武德七年叔孙家的人来闹那一场之后，他就说我在家教习不妥，逼得我每日借夏侯娘子的这座院子用。我不能嫁做正室倒是省心得多呢！”

龟奴问：“说到叔孙郎，在你家养伤那阵子，我和小娘子们还见过他几回，后来少见了啊！”

“他伤愈后在北门屯营兵谋了个职事官，自然不比养伤时节那般清闲。”妙楚儿笑道，“再者，他家崔氏娘子身上不好……嗐，不提也罢。”

与此同时，太极宫中，李世民低头默读一份奏表，所戴玉冠的棱角坚韧地顶着李渊视线的威压。

“太白见秦分，秦王当有天下。”这是太史令傅奕的密奏。

李世民款款合上奏表，搁置在旁。太史令掌管天象历数，出现太白经天的异兆，自然要把卜算结果上奏天子。只是这个结果之于李世民而言，是一道极其危险的不测之渊。

李渊冷酷地逼问道：“二郎，读懂了？意下如何？”

“臣，深以为耻！”李世民叩首道。

“耻？”李渊想听他说完。仙人驾鹤鎏金炉香雾蒸腾，使李世民的面容看起来不太真切。

“臣于兄弟丝毫无负，亦何忍见兄弟淫乱后宫！今日，臣将冤死，永违君亲，魂归地下，与王世充、窦建德等贼重逢，实在深感羞耻！”李世民每一个字都说得很清楚，但和所有男人一样，李渊的思绪大半被“淫乱后宫”四个字揪住了，扶案惊问：“什么？可有此事？”

李世民无言地叩下头去。

一直垂着脑袋的给使熟练地撑起上眼皮，用一线余光偷瞄，天子陡然起立，负手在御床前疾速踱步，呼吸粗重，指尖在微抖。

“绿云”罩顶，漫说天子，平民百姓也无法忍受。

“二郎，但凡男子遇到此等事体，都会因怒火攻心而不能冷静处之吗？”瑾琋在武德四年贺洵和刘燕婉“通奸”事发时说过这句话。

李渊掷出傅弈密奏，瑾琋的这句话在李世民脑海中蹦了出来。

“你先回去！明日我就审问此事，你们兄弟三人都来！这种事，你，你，你！你应该及早上奏！”李渊稍稍冷静，重新坐下说话，“天气炎热，明日我在临湖殿审问此事！”

李世民的密奏内容迅速传入东宫。李建成召见李元吉商议，只将大意一说，李元吉当即怒目横眉地骂道：“他凭空诬人清白，真是行同狗彘！我早说杀了他！”

“他不惜羞辱君父，却未当场举证，不过是信口开河。”李建成举起右手往下按了按，让弟弟息怒。

李元吉蹙起眉头，关切地问道：“这是谁的消息？”

李建成轻蔑地提到一个名字：“张婕妤。大人的贴身给使透露给她的。这贱人吃人嘴软，曾经数年不诽谤二郎。但是她的堂兄张麒不争气，坏了她左右逢源的如意算盘，今见自己也被二郎推进那可怕的罪名里，只能倚仗你我了。”

李元吉心中莫名地绞起一股轻微的悸动，血气潮涨又潮落，沙滩上留下四个歪歪扭扭的大字——“太白经天”。

那是不祥谶兆！

他扬起浓眉，进言道：“依弟愚见，明日不宜入朝，可托词染疾，命东宫长林兵及齐府兵加强戒备。”

“宫府兵加强戒备是应该的。但我兄弟若不奉敕朝见，即为自认有罪，大人将怀疑我们是无颜谒见君父。四郎，不必过虑，大人敕令二郎的部将随你驰援乌城。二郎老实奉敕，未敢阳奉阴违，诸将校已在准备出征，谅他不会忤逆大人。中毒之事，他也未怀疑你我，只可怜他家阴刀人、韦孺人代你受过。呵呵！再者，你别忘了，他的次子楚王宽养于后宫，是现成的人质啊！”李建成轻松地一笑，忽又收敛笑容，凛然道，“况且，二郎左右仅剩数百秦府卫士，必定不敢蚍蜉撼树。明日当面质证，我定将他驳得体无完肤，随后与裴寂一道密谏，说服大人褫夺二郎所有官职权柄，只保他秦王爵位及天策上将之虚衔，另派禁军把守弘义宫各门禁，撤换秦府全部属官、卫士。幽禁二郎全家，令他一家未奉敕不得擅出！”

李元吉思量再三，挑不出任何纰漏，至于尉迟恭、程知节、段志玄、秦琼等将领，只等六月初七大军启程，就是自己这个主帅砧板上的鱼肉，顺我者昌，逆我者亡。

他觉得还是长兄李建成老谋深算，举重若轻，而自己之前的确是多虑了。因笑道：“听闻仲兄近日尚有心思酒醉，借着酒劲蹿到囚所，收了王世充的侄女，叫王菩提的那个。他并因韦孺人之事与二嫂吵闹，倒也没有要在外兴风作浪的影子。”

李建成却惋惜地说：“可惜在弘义宫内部只能探得这些消息。”

“事情虽小，用场却大。再者，他对我们，恐怕也不过尔尔。”李元吉停了一停，问道，“恕弟鲁莽，敢问东宫并无透风之墙吧？”

“绝无。你担心杨良娣吗？大可不必，她遵我之令，已不与其妹会面了。何况女眷不得擅自与闻外事，但凡我禁止传诸后宫的事，她们概不知情——好了，明日我们比大人安排的时辰早些入宫。”李建成决定了时间，命人早做准备。

而在宫外，贺洵于午后回家一趟。刁染菽和孩子都不在，家奴期期艾艾，说娘子哭过，虞家娘子接她和小郎君去隔壁虞宅了。由于担心动了胎气，亦有请医评脉，好在娘子和胎儿无恙。言下之意是：“郎君要不要亲自去接他们回来？”

贺洵默然无语，换了一身衣履，重新佩戴好横刀，就出了门。临走吩咐家奴，娘子何时愿意回家皆可，若身体不适或心绪不佳，即刻请医调治。

剪秋罗悄悄遣侍婢去贺宅探问动静，回来便是摇头。贺洵对刁染菽全无愧意，单单只是惦记腹中孩儿。剪秋罗也觉心寒，暗想：“竟是不告诉染菽为好。”

虞家一直留刁染菽到晚饭时分，贺宅的家奴过来说郎君未归，问娘子做什么菜？

刁染菽冷冷的，不答话。剪秋罗忙说：“不用麻烦。你家娘子和小郎君就在我家吃饭，歇一宿。”

与天子备身贺洵一样，担任监门校尉的虞旦今晚也要入宫值夜。这两日，剪秋罗几乎不曾见到他的身影。

晚饭因有刁染菽在，虞旦独自避到书房用餐。剪秋罗知道他餐毕就要进宫，特意领着满愿和儿子去书房相送。

虞旦刚好穿戴齐整，手提横刀出来，无意间与剪秋罗四目相撞，恍惚撞出了些许婚礼那天“下婿”时的慌乱和难为情。

“你连日太忙了。”剪秋罗笑言。

虞旦叮嘱两个孩子听阿娘的话，不要淘气，又抬头对剪秋罗说：“泾阳董娘子有信来。”

“几时？写的什么？”剪秋罗喜出望外。他们尚未购置房产，这所宅院是赁来的，亲属故交凡有书信，都捎往虞旦供职的左监门卫衙门。

“昨日。我忘记告诉你了。信中提及，她将送亲家的一个女儿进长安城相亲，届时可与我们见一面。”虞旦淡淡地回答。

“啊！”剪秋罗半惊半喜地说，“这可是意想不到的。”

虞旦自去了。走到廊下，剪秋罗追近几步，叮嘱道：“旦郎，当值之前先歇歇。保重。”

“我白日睡足了，无须忧心。对了，董娘子的书信在书房里。”虞旦停下脚步，回首看看她。

院中的紫薇树小花飘落，花雨沥沥，人面染上一种迷濛的烟紫色。

片刻雨歇，虞旦出门了。

现在是武德九年，六月初三。虞旦、贺洵入宫值夜，前者守卫宫门，后者拱卫天子。

同一个夜晚，弘义宫翠华殿的人私下计议，一致认为李世民与瑾琋这次闹得比武德六年和缓些，关系没有恶劣到隔绝音问的程度。从前天晚上开始，李世民便不肯回翠华殿住宿。今天在弘文殿读书，索性歇在那里。但今晚，武德九年六月初三之夜，瑾琋就去弘文殿看望李世民了，说愿意谈谈韦珪的事。

她从后门进入李世民所在的偏殿，室内别无旁人。

李世民拔出横刀，竖直举到面前，凝神端详，直刃，锋利的刀光秉直持正。他仔细擦拭一遍，插回刀鞘。

瑾琋走近他，静静地看着。李世民转过身，举目凝视她的眼睛。前隋大业八年，母亲从高俭家回来，说观音婢的容貌就数那双眼睛最美，清澈深长如水，温润灵逸如玉。

他伸展左臂将瑾琋搂住，右手剧烈地颤抖，轻抚她的腹部："观音婢，这条路，不能回头。让你和孩子同我一道，我有愧。"

"比去洛阳好。这也是我自己想要选择的道路，而不仅仅是要追随丈夫。二郎何愧之有？"瑾琋握住他的右手，"至于孩子，覆巢之下，安有完卵。只要你在，他们自会平安。"

张公谨说没有第二条路，其实亦不尽然。奔出长安，迁往洛阳，再图进取，李世民也是考虑过的。但终究放弃了。

他与父兄起兵晋阳，是为结束隋末分崩之乱局，筚路蓝缕，经略近十载，始有今日局面。若盘踞东都，与朝廷分庭抗礼，重陷天下于战火，复置黎民于倒悬，委实有违初衷，代价也太过高昂。

不如就在宫城之内，解决一切问题……

瑾琋从衣襟里抽出玉龙子，用它轻轻摩挲李世民的胸口，努力把酥甜而笃定的微笑揉进他的心："二郎，你胜，我伴你上九重；你败，我陪你下地狱。”

李世民没有答话，只用力含住她的嘴唇，深深地吸吮，仿佛这样就带走了瑾琋整个人。

他背好弓箭，步入弘文殿正殿，等候于此的人们都立起身来。房玄龄、杜如晦、长孙无忌、尉迟恭、程知节、秦琼、段志玄、侯君集、张公谨、刘师立、公孙武达、独孤彦云、杜君绰、郑仁泰、李孟尝、屈突通、张士贵……

李世民郑重地向众人拱手，以坚毅的语调朗朗道出行动前最后的话语：“我的身家性命，就交给各位了。我将担负一切罪责，冲锋在前，与诸君同生共死，荣辱与共！”

瑾琋不顾孕体，亲自为他们逐一斟酒，淡定地微笑道：“妾将追随秦王，与诸位同行，九死不悔！”

“不，谁也不会死！今夜，我们追随秦王举义，必胜！”长孙无忌给出铿锵有力的回答。

他们将一起走完这条共同选择的道路。

太极宫里有一块月牙形的翡翠，镶嵌在宫城偏西的地方，那是由北海、西海、南海三片湖泊连缀而成，宫人称之为“海池”。环湖万木争荣，浮岚暖翠，南岸即为临湖殿。

天色未亮，天子李渊赐下几桶冰饮，在殿外值守的千牛卫们按各自喜好，轮流取用。这是习以为常的事，谁也没有格外激动雀跃。左右备身府负责天子和太子的宿卫侍从，设有千牛备身、备身左右、备身等各级禁卫武官。李渊对他们自然是冬赐热酒祛寒，夏赐冰饮解暑，无一日中断。

尚食局膳司的一名宫婢用鎏金飞鸿纹银勺从冰鉴里舀出冰块，逐一加入每只木桶，自己一口也捞不着，然后退立在侧。难得有机会接触身手不凡、姿容俊美的青年男子，深宫婢女似乎还挺欣悦，安然地看着他们盛到竹杯里喝。千牛卫们的动作不快都不行，一会儿木桶就底朝天了。

李渊在殿中随意踱步。此刻没有儿子、朝臣、嫔妃围绕，可以更清醒地思考很多事。可惜这样的时光太短暂，第一拨朝见的人来了。

“启奏陛下，秦王妃求见。”司言女官奏道。

李渊有点意外，转瞬又觉在情理之中。“太白见秦分”，瑾瑶是来帮李世民解释的。

昨晚万贵妃奏闻六宫事务，顺口说起家事：“秦王与秦王妃生隙，因为一名媵妾。秦王妃今有身孕，可真令人忧心。”

当时李渊不在意地说：“小孩子们的事随他们去，闹不了几日。”但二郎遇有大事，仍然让瑾瑶出面求情，脸皮也是够厚的。

记得武德六年、七年也听说过他们不和的传闻，前者搞不清缘故，后者就相当的骇人听闻了，说李世民宠幸婢妾，厌弃糟糠，指使突厥婢绑架瑾瑶，尔后突然忆及旧情，有所悔悟，方才救回妻子。这种说法是从李元吉那边传出的，李元吉那个人……所以李渊并不相信。不过，而今想来，为婢妾与瑾瑶失和的事恐怕是有些影子的。

“观音婢也真辛苦。”李渊心里这样想，开口却问：“她来做什么？”

“秦王妃将赴万贵妃处探望楚王，想先参拜陛下，有要事奏闻。”

李渊突然想到，昨天万贵妃是受瑾瑶之请托，帮她告二郎一状的吧？不由摇头暗笑，命宣秦王妃进殿。在三个儿子觐见之前还有些空闲时间，且听她有什么话说。

（第四部完）

怪谈文学奖
由捧读文化发起
鼓励原创小说创作

捧读文化
触及身心的阅读
全国总经销

出 品 人　张进步　程　碧

特约编辑　罗　盛
封面设计　lemon
封面插图　呀　呀

出版投稿、合作交流，请发邮件至：innearth@foxmail.com
了解新书，图书邮购、团购、采购等，请联系发行电话：010-85805570